不可能犯罪诊断书

6

大结局

[美]爱德华·霍克 著

黄延峰 译

Edward D. Hoch

湖南文艺出版社
HUNAN LITERATURE AND ART PUBLISHING HOUSE

博集天卷
CS-BOOKY

著作权合同登记号：图字18-2022-126

图书在版编目（CIP）数据

不可能犯罪诊断书 . 6 / （美）爱德华·霍克著；黄延峰译 . -- 长沙：湖南文艺出版社，2023.6

书名原文：IMPOSSIBLE MADE POSSIBLE

ISBN 978-7-5726-1171-1

Ⅰ . ①不… Ⅱ . ①爱… ②黄… Ⅲ . ①推理小说—小说集—美国—现代 Ⅳ . ① I712.45

中国国家版本馆 CIP 数据核字（2023）第 089767 号

上架建议：畅销·外国文学

BU KENENG FANZUI ZHENDUANSHU.6

不可能犯罪诊断书.6

著　　　者：	［美］爱德华·霍克	
译　　　者：	黄延峰	
出 版 人：	陈新文	
责任编辑：	匡杨乐	
监　　制：	于向勇	
策划编辑：	布　狄	
特约编辑：	罗　钦	赵　静
版权支持：	王媛媛	
营销编辑：	时宇飞	黄璐璐
封面设计：	潘雪琴	
版式设计：	利　锐	
出　　版：	湖南文艺出版社	
	（长沙市雨花区东二环一段 508 号　邮编：410014）	
网　　址：	www.hnwy.net	
印　　刷：	三河市天润建兴印务有限公司	
经　　销：	新华书店	
开　　本：	680 mm × 955 mm　1/16	
字　　数：	219 千字	
印　　张：	16	
版　　次：	2023 年 6 月第 1 版	
印　　次：	2023 年 6 月第 1 次印刷	
书　　号：	ISBN 978-7-5726-1171-1	
定　　价：	59.80 元	

若有质量问题，请致电质量监督电话：010-59096394

团购电话：010-59320018

导读

　　二〇〇六年五月的某一天，我联系爱德华·霍克先生询问翻译授权事宜。那时，他的作品尚未被系统性地引进中国，国内知道这位推理小说大师的读者寥寥无几。在回信中，他表示这是他第一次收到来自中国读者的邮件，非常开心，并且答应了我的请求。十六年过去了，这位世界短篇推理小说之王笔下的角色终于再次来到中国读者的案头。

生平

　　霍克全名为爱德华·丹廷格·霍克，一九三〇年二月二十二日出生在纽约罗切斯特市，父亲埃尔·G.霍克是银行的副行长，母亲爱丽丝·丹廷格·霍克是家庭主妇。霍克从小喜欢阅读推理小说，他阅读的第一本推理小说是埃勒里·奎因的《中国橘子之谜》，虽然霍克自己也认为这并非奎因最好的作品，但这并不妨碍他喜爱上这种独特的类型文学。霍克在高中时就开始尝试撰写推理小说，这个习惯一直延续到他就读罗切斯特大学的两年时光。

一九四九年开始，他在罗切斯特公共图书馆担任研究员，同时还加入了美国推理作家协会分会，不时去纽约参加聚会。次年年底，他应征加入美国陆军，并被分派至纽约服役。这无疑给他参加美国推理作家协会的活动制造了便利，这两年他和许多当时响当当的人物成了朋友，其中就包括弗雷德里克·丹奈（埃勒里·奎因的缔造者之一）、密室之王约翰·狄克森·卡尔、悬念大师康奈尔·伍尔里奇、美国推理作家协会首位女性主席海伦·麦克洛伊，以及魔术师作家克莱顿·劳森等人。也是在此期间，霍克与名编辑汉斯·斯特凡·山特森建立了良好的关系，这为霍克今后的专职创作之路埋下了伏笔。

退伍后，霍克先是在纽约的口袋图书公司找了一份核算货物账目的工作。一年后，周薪仅涨了三美元，他便于一九五四年一月回到罗切斯特，并在哈钦斯广告公司找了一份版权和公共关系管理的工作。这些工作经历，比较明显地投射在霍克塑造的第一个侦探——"西蒙·亚克"系列的故事叙述者"我"的身上。

一九五五年九月二十六日，霍克的短篇《死人村》在《名侦探》杂志上发表，这是他第一次正式发表推理故事，灵感源于一九五三年夏天他和女友的一次约会经历，正是这个故事里的西蒙·亚克此后成了霍克笔下最重要也最"长命"的侦探。

一九五六至一九六七年间，霍克发表了二十二篇小说。一九六八年，他的《长方形房间》获得美国推理作家协会颁发的埃德加·爱伦·坡奖，同时他还获得了一份长篇小说合同，并于第二年完成了《粉碎的大乌鸦》。由此，霍克决定转向全职写作。一九七三年起，霍克作品开始在主流推理杂志如《埃勒里·奎因推理》和《阿尔弗雷德·希区柯克推理》上发表。

此后三十多年间，霍克笔耕不辍，为世界留下了近千篇短篇推理故事。二〇〇一年，他获得美国推理作家协会终身成就奖，这是该领域的最高荣誉之一。

系列

在不同的系列故事中，霍克塑造了众多侦探形象，其中最具代表性和知名度的是以下七人。令人惊叹的是，他们的职业竟然全都不同。

西蒙·亚克：具体年龄不详，活了两千年以上，是纪元初期埃及的基督教教士，在世上的主要任务是寻找并消灭魔鬼。"西蒙·亚克"系列多与玄学、撒旦、巫术或各种匪夷所思的事件有关，不过到故事终了时，案件都会以合乎逻辑的方式得到解决，共计六十二篇，最后一篇为二〇〇九年一月号《埃勒里·奎因推理》刊载的《圣诞节鸡蛋》。

萨姆·霍桑：新英格兰诺斯蒙特镇的执业医生，专攻密室以及不可能犯罪，首次登场是在一九七四年十二月号《埃勒里·奎因推理》刊载的《廊桥谜案》中。"萨姆·霍桑医生"系列故事背景设定在二十世纪二十至四十年代，共计七十二篇，最后一篇为二〇〇八年五月号《埃勒里·奎因推理》刊载的《秘密病人之谜》。

尼克·维尔维特：专业窃贼，只偷各种奇怪的东西，比如用过的袋泡茶、褪色的国旗、玩具老鼠，甚至一个空房间的灰尘，首次出场是在一九六六年的《偷窃云虎》中。"尼克·维尔维特"系列共计八十七篇，最后一篇为二〇〇七年九月号《埃勒里·奎因推理》刊载的《偷窃被放逐的鸵鸟》。

本·斯诺：西部快枪手侦探，因为人物设定的关系，读者经常可以在书中看到枪战描写，初次登场是在一九六一年《圣徒》杂志刊载的《箭谷》中。"本·斯诺"系列背景设定在一八八〇至一九一〇年间，共计四十四篇，最后一篇为二〇〇八年七月号《埃勒里·奎因推理》刊载的《辛女士的黄金》。

杰弗瑞·兰德：杰弗瑞·兰德是一位密码专家，退休前是英国秘密通信局的特工，初次登场是在一九六五年五月号《埃勒里·奎因推理》刊载的《无所事事的间谍》中。"杰弗瑞·兰德"系列洋溢着异域风情，共计八十五篇（含合著一篇），案件多与密码或谍报有关，最后一篇为二〇〇八年十二月号《埃勒里·奎因推理》刊载的《亚历山大方案》。

麦克·瓦拉多：罗马尼亚一个吉卜赛部落的国王，口头禅是"我只不过是个贫穷的农民"。一九八四年，霍克受比尔·普洛奇尼（二〇〇八年美国推理作家协会大师奖得主，塑造了著名的私家侦探"无名"）之邀，为《民俗侦探》杂志撰稿，发表了瓦拉多的登场作《吉卜赛人的好运》。"麦克·瓦拉多"系列共计三十篇，最后一篇为二〇〇七年十二月号《埃勒里·奎因推理》刊载的《吉卜赛黄金》。

利奥波德：康涅狄格州某市警察局重案科队长，霍克短篇系列小说中登场次数最多的主角，初次登场是在一九五七年三月号《犯罪与公正推理》刊载的《嫉妒的爱人》中。"利奥波德"系列的早期作品大多具有刑侦小说特征，后期则趣味性增强，不可能犯罪数量上升，共计九十一篇，最后一篇为二〇〇七年六月号《埃勒里·奎因推理》刊载的《卧底利奥波德》。

创作

霍克一生共创作了九百多个推理故事，平均两周完成一个，就算称之为"故事制造机"恐怕也不为过。尽管如此，霍克的作品却令人惊叹地保持了一贯的高水准，每个故事在满足充分意外性的同时，都具有鲜活的地域或时代特色。从独立战争时期的美国，到改革开放后的中国，您都能发现霍克笔下的侦探们活跃的身影。

他是怎么做到这一切的？

霍克是一位求知欲强烈，同时保持着童心的作家。朋友们说，从他的眼神中能看到他对世界的好奇。霍克每天都会在固定的时间阅读报刊或网络新闻（当然是在电脑普及之后），这让他积累了丰富的素材，创作时可以信手拈来。

一次，他在《纽约时报》上看到一则报道，说现在有年轻人通过帮货运公司运货，可以享受超低折扣的机票。于是，斯坦顿和艾夫斯的侦探组合便诞生了。两人是情侣，从普林斯顿大学毕业后想去欧洲旅行，但又负担不起高昂的机票费用，恰在此时，免费机票这样的好事出现了，代价就是要在他们的行李中加入委托人的一件货物。

除了新闻，霍克还有阅读旅行指南的习惯，他尤其偏爱那些配有生动插图的画册。虽然他一辈子都没学会开车，也很少出远门旅行，但因为脑海中已经有了世界各地的画面，他笔下的角色行动起来便不再受到地域限制。从中东到南亚，再到远东，侦探们的足迹遍布全球。

值得一提的是，霍克从未来过中国，但他创作的角色至少来过两次。一九八九年，杰弗瑞·兰德在香港完成了一次冒险之旅，故事的名字是《间谍和风水师》。二〇〇七年，斯坦顿和艾夫斯千里跋涉，在

《中国蓝调》中前往黄河边的农村，故事刚一开场，两人便已身处北京首都国际机场了。

除了长期扎实的素材积累工作，霍克需要面对的另一个挑战是短篇小说创作本身的难度。创作十万字以上的长篇小说固然费时费力，但不少作家都有一个共识——优秀的短篇较长篇更难驾驭，原因就在于篇幅的限制。推理小说是欺骗的艺术，作者通过文字布下陷阱，令读者因为思维定式而忽略近在眼前的真相，从而在揭晓谜底时，产生最为强烈的冲击力。一个故事的字数越少，可供作者布置陷阱的空间就越少。

在长篇小说中，误导线索可以平均地塞进十几个不同的章节，这些"雷区"的密度被"安全"的文字大大稀释，即便是有经验的读者，在长时间的阅读后，也难免放松警惕，结果不知不觉着了作者的道。反观短篇小说，读者通常能够一口气读完，从头到尾都保持高度的警觉性，如果作者像在长篇小说中那样设置误导线索的数量，那么很容易就会被识破。您也许会问，把"红鲱鱼"的数量降低到长篇小说的十分之一不就行了吗？但新的问题随之而来：人的思维要被植入某个观念，其摄取的信息量不能太低，正所谓一个令人信服的谎言需要十个不同的谎言来圆。因此，短篇小说的核心挑战便在于用最少的笔墨，最大程度地操控读者的思路。短篇推理小说的字数没有统一标准，东西方差异明显，欧美作品的篇幅普遍短于日本和中国作品，霍克的短篇小说篇幅多为一万字上下，要想做到意料之外，情理之中，难度可想而知。在这一点上，霍克的作品将为您展示教科书级别的推理小说创作（误导）技巧。

灵感

既然霍克这么能写,为何只写短篇呢?据霍克本人说,这是因为他缺乏耐心。能用一万字就让读者感到惊奇,就没必要用两万字。笔者却认为,更深层的原因在于霍克无法抑制的创作灵感。挂历上的插画,偶然听到的广播,生活中的所见所闻都能随时刺激他开启一段新的故事。

从某种意义上说,创作短篇小说比长篇小说更依赖灵感。一个巧妙的点子,离开了复杂的人物关系和丰满的社会背景,就很容易导致故事后劲不足,可用于人物较少的短篇小说却刚刚好。

霍克的很多作品从开头到结尾,都保持着情节的高速推进,始终牢牢抓住读者的胃口。名作《漫长的下坠》,不仅入选了一九六八年的经典密室推理选集《密室读本》,还被改编为二十世纪七十年代美国热门电视剧《麦克米兰和妻子》中的一集。故事讲述了一起匪夷所思的坠楼案,一个男人从一栋摩天大楼的窗口跳了下去,可楼下的街道却人来车往,一切如常,正当人们以为发生了凭空蒸发的灵异事件时,跳楼男子却在四小时后"砰"的一声着陆身亡!

将这种贯穿全文的悬念发扬到极致的代表,是"尼克·维尔维特"系列,该系列标题格式统一,均为"偷窃××物品",这些物品毫无经济价值,却有人花大价钱雇佣主角下手。读者光是看到标题,就已经好奇不已——这个小偷为什么要偷空房间的灰尘?他要怎么偷一支球队?

霍克本人曾告诉我,他总是先构思故事大纲,然后再思考符合大纲设定的解答,这也从侧面验证了他依靠灵感驱动的写作模式。他用自己的职业生涯证明了这一模式的高效与持久,可以说,霍克完全就是为短篇推理小说而生的。

《不可能犯罪诊断书》在美国结集出版时，霍克将献词留给了《埃勒里·奎因推理》的专栏书评撰稿人史蒂文·斯泰恩博克。据斯泰恩博克回忆，他第一次见霍克是一九九四年在西雅图的一间宾馆里。当时，霍克正站在一部扶手电梯上。这个画面长久地停留在他的记忆中，他对我说："相信我，如果你在他刚刚走上电梯的时候丢给他一个密室，他能在电梯到达下一层之前想出至少三个不同的诡计。"

　　读完这套书，您也会相信的。

吴非

二〇二二年于上海

DIAGNOSIS:
IMPOSSIBLE

CONTENTS

目录

01

闹鬼的病房

"到一九四一年三月，欧洲的战争对大西洋航运构成了严重威胁，美国海军组建了一支用于大西洋护航的支援部队。我的护士阿普丽尔在丈夫去海军服役后回到了诺斯蒙特，她开始怀疑他能否像当初说的那样在十八个月内回家。某个周一，天气阴冷，我们在诊所里谈论着战事，那时我们第一次得知病房闹鬼的事。"萨姆·霍桑医生停顿了一下，给访客和自己的杯子里倒满酒，然后继续讲他的故事。

"有人说我们今年年底就会开战。"阿普丽尔说。我不能不同意她的看法。

"安德烈是在军舰上服役吗？"我问。在安德烈被征召入伍前，他们在缅因州经营一家旅馆。在安德烈服役期间，阿普丽尔和她的儿子小萨姆将一直待在诺斯蒙特。

"我想是的，但有关他的事都是机密。"

我的上一任护士玛丽·贝斯特也应征加入了海军，并在走之前安排了阿普丽尔重返诊所接替她的工作。我们曾猜测她可能被分配到了安德烈服役的那艘军舰上，但这样的巧合可能只有在电影里才会发生，她被派驻到了圣地亚哥的一个海军基地。

我的诊所位于清教徒纪念医院的翼楼，住院医生经常会过来聊天。三月的一个下午，林肯·琼斯的到来打断了我和其他医生的谈话。几年前，作为诺斯蒙特第一位黑人医生，他的出现引得本镇居民议论纷纷。上周末，林肯和他的妻子夏琳请了我和安娜贝尔·克里斯蒂共进晚餐，我正想表示感谢，但一看到他的表情，我就知道他此次来访可不是为了叙旧的。

"萨姆，你有时间吗？有件事我想听听你的意见。"

我转向阿普丽尔。"我的下一个预约是什么时候？"

"你答应过道哲太太今天下午去她家出诊，但什么时候去都行。她发烧了，哪儿也去不了。"

"得流感的人多了？"林肯在我跟着他穿过走廊时问道。

我点了点头。"一到冬天就这样，你在纪念医院有多少病人？"

"重感冒的有十几个吧，大部分是上了年纪的人，病房都住满了。不过，我想说的是另外一件事，一个叫桑德拉·布莱特的病人声称她的病房闹鬼。"

我不禁轻声笑了起来。"那鬼肯定是新来的！"

我跟着他经过护士站，走进了七十六号病房。这个数字勾起了我的一些回忆，但当时我还不是十分明白它意味着什么。我本以为会看到一个靠枕头支撑着的虚弱老太太，但我大错特错了。桑德拉·布莱特三十多岁，非常迷人，此时正坐在窗边的椅子上。"你好。"我跟她打招呼，"我是霍桑医生。"

她的微笑让我着迷。"请原谅我不能起身，琼斯医生说我还得休息一两天。"

"阑尾炎。"林肯解释道，"杜鲁门医生周六下午为她做了手术。她恢复得很好。"

"如果不闹鬼就好了。"她说。我不太确定她是不是认真的。我拉过一把椅子，在她对面坐下，林肯则坐在床沿上。我很少在医院的病房里坐下，平常我都是在上班时间之前去我的病人那里查房，站在床脚，问他们晚上睡得好不好。现在，随着视角的下移，我开始意识到病房的冷清。这是一间私人病房，只有一张病床，墙上没有画，当然，在那个年代，也没有吊在天花板附近的电视，一张床、两把椅子和一个小床头柜是全部的摆设。

"给我讲讲病房闹鬼的事吧。"我催促道。

她朝我笑了笑。"你是精神科医生吧，来判断我是不是疯了？"

听到她这样想，我咯咯地笑了。"纪念医院没有精神科医生，琼斯医生喊我来是觉得我也许能帮上你的忙。你真的看到鬼了吗？"

她点点头。"连续两个晚上。周六手术后，他们给我打了一针镇静剂，我昏昏沉沉的。到了半夜，有动静把我惊醒了。在月光的照射下，我感觉床在动，还在窗户上看到一个戴着兜帽的人影。我刚想说什么，那个人影就消失了，护士赶紧过来问我有没有事。接着，我继续睡了，以为这只是他们给我注射药物引起的噩梦。"

"很有可能是这样。"我表示同意。

"但昨天晚上发生了同样的事情！那个戴兜帽的人影又出现了，这次他趴在我的床边。我想我一定尖叫了，但我睁开眼时，那个人影消失了，护士正设法安慰我。"

"你会不会是在做梦？"

"没有，我当时很清醒。我吃了止痛药，但没吃安眠药。尖叫时我闭眼了，但那只是一瞬间。然后，护士出现在我眼前，月光照了进来，跟前一天晚上一样。"

"是哪个护士？"我问。

"贝蒂·兰登。她和简·坦普尔顿是夜班护士。"

我认识她们，她们早上七点下班，我去病房开始查房时会和她们碰面。贝蒂在纪念医院工作了大约一年，简才来几个月。"我会和她们谈谈的。"我回应说。

"没多大用。她们都认为我在做梦。我甚至让贝蒂检查了床底下，但那里没有人。"

"好好休息，尽量别去想它。"林肯建议道，"如果你愿意的话，我今天晚上可以给你打镇静剂。"

"我只想离开这里回家。"

"嗯，手术没有引起并发症。阑尾炎患者通常要住院一周或一周以上，但我会和杜鲁门医生谈谈，看能不能在周五前让你出院。"

"可今天才周一啊！"想到要在病房继续过夜，她似乎很害怕，"能至少让我换一间病房吗？"

"因为流感，最近床位很紧张。我想想办法。"

我跟着林肯走到住院处，很快我们就了解到那个病区的病房都住满了。产科还有几张空床，但不能把她转移到那里。"也许住双人间的人有愿意和她换一下的。"我建议道。

"我去看看。"林肯答应道。

此时正是冬末，天降阵雪，我冒雪开车去道哲太太家出诊，然后回家换衣服。我和安娜贝尔约好在麦克斯牛排餐厅吃晚饭，那是去年秋天新开的一家餐厅，位于镇中心，我七点准时去接她。"猫猫和狗狗们今天都还好吗？"每次我都这么问，它已经是我打招呼的标准台词了。

"很好。"在我为她打开车门时，她说，"但有一条蛇生病了，我们没有办法，只能杀死它。我跟蛇很难交流。"

"我们都是这样的！"

她的动物诊所安娜贝尔的方舟位于诺斯蒙特和希恩镇之间。尽管开业还不到一年，但两镇的人都已经知道这位长着金发、有淡褐色眼睛的安娜贝尔·克里斯蒂了。我们从秋天开始约会，到现在我已经对她情有独钟了。到达麦克斯牛排餐厅后，我们来到了最喜欢的座位。她问道："你今天过得怎么样？"

我把医院病房闹鬼的事讲给她听，她敏感地认为这只是对手术麻醉的异常反应。"我想你说得对。"我表示赞同，"但今晚我想起了七十六号病房的事。一年前，有个犯人在那里被击毙了。他因为抢劫珠宝店被警察打伤，在试图摆脱守在病房门口的警卫时被击毙。"

"哇！我从没想到我搬到了这样一个无法无天的地方！"

"以后有机会我给你讲讲我们这一带发生过的一些离奇的谋杀案。"

"我来这里后已经见过两起了。"她提醒我道，"尽管其中一起涉及的是一只猫。"

麦克斯·福蒂斯丘走过来跟我们打招呼。"我最喜欢的医生们，晚上好呀！"他是一个身材高大修长的男人，头发光滑，留着稀疏的小胡子。他曾在波士顿开过一家餐厅，生意兴隆，我想不出他为什么要卖掉餐厅，搬到诺斯蒙特这种小镇来，尽管有一次他提到过一段不愉快的离婚经历。但不管是什么原因，他给这个小镇带来了一丝优雅和美味的食物。

"我今天杀了一条蛇，但也是没有办法的事。"安娜贝尔懊悔地告诉他。

"你应该把它带来，我可以用它做出一道诱人的菜。"

"还是不要了吧！这里的牛肉菜就很对我们的口味。"

他指了指餐厅后面。"天气转暖后，我打算在后面加一间聚会厅，然后把厨房扩大一点，这样我们就可以承办圣诞晚会和小型婚宴了。"他为我们露出了最善意的笑脸，"你们两个可以当我的第一对嘉宾。"

我们假装生气地笑了笑，仿佛这纯粹是他的幻想。他和我们又开了一会儿玩笑，然后就去迎接新到的客人了。"虽说是周一晚上，但他的顾客还是挺多的。"我观察到这一点。

"你不知道为什么吗？今天是圣帕特里克节①！你没想过我为什么穿着绿裙子吗？"

"我没往这方面想。"我承认道，"在医院里，每个人都穿白色衣

---

① 为纪念圣帕特里克传教士而设置的宗教节日，起源于公元三世纪末期的爱尔兰，十八世纪由移民传入美国，日期为每年的三月十七日。在这一天，美国的爱尔兰人喜欢佩戴三叶苜蓿草，用爱尔兰的国色——绿黄色装饰病房，身穿绿色衣服，并向宾客赠送三叶苜蓿、巧克力竖琴、长柄烟斗等纪念品。——编者注

服。"在那个年代，护士制服包括白鞋、白袜、浆硬的白裙和值班时从不摘下的白色帽子。

"你是没办法知道，萨姆！你需要有人每天早上告诉你今天是什么日子。"

我没有接着这个话题往下说，只是说道："不管怎样，我喜欢你的裙子，但你并不是爱尔兰人。"

"我母亲是，在圣帕特里克节，这一点并不重要。"

"我应该带你去某个地方吃咸牛肉和卷心菜的。"

"麦克斯已经把它们列为今天的特色菜了，但我想还是算了，我不是很纯粹的爱尔兰人。"

晚餐吃得很愉快，等甜点上来时，我们都吃得很饱了。最后，我们喝了一杯白兰地，为这个夜晚画上了句号。离开麦克斯牛排餐厅回到车上时，已经过了十点半。"现在去哪儿？"安娜贝尔问。

"你知道，虽然听起来很奇怪，但我想去医院，顺便看看桑德拉·布莱特。"

"那个闹鬼病房里的女人？"

"我只是想看看她今晚是否没事。"

"当然，我也一起去。下次约会时，我带你去看我的猫猫和狗狗们。"

"安娜贝尔……"

她俏皮地拉了拉我的胳膊。"走吧！"

我们到医院时刚好十一点，护士正在换班。"桑德拉·布莱特今晚怎么样？"我问贝蒂，同时看到另一个护士简·坦普尔顿正拿着便盆朝一个病房走去。

"我不知道，医生。我刚来上班，她好像在睡觉。"我轻轻地打开七十六号病房的门，以免惊扰到布莱特。安娜贝尔留在护士站和贝蒂聊天。病房里，月光透过窗户照射进来，洒在布莱特的床上。她似乎在平静地休息，就在我准备离开时，我察觉到有些异样，便停了下来，走上前想看看发生了什么。

床上的女人不是桑德拉·布莱特，而且她已经死了。

贝蒂和简迅速查看了一下留言板，发现桑德拉·布莱特在白班时被调到了六十五号病房。"她们把露丝·海夫纳搬到了七十六号病房。"贝蒂·兰登抱怨道，"但没人告诉我们。"

"因为最近两个晚上的事，布莱特小姐确信病房有鬼，便要求更换病房。"

另一位夜班护士简·坦普尔顿伤心地摇了摇头。"也许应该有人告诉海夫纳太太，她要是知道原委，就不会同意换病房了。"

"谁是她的主治医生？"

"林肯·琼斯，跟布莱特小姐的医生是同一个人。我猜是他安排更换病房的。"

"你最好打电话叫他来。"

不到二十分钟，林肯就赶到了，看上去像是我们把他从床上弄起来的似的。"发生了什么事，萨姆？"

"你最好过来看看，伦斯警长也在路上了。"

"警长？因为什么？"

我没有回答，带头走进七十六号病房，掀开女人身上的床单，让他自己判断。他抬起头，看着我，一脸疑惑。"你是在暗示她被鬼吓死了吗？"

我摇了摇头，指着她脑袋旁边多出来的一个枕头。"她是个虚荣的女人，甚至在医院里也涂口红。"

"很多女人都这样，为的是让自己显得更精神。什么……"这时，他看到了枕头上女人的唇印。"你是在告诉我她是被闷死的，萨姆？用枕头？"

"我们需要尸检才能确定，但我认为这种可能性很大，病历上说她是因为肾结石住的院。"

"没错，本来如果到明天她还没有好转，杜鲁门医生就要给她做手术了。"

此时，安娜贝尔把头探进门里。"伦斯警长来了，萨姆。"

"让他进来。"

警长是我在诺斯蒙特认识时间最长的朋友，但现在小镇不断发展，他留任的日子已经越来越少了。一九二二年，我刚从医学院毕业就来到了这里，我的诊所比那些讲究的牛排餐厅和高档的珠宝店开业要早得多，而当时警察的执法工作也比现在简单得多。有传言称有候选人会在十一月的选举中与他竞争，我可不愿意看到这种情况发生。"医生，你在这里遇到了什么麻烦？"他进门时问道，"又是一桩不可能犯罪？"

"我不知道，警长。过去两晚住在这间病房的病人说这里闹鬼，现在有个女人死在这里了。"

他低头盯着尸体。"她的死因是什么？"

"看到枕头上的口红了吗？她可能是窒息而死的。"

"被鬼闷死的？"

我无法回答这个问题，便跪下来，在地板上四处搜寻，但什么也没发现。除了连接取暖炉的回风口外，床底下别无他物。"我想和桑德拉·布莱特谈谈，如果她没睡的话。"

六十五号病房位于走廊尽头，我走了进去，发现桑德拉在床上坐着。"我听到了声音，霍桑医生，发生什么事了？"

瞒着她没有意义。"搬到你病房的那个女人死了。"

"死了？怎么回事？是不是心脏病发作了？"

"我们还不知道，可能是自然原因导致的。"然而，她很相信自己的判断。"跟我一样，她看到鬼了。"

我在她床边坐下。"桑德拉，既然你醒着，我想让你讲讲有关那个人影的所有事，你两次看到它的时候它都是什么样的？"我从口袋中拿出处方笺准备做笔记，"先介绍一下你自己吧。"

她叹了口气。"没什么可说的。几个月前，我从奥尔巴尼搬到这里，找了份糕点师的工作。"

"在诺斯蒙特？哪家店？"

"麦克斯牛排餐厅。"

"我们今晚就是去那里吃的饭！麦克斯没告诉我们他的糕点师住院了。"

"他可能不想让顾客知道我不上班时他不得不从面包店买甜点吧。他是个好老板，每天都来看我，这让我觉得没那么孤单了。我父母现在住在佛罗里达，我还没有机会交到很多朋友。"

"那周六晚上的事呢？"

"嗯，就像我说的那样。手术后我几乎是昏昏沉沉的，但因为感觉到床在动，我醒了过来，看到了那个戴兜帽的人影出现在我的病房里。"

"门是关着的吗？"

"是的，但有月光从窗户照进来。"

"你能看出那个人影是男是女吗？"

她摇了摇头。"只是一个戴着兜帽的黑影，就像一场噩梦。"

"也许就是一场噩梦。"我轻声说道。

但她摇了摇头。"有一瞬间，我使劲眨了眨眼，以确定我不是在做梦。接着，我就看到护士贝蒂在摸我的脉搏。她说我弄出了动静，所以进来看看我。"

"也许你在窗边看到的人影就是她。"

"不会。前天晚上我还半信半疑地认为那是梦，但昨晚那个人影又回来了，就趴在我的床边上。那时我真的尖叫了，今天早上我把这些都告诉了琼斯医生。"

和她之前讲的基本一致，我想我可以相信她。"我得再和护士们谈谈。"我决定道，"再告诉我一件事。你来诺斯蒙特后跟人结过仇吗？有想伤害你的人吗？"

"没有，当然没有。我连男朋友都没有。除了麦克斯和同事，我认识的人不多。在餐馆上夜班会减少一个人的社交生活。"

简·坦普尔顿在护士站，我决定先和她谈谈。她瘦弱而自持，几乎没有什么吸引人的地方，但对病人的态度很好。我们说话的时候，安娜贝尔走到我身边。我几乎忘了她在这里了。"萨姆，我打辆车回家吧，明天一大早我还得去方舟那儿。"

"那怎么行，我送你。"我转头对简说："我一会儿就回来。"

在车上，安娜贝尔跟我道歉。"我知道那对你很重要，萨姆，你不应该因为我离开。"

"如果让你打车回家，这算什么约会。"

我将她送到家门口，就匆匆赶回了纪念医院。这时，尸体已经被搬走了，伦斯警长也挨个询问了护士们。"这看起来像是你的又一个不可能犯罪，医生，除非你愿意承认是鬼杀了她。"

"那会是什么鬼？"我故作天真地问道。

"弗兰克·诺玛德，那个抢劫珠宝店的家伙。还记得他吗？我的一个手下在犯罪现场打伤了他，后来他试图从同一间病房逃跑，所以被击毙了。我记得他躺在地板上，奄奄一息。他抬头看着我，说我的手下不应该开枪打他，因为他并非想逃跑。然后，他就死了。"

"你的那个手下是谁？"我记得那件事，但不记得细节了。

"雷·布劳尔。你认识雷，对吧？好人一个。我调查了当时的情况，雷向他开枪是正当的。"

"今晚被杀的海夫纳太太怎么办？"

"我们正设法联系她在纽约的家人。她从波士顿开车回家时，肾结石突然发作了。"

"诺斯蒙特没人认识她吗？"

"据我们所知，没有。面对现实吧，医生，她被杀是因为她恰好换到了这间病房。"

"我想凶手可能在黑暗中认错了人。"

"要不就是这间病房真的闹鬼。护士们的证词表明，在她们接班后，没有人走进过七十六号病房。"

我依次和两位护士交谈，但她们的说法都一样。十一点前，她们着手接晚班护士的班，之后开始各自的巡视。没人告诉她们海夫纳太太和桑德拉·布莱特换了病房，直到我到达时她们才得知这件事。"我们负责六十一号到八十号病房。"贝蒂解释说，"通常从两端开始巡视，以确保每个人都没事，你来之前我还没到七十六号病房。"

"你是想告诉我她是在十一点以前遇害的？"

"哦，不，因为晚班护士玛吉在交班核查表上写的是七十六号病房正常。如果有人进入这间病房，我们会注意到的。整件事看起来都是不可能发生的！"

"我得和玛吉谈谈。"我决定道。

"玛吉·惠勒。"她瞥了一眼时钟，"她现在可能在睡觉。"

"我也要睡觉去了。"我说，"我明天再去找她。"

在走出医院的路上，另一个护士简追上了我。"有件事我忘了告诉你。"她说，"今晚我出电梯时，有个晚上来看病人的人刚好要离开。"

"哦？那是谁？"

"牛排餐厅的麦克斯·福蒂斯丘。我有时会去那里吃饭。"

第二天上午，我找到雷·布劳尔，他是警长的手下，去年就是他杀死了七十六号病房里的犯人。他身体肥胖，一头黑发，肚子和制服衬衫上的扣子时时刻刻在较劲。"我当然记得医院的那次击毙了。"我告诉他，"但事发那天我在希恩镇，不清楚细节。"

他把腰带移到一个更舒服的位置。当时，我们是在警长的办公楼见面的，等我们谈完话他就会上街巡逻。"好吧，你知道诺斯蒙特珠宝店吧。"他开始讲起一个他可能讲过一百遍的故事，"当时，他们开张没有多久，但对我们这个不断发展的小镇来说，那可是个高档场所，而且他们卖的东西也很值钱。弗兰克·诺玛德这个鸟人开车经过时决定进店抢劫，他朝他们亮出枪，然后把珠宝装进布袋里。我猜他不知道该店和银行一样安装了静音报警系统。在停车场，其他警察堵住了他，击中了他的左腿。他们缴获了那把枪，以及装珠宝的布袋和盗窃工具。因为伤势不重，他们把他送去了纪念医院，取出子弹，给他包扎起来。那天晚上，他们派我去看守他，到第二天就可以将他转移到监狱。"

"这是一年前的事了，对吧？"

"对啊，那天是三月三日。我不可能忘记我杀人的日子。"

"给我讲讲具体情况吧。"

"嗯，那时过了午夜，我认为他已经睡着了。当时我正坐在门外的椅子上，突然听到里面有动静。"

"什么动静，雷？"

他皱起了脸，像是在努力回忆。"我不知道。有点像金属碰撞的叮当声，但不是太响。我决定进去看一下，于是打开门。病房里很暗，但借助从窗户照进来的月光，我看到他已经下床，手里拿着一把刀冲我走来。我没有多想，拔出手枪，朝着他的胸部开了一枪。"

"伦斯警长说，诺玛德在死前说他并不是打算逃跑。"

"你还能指望他说什么？后来，我发现那是把螺丝刀，但他要是用它来捅我，一样会致命。我们认为这是我们没在他身上搜出来的盗窃工具之一。虽然他穿着病服，但他的衣服就在病房里。"

"谢谢你，雷，你帮了大忙了。"我站起来和他握手。

"伦斯警长说这事跟鬼有关。你不认为……"

"鬼会来找你？不，雷，我觉得你没什么好担心的。"

我走进警长的办公室，发现他正和妻子薇拉打电话，谈论这起谋杀案。挂断电话后，他抱歉地说："她是医院的志愿者，想知道案子有没有什么新进展。"

"有吗？"

"只有验尸报告。你是对的，海夫纳太太是被闷死的，不是鬼就是人干的。"

"我敢打赌是后者。"

"那么，凶手是如何连续三个晚上进出病房还不被发现的呢？"

"我正琢磨这事。"我对他说，"你确定雷·布劳尔去年杀死那个囚犯是正当的吗？"

"当然，他扣动扳机的速度有点快，但他认为自己有生命危险。换了我，我可能也会这么做，医生。"

"他说被盗的珠宝已经找回来了。"

"是啊，差不多都找到了。"

"差不多是什么意思？"

"哦，商店经理说有一条珍贵的钻石项链不见了，但不在布袋里，他暗示可能是我的一个手下顺走了它，我则暗示他可能想虚报保险索赔金额。"

"它值多少钱？"

"五万美元，真不知道他们在诺斯蒙特能不能卖得出去。不管怎样，保险公司最后还是付了钱，案子就这样了结了。"

"也许诺玛德把它藏在了病房里，他的鬼魂回来找它了。"

警长摇了摇头。"你了解那些病房，医生。它们没有什么装饰，连根牙签都没处藏。为确保万无一失，我们把床和马桶都仔细搜查了一遍，但并没发现有隐藏的项链。"

"马桶水箱呢？"

"我们首先找的就是那里。"

"好吧，待会儿见。"

"想到什么了吗，医生？"

"很多。"

没错，我有很多想法，但还差一块拼图才完整。我中午去了牛排餐厅吃快餐，我希望麦克斯·福蒂斯丘能帮我把拼图补上。"我不知道你的糕点师住院了。"在他领我去餐桌时，我对他说。

"桑德拉？她得了急性阑尾炎，切除了，不过，现在她恢复得很好。"

"我听说你昨晚去看她了。"

他点了点头。"那时探视时间已经过了，但我不得不等这里的顾客少了才离开。你知道的，昨天是圣帕特里克节。"

"我知道，有个病人在桑德拉·布莱特之前住的病房里被杀了。"

"我听说有人死了，但不知道是在那间病房。我每天都去那里看她，她告诉我她做了一个疯狂的梦，梦见病房里有鬼。昨天晚上我去之前，医生已经为她换病房了。"

"可护士们知道她在哪儿吗？"

"当然，那个迷人的玛吉告诉我她换病房了。"

玛吉·惠勒。午饭后我给林肯·琼斯打电话，得知她三点钟会来上班。我在走廊等她，看到她沿走廊朝护士站走去，边走边用发夹把白帽子固定在头发上。我拦住了她。麦克斯所言不差，她年轻又迷人。"你好，霍桑医生。"她跟我打招呼。

"我一直在等你，玛吉。"

"是关于昨晚的事吗？贝蒂打电话告诉我说可怜的海夫纳太太死了。这太可怕了，她只是因为肾结石住的院。"

"你最后一次看到她活着是什么时候，玛吉？"

"我喜欢在下班前检查所有人的情况，那肯定是快到十一点的时候。"

"病房里有陌生人吗？或者说有没有不应该出现在那里的人？"

"那是探视时间之后了。桑德拉·布莱特的老板大约十点半从餐厅过来看她，我告诉他不会有事的。他甚至带她在大厅里散了一会儿步，尽管他不应该这么做。我一看到，就把他们叫回了病房。"

"这是在你检查海夫纳太太的情况之前还是之后的事？"

"哦，之前！我检查过海夫纳太太的情况后就没人再进过她的病房了。"

"她当时是醒着的，在说话？"

"她说了几句话。"

"没有人躲在她的病房里吧？"

"当然没有！在下班前，我还会检查厕所。"

"谢谢你，玛吉。"我说，让她继续往前走。

我站在护士站旁边，打量着通往两个方向的走廊。一个日班护士从一间病房里走出来，怀里抱着一堆脏床单，打开了通往洗衣槽的门。我看着床单渐渐消失，朝地下室的洗衣房滑去，觉得值得去下面检查一番。我乘电梯下了两层楼，看到了堆积如山的待洗的床单和毛巾。

白色，白色，全都是白色的。只花了一会儿工夫，我就在这堆东西的底部发现了一件深蓝色的绒布长袍。我猛地把它拽了出来，确认它有一个兜帽。就在这时，哐啷一声，有个东西从口袋里掉了出来，砸在地板上。我低头一看，原来是把螺丝刀。

十五分钟后，我把叠好的长袍放在伦斯警长的桌上，旁边放着螺丝刀，然后对他说道："这就是你说的那个鬼。"

"你从哪儿弄来的，医生？"

"医院的洗衣房。凶手把它卷了起来，扔进了洗衣槽滑道。这是去年弗兰克·诺玛德被布劳尔杀死时携带的螺丝刀吧？"

"该死的，肯定不是！"他走到一个文件柜前，拿出一个文件夹，"由于已经结案，我们把死者的财产还给了他的家人，但我保留了它们的照片。"他迅速浏览了一份文件。"这是那把螺丝刀！"他把一张照片放在我找到的那个工具旁边。

"它们是一样的。"我得出结论，"看到木柄上的这抹油漆了吗？"

"我想你是对的，"他承认道，"也许我们真的遇上鬼了。"

"很难说！你说这些东西都还给了他的家人，那是谁？"

"他有个女儿，住在西部的某个地方。我把地址记在这里了，格伦达·诺玛德，奥马哈的一个邮箱。"

"你什么时候还的？"

"就在几周前。"

"几周前。"我重复道。最后一块拼图终于找到了。

"在这种事情的处理上，我愿意等上一年，以防其家人提起过失致人死亡的诉讼，或出现其他什么意外。但他们没有，所以我把他的衣服和东西放在一个箱子里寄给了他的女儿。你觉得我们应该联系在奥马哈的她吗？"

"没那个必要，她就在诺斯蒙特这儿。"

那天晚上，我们一群奇怪的人聚在桑德拉·布莱特的病房里。桑德拉当然在，每晚必来拜访的麦克斯也刚好赶到。另外，我和林肯安排的三个护士都在场。玛吉·惠勒正好上晚班，贝蒂和简是提前赶来的。加上警长和我，有七个人挤在这间病房里。

"在我看来，有一点从一开始就很明显。"我开始讲，感觉有点像电影中的侦探把嫌犯聚在一起准备摊牌的最后一幕，"七十六号病房的闯入者，不管是鬼，还是人，都在寻找什么东西。病房这里击毙过珠宝店劫匪，还有一条项链丢失，这让我意识到闯入者寻找的目标就是项链。不过，时间方面的问题让我很困扰。为什么伦斯警长和他的手下没有找到那条项链？为什么整整一年过去了，现在突然有人想要找它？"

我略做停顿，扫视了一下大家的脸，看到没有人说话，便继续讲下去。"布劳尔提到劫匪的武器是一把螺丝刀，而不是他最初以为的匕首。在凶手穿的那件蓝色长袍的口袋里发现螺丝刀时，我才真正意识到这件事的重要性。弗兰克·诺玛德，那个奄奄一息的劫匪，告诉警长他被枪击时并非想逃跑。他当时没有理由说谎，因此，我们可以相信他的话。如果他不是想跑，那他拿着螺丝刀干什么？布劳尔进病房，是因为他听到了金属的碰撞声。设想一下，诺玛德当时其实就是在拿螺丝刀当螺丝刀用。"

"可是我们把病房搜了个遍，医生。"伦斯警长质疑道。

"搜了个遍，但不包括地板下，也不包括床下的回风口，用螺丝刀拆下金属格栅，就可以将项链藏在那里了。"

"我从没想到这一点。"警长承认。

"诺玛德的女儿亲自来诺斯蒙特寻找项链时也没有想到。她很了解自己的父亲，这让她意识到他可能把它藏在了某个地方，只是不知道藏在哪里。直到一年后，警长寄给了她一箱父亲的遗物。邮件是从奥马哈转寄过去的，当看到螺丝刀时，她才意识到有一个地方没有找过。但现在正值流感高发季节，医院里住满了流感病人和其他病人，七十六号病房一直有人住着。周六晚上，因为桑德拉手术后注射了镇静剂，她便开始冒险寻找，但事情偏偏出了差错。桑德拉醒了，看到了一个戴兜帽的人影。"

"为什么她要穿带兜帽的衣服？"麦克斯·福蒂斯丘疑惑道，"从你已经告诉我们的情况看，很明显是某个护士干的，为什么她不穿护士服呢？"

"因为即使是在黑暗的病房里，只要月光从窗户照射进来，白色制服就会让她露馅，而她在床底下爬来爬去是不会被人发现的。不过你说是护士干的是对的，兜帽的使用证实了这一点，她不仅要遮住制服，还要遮住白色帽子。"

"她把帽子摘了不就完事了吗？"伦斯警长疑惑道。

"不行，因为上班时必须戴着帽子。她准备好了，如果病人醒来，她就可以这样做：让长袍从肩上滑落，掉到地板上，这样，在床边的她就是一身护士服了。”

病房里的人都看向了贝蒂·兰登。

贝蒂脸色苍白，浑身颤抖，紧张地抿着嘴唇后退到墙边。“我是听到她喊的时候才进去的。”

“不对。”我说，“你早就在那儿了。第二天晚上，桑德拉让你检查床底下。如果是其他护士丢的，长袍就应该在那里，但你没说看到了它。你昨晚回来在病人再次尖叫前把她闷死了，甚至在黑暗中都没有意识到那是另一个病人。然后，你就有时间在回风口找到项链，再把格栅装回去。你是在十一点前动手的，当时你来到了病区，但还不到上班时间。玛吉刚检查过病房，你知道她不会再检查了。你本应该看下午的交接报告，却在七十六号病房忙着，这就是你没意识到病人已经换了的原因。一开始你告诉我病人在睡觉，后来你又说我到的时候你还没有检查过病房。”

“简。”她勉强开口说道，“是简。我来这里快一年了。”

我点了点头。“这跟你父亲被击毙后的时间正好吻合。当然，要不是你做了一件蠢事，也可能是简干的。当你需要为你的护士执照取一个假名字时，你只是把自己姓氏的六个字母重新排列了一下，格伦达·诺玛德就变成了贝蒂·兰登[1]。”

项链找回来了，那个叫贝蒂·兰登的女人坦白了一切。案子结了。一段时间以来，安娜贝尔·克里斯蒂是我面临的唯一问题，我也解决了。复活节那天，我向她求婚了。

“我愿意！”她毫不掩饰地热情回应了我，“我们什么时候结婚？”

---

① 诺玛德（Nomard）调整一下字母顺序即是兰登（Random）。——译者注

"我已经四十四岁了，安妮①。我不能等太久。"

"那就今年吧。圣诞节前。我们可以在麦克斯的餐厅办婚宴，让桑德拉做结婚蛋糕。"

我们拿出一本日历，翻到十二月。"十二月六日，第一个周六怎么样？"我建议道。

她笑着吻了我。"一九四一年十二月六日，听起来是个好日子。"

---

① 安妮（Annie）是安娜贝尔（Annabel）的昵称。——译者注

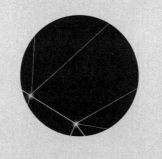

02

<h1 style="text-align: right">诈骗犯之死</h1>

　　"那是一九四一年夏末，"等酒杯倒满之后，萨姆医生开始讲了起来，"安娜贝尔和我订婚了，婚礼定在十二月六日。那年新英格兰的夏天温暖怡人，战争逐渐扩大的消息还未传来。八月的第二周，罗斯福和丘吉尔在纽芬兰会面。即便如此，大多数人仍然认为美国的立场是向盟国提供支持和物资，而不是真正参战。"

　　周五晚上，安娜贝尔和我去了本镇最受欢迎的麦克斯牛排餐厅吃晚餐。"我们应该去度假，"晚餐结束时，安娜贝尔建议道，"谁知道明年会是什么情况呢？"

　　"你认为我们会参战吗？"

　　她耸了耸肩。"趁现在还没有，我们抓紧去吧，萨姆。你划过独木舟吗？"

　　对此我只能微微一笑。"我不怎么喜欢户外活动，上大学时我才接触独木舟。"

　　"这样的话，那就成了一次冒险。如果我们落水了，我只能怪你经验不足。"

　　"我有一周的空闲时间，可是方舟怎么办？"她的兽医诊所叫安娜贝尔的方舟，现在吸引了全县的宠物主人带着他们的宠物前来治病。

　　"我外出时，凯莉可以打理好一切，她现在技术不错。"

"好吧。"我无奈地同意了，"我们要去哪里划独木舟呢？"

"我想去康涅狄格河。沿途有一些漂亮的公园，我们可以在那里露营，还有……"

她还没来得及说下去，伦斯警长便来到了我们的餐桌旁。多数时候我会很高兴见到他，但那天，他的出现更像是一次打扰，不合时宜。

"我猜到你们周五晚上可能会来这里吃晚餐。"我还没来得及反对，他就边说边坐进了我旁边的卡座。他最近又长胖了，肚子已经顶到了桌子的边缘。

"和我们一起吃甜点吧？"我显得很有诚意，但内心并没有那么情愿。

"来点冰激凌吧，我在监狱里遇到了一件麻烦事。"

"什么事，警长？"安娜贝尔问。我在桌子底下踢了踢她的脚。

"几个小时前，有个家伙断断续续地讲了一个你们从没听过的离奇故事。他说，每年夏天他都会在希恩镇附近的树林里徒步旅行，经过同一条路，他在那里发现了一栋被人遗弃的老房子，在他的记忆里，那里一直没有人住。现在，它修缮好了，不但新刷过漆，院子里还栽了花，显然有人住在那里。当时一男一女正在房后忙活，他决定停下来和他们聊聊天。那个女人很友好，但那个男人简短地打了个招呼就进屋去了，再也没有出现。男人留着胡子，但脸似曾相识。这个徒步旅行者重新上路后，一直在琢磨这事，于是，到了镇上他便决定报案。他认为住在老房子里的人是克利福德·法斯考克斯。"

一听名字，我就知道那是谁了。法斯考克斯是芝加哥的一个骗子，他欺骗了成千上万的小投资者，其手法不过是庞氏骗局，即用新投资者的钱支付早期投资者的高额利息，同时向投资者承诺他可以从一家根本不存在的智利矿业公司获得巨额利润。报纸想曝光他的阴谋，他便把第一家如此做的报社告上了法庭，要求他们赔偿一百万美元，这让其他报社的调查受阻数月之久。最终，他还是被捕了，但在交了保释金后，他随即带着投资者约五百万美元的资金消失了。自那以后，已经两年没人见过他了，大家都以为他逃到了国外。

"你向州警察局报告了吗？"我问。

"还没有。"警长回答，显然心里没底，"这个徒步旅行者的故事听起来有点古怪，在我采取行动之前，我想让你听听这事。他可能是个疯子，或者只是弄错了。"

"所以你想到了我。"

"如果你能抽出几分钟时间，我想让你去见见他，然后告诉我你觉得他是不是正常人。"

我叹了口气，看着安娜贝尔。"想一起去吗？"

"不了，谢谢！古怪的东西都归你，除非他们有四只脚。"

我付了账，让她把我的车开回家，并答应稍后给她打电话。然后，我跟着伦斯警长走到他的车旁，坐上副驾驶座。他在座位旁边放了一把猎枪，感觉像是多了一个换挡杆。"看来你已经准备好应对犯罪率的激增了，警长。"我开玩笑说。

"这可不是闹着玩的，医生，有些人认为德国人可能在设法通过潜艇派送间谍。"

"这也太难以置信了吧。"我告诉他，但在当时看来，事情的确如此。

等在警长办公室的那人又高又瘦，比我还高几英寸①，叫格雷厄姆·帕特里奇。说话时，他的长手指不停地敲击警长的桌子，他脚边的地板上放着一个鼓鼓囊囊的背包。

"我跟警长说了，我住在波士顿。每年八月我都要在新英格兰徒步旅行一周，就像澳大利亚土著在丛林里的短期流浪一样。我的路线每年都有变化，但通常我会设法经过这一区域。"

---

① 英美制长度单位，1英寸约合2.54厘米。——编者注

"你结婚了吗，帕特里奇先生？"我问。

"没有，我是单身汉。如果我有妻子，可能就没法这样做了。"他笑了，但笑声奇怪而生硬，我理解警长为什么拿不准他是什么样的人了。

"给我讲讲发生的事吧。"

"我去年才第一次看到那栋房子，当时它没有人住，两层楼，有落地长窗，但用木板封着。它需要修缮，尤其需要重新刷漆。房后有间车库，房前有棵大柳树。但今年看上去这栋房子有人住了。透过落地窗，我甚至可以看到一架小钢琴。"

他说话时不停地摆弄手指，我突然想到了什么事。"帕特里奇先生，你会弹钢琴吗？"

"弹钢琴？会的，我是波士顿爱乐乐团的。"

我对他笑了笑。"我很难不注意你手指的动作。"

"我总是在练习，这样会让我的手指保持灵活。"

"请继续讲你的故事。"

他描述了自己看到老房子重新刷漆后焕发生机时的惊喜。在注意到房后有一对中年夫妇在清理灌木丛时，他决定跟他们搭话。"女人比男人年轻，四十岁左右，很迷人。男人年纪较大，胡子花白，眼神凶狠。我告诉他们，我很欣赏他们对老房子的修缮。女人愿意和我交谈，但男人简单打了个招呼就回了屋，好像他不想让人看见似的。我和女人聊了几分钟就走了，我很肯定以前在什么地方见过那个男人。接近诺斯蒙特时，我想起来了，如果没有胡子，他可能就是克利福德·法斯考克斯，那个失踪的诈骗犯。"

"你就这么肯定？"

"我有很大把握，我在报纸和纪录片上看到过他的照片。"

"那可是两年前的事了。"

格雷厄姆·帕特里奇皱着眉头，思索着。"这类事情我能记清楚，我知道是他。"

"你怎么看，医生？"伦斯警长问。

"这不是我能决定的，警长，但我建议做个小测试。你办公室一定有通缉法斯考克斯的海报，我们摆出五张，把名字遮住，看看帕特里奇先生能不能挑出正确的那张。"

"这主意不错，医生，我就没想到这一点。"

伦斯警长很快就找到了通缉海报，上面是一个剃掉胡子的中年男子，被联邦政府通缉，罪名包括利用邮件诈骗和为逃避诉讼而非法逃亡等。我们选择了年龄相仿男子的通缉海报进行测试，所有人都像法斯考克斯一样胡子刮得干干净净。我们遮住了其他部分，只露出脸，让帕特里奇辨认。"第四个。"他毫不犹豫地说道。

"没错，就是他。"警长表示同意，并把名字揭开。"你怎么看，医生？"

"我不知道。"

我看得出来，在查清楚之前，警长不愿意联系上级。他挠了挠下巴说："我想明天上午我可以去那里跑一趟。"

"我和你一起去。"我建议道。我确信这就是警长一开始去餐厅找我的原因。

"那太好了，医生。我们可以装作去做健康调查，在确认之前，我不想轻举妄动。帕特里奇先生，你明天还在附近吗？"

瘦削的男人点了点头。"我打算在这里找一家民宿住一晚，然后早上继续徒步。不过，我很乐意陪你们。"

"不用麻烦了。去沉睡谷看看有没有合适的民宿吧，就在这条街上。麦克斯韦尔太太开的，房间还不错。我希望你至少在镇上待到中午。还要麻烦你给我们画一张小地图，标明那栋房子的位置，我和医生明天一早开车跑一趟。如果有什么问题，回来后我会找你再谈谈。"

自从我和安娜贝尔订婚后，伦斯警长和我还是第一次单独在一起。

因此，第二天早晨，我们在他车里的谈话很自然就转向了即将到来的婚礼。"我当过你的伴郎，"我提醒他，"我希望你也当我的伴郎。我应该早点请你的，只是我们还没有想好怎么办就开始筹备了。"

"我很高兴当你的伴郎。"他告诉我，"让你也受一受我们这些已婚男人的苦。"

我知道他在开玩笑。他自己十二年的婚姻几乎是完美的，唯一的遗憾是没有孩子。"我希望能像你和薇拉一样幸福，那样我就知足了。"

"安娜贝尔是个好姑娘，医生，从她来到这里开方舟诊所的那一天起我就知道了。谁能想到在诺斯蒙特兽医诊所的生意这么好呢？还记得一九三五年时的卡斯帕养狗场吗？经营了不到一年。"

"那只是个狗屋而已，这里的人需要的是真正的兽医，以便为他们的宠物和牲畜治病。他们需要安娜贝尔。"

"阿普丽尔还好吗？又回来为你工作了？她丈夫经常给她写信吗？"

"每隔几天就会写一封，这种生活并不舒服。他漂在海上某个地方，却不能说在哪里。有时她好几周都得不到任何消息，然后过一段时间又会同时收到一堆信。"

"我在教堂看见过她和那个男孩，小家伙长大了。"

"萨姆，"我带着一丝骄傲说，"她用我的名字给他取名，现在快五岁了。"

"你带了地图吗，医生？我们是在这儿转弯吗？"

帕特里奇画的地图太简单了，几乎毫无用处，那栋房子在一个没有路标的地方。"我不确定，下个路口左转试试。"

但是，路越来越窄了，我们走到了一条放牛的小路上，没有看到任何房子。没办法，我们只好沿着原路折回主路，试着在下一个更接近希恩镇的路口左转。走了大约半英里①后，我们看到了一栋房子，大致符

---

① 英美制长度单位，1英里约合1.61千米。——编者注

合帕特里奇的描述，看上去像是刚粉刷过，一个看起来挺年轻的女人正在割草。

"你好。"伦斯警长向她打招呼。我也下车，跟了上去。

阳光刺眼，她举起手挡在眼睛上方。"你好。"

"我是伦斯警长，这位是霍桑医生，我们在做健康调查。你住这儿很久了吗？"

"四月份才来。"

"那你的名字是……"

"珍妮弗·洛根。"这位四十岁左右的黑发女人转身避开阳光，放下手，露出一张礼貌而友善的脸。

"有人和你一起住在这里吗？"

"只有我的同伴，杰基。"

"杰基现在在家吗？"

"当然，我们总是形影不离。"

"我们能和他谈谈吗？"

她的嘴角泛起一丝微笑，转身向屋里喊道："杰基，你能出来一下吗？"

一个又高又瘦的女人出现在门口。"怎么了，亲爱的？"

"他们在做健康调查。"

她一步两层台阶地走下门廊，向我伸出手。"我是杰基·奥尼尔。我们看上去足够健康吧，能过关吗？"

伦斯警长似乎很困惑。"我们了解到有位先生住在这栋房子里。"

"除了我们两个胆小鬼，这里没有别人了，是吗，亲爱的？"

"没错。"珍妮弗·洛根附和道。

"应该是一个留着胡子的男人，比你看起来要大一些。"警长掏出法斯考克斯的大头照，让她们看，只不过把他的名字遮了起来。

"我从没见过此人，"杰基宣称，"不管有没有胡子。"

"附近还有其他翻新过的房子吗？"我问。

"我们基本上不跟别人来往。"珍妮弗回答说。

"好吧，谢谢你们的帮助。"警长说，"走吧，医生。"回到车里，他问："你怎么看这两个人？"

我耸了耸肩。"我想她们就是看起来的样子，并非只有通缉犯喜欢独居。"

我们又试着走了两条路，最后我们进到了希恩镇的地界。"我们最好折回去，带着帕特里奇一起再过来。"他决定。

我们开车赶到麦克斯韦尔太太提供住宿和早餐的民宿时，那位波士顿的旅行者正好背上背包，准备出发。"找到房子了吗？"看到我们后，他问道。

"你的地图不顶用。"警长告诉他，"你最好跟我们一起去一趟，给我们带路。"

"如果你们需要，我乐意效劳。"他欣然同意了。

在帕特里奇的地图的指引下，我们沿原路返回，但他很快承认走错了。"我忘记了这条往右的路。"他承认道。

"你说是在左边。"

"我想是转身造成的，方向反了。我的方向感向来很差。试试这条路吧。"

继续往前走，我们遇到了一个我认识的人。他是我的一个病人，叫彼得·哈里森，正在自己的车道上铺碎石子。"最近身体怎么样，彼得？"我向他喊道。

"很好，医生。你们为什么跑到这儿来？可不近呢！"

"我们在找一栋房子，两层楼，最近重新装修和粉刷过，前院有一棵大柳树。你听起来觉得熟悉吗？"

彼得摘下帽子，擦了擦额头上的汗，他从来都不是一个动作敏捷的人。"你想找的可能是斯托弗的老房子。大约一年前，有个城里人买下了它。"

"你知道他的名字吗？"

"名字很普通，我想可能叫柯林斯。有个叫梅维丝的女人也住在那里，我想应该是他的妻子。我们很少见到他们。沿着这条路一直走，你们就能到达那栋房子了。"

我们似乎得到了一条可靠的线索，不久，帕特里奇就指出了他走过的那条徒步路线。拐过下一个弯，我们便看到了他描述的那栋房子，它半掩在一棵巨大的柳树下。"一定就是这里了。"伦斯警长说。

"是的。"坐在后排的帕特里奇同意道，"我现在认出来了。"

我们下了车，朝它走去，房子关着门，似乎已经人去楼空了。伦斯警长走到门廊上，透过挂有门帘的法式双开门向客厅望去。"在希恩镇这个地方，这房子算是豪华的了。"他说，"看来有人在它上面投了一大笔钱。"

"看见什么了？"我问。

"看来没人……"说到一半，他停住了，"医生，快来这里看看！"

我透过玻璃门另一边的蕾丝门帘看了看。很难看清东西，但好像有人倒在地毯上，头和肩隐藏在一个角落里。我迅速试着开门，但门锁着。"让我们找找看有没有开着的门。"我对警长说。

除了法式双开门之外，还有前门和后门，都牢牢地锁着。另外，还有十一扇窗户，都关着。等我们绕着房子转了一圈后，伦斯警长决定打破法式双开门上的一块玻璃。"我们得进去，医生。"

"我们当然得进去！他可能还活着。"

警长用左轮手枪的枪托敲碎了门上的玻璃，然后伸手去拉门闩。"这家伙很谨慎。"他说，"这扇法式双开门还有额外的门闩。"他转向帕特里奇。"你留在外面。"

"我敢说，其他门上也有门闩。"我知道这又是一次密室谋杀，我之前经历过太多次这种事情了。

等我来到胡子男人身边时，发现他已经死了，即使我们早五分钟发现他，他也已经死了。他的头差一点就碰到壁龛内的立式钢琴和长凳。致命的子弹穿过了右太阳穴，弹孔清晰、干净，他只流了一点血。他的右手握着一支点三二口径的小型自动手枪。

"自杀，嗯，医生？"

我不置可否，只是咕哝了一声，他则继续搜查一楼。突然，他在厨房里喊我："快来，这里还有一个人！"

这次是一个女人，横躺在厨房的地板上。她至少中了两枪，而且显然是被同一把枪射中的，和胡子男人一样，她可能当场就死了。"我们最好叫帕特里奇来辨认一下。"我建议道。

警长走到门口，把帕特里奇叫了进来。"这是你昨天见到的人吗？"

看到尸体，瘦削男人表现得很是不适。"我的天哪，发生了什么事？"

"看起来像是先谋杀后自杀，你看到的就是他们吗？"

"是的。"他平静地说。

"你确定？"

"是他们。"

"你认为这个胡子男人就是克利福德·法斯考克斯？"

"我确定是他。"

"这个女人就是昨天在院子里跟你说话的那个人？"

"是的，就是她。"

伦斯警长点点头。"好吧，那你在这里待一会儿。"

帕特里奇走进壁龛，盯着钢琴。他用手指轻轻地敲了敲琴键，就像在警长的办公桌边缘敲击一样，若是敲到一个琴键时走调了，他还会皱起眉头。"这是犯罪现场。"伦斯厉声提醒他，"不要碰任何东西。"

然后，警长问我："你觉得是怎么回事，医生？"

"你最好打电话叫几个人过来，我去检查一下二楼的窗户。"

"你觉得会有窗户可能是开着的吗？"

"我肯定它们都关上了，凶手想让我们认定这是一起先谋杀后自杀的案件。"

"法斯考克斯？"

"是的，或者说是杀死他们的人。"

当警长给他的办公室和州警察局打电话时，我在二楼转了一圈。所有的窗户都关得严严实实，跟楼下的门一样，通往楼上走廊的门不但锁了，也闩住了。主卧室的双人床没有整理。当我回到楼下时，警长正在给州警察局打电话，格雷厄姆·帕特里奇紧张地站在客厅中央，不敢碰任何东西。

我跪下来检查法式双开门上的插销，心里很清楚，如果其中一扇门的底部和顶部没有固定好，双开门就会被弹开。顶部插销是插进门框的，但没有合上；底部插销是插入地板的，牢牢地合上了。尽管我使劲推了，但门还是没有动。接着，我走到壁炉的烟囱旁，发现它太窄了，即使身材如精灵般的圣诞老人也钻不过去。我划着一根火柴，举着它看了看满是烟灰的内壁，没有发现有什么东西钻过去的擦痕。

"我必须和这些尸体待在这里吗？"帕特里奇问道。

"到外面去吧。"伦斯警长告诉他，"州警会问你话的。"

桌上有一张电力公司寄来的账单，收件人是梅维丝·柯林斯，但我没看到上面有胡子男人的名字。不到十五分钟，第一辆警车抵达，刑事调查科的威廉姆斯来了。我们把事情的原委告诉他后，他便派人去提取死者的指纹了。"我们很快就会知道那人是不是法斯考克斯了。"

伦斯警长介绍了格雷厄姆·帕特里奇的情况，以及他是如何在徒步时认出法斯考克斯的。"我想，如果法斯考克斯认为他的行踪已经暴露，他就可能会决定自杀并杀死他的妻子，假设那是他妻子的话。"

威廉姆斯点点头。"我最好先找这个叫帕特里奇的家伙录个口供。"

"站在外面柳树旁的人就是他。"

只剩下我们两个人时，我悄悄对警长说："我认为他不是自杀的。"

"为什么不是？"

"你再看看他的伤口，周围干干净净，没有火药烧灼的痕迹。"

"该死！我早该注意到的！"

"那个女人不可能开枪杀了他，再开两枪自杀，然后走进厨房死在那里。首先，会有血迹留下。其次，她开的第二枪就可能已经要了她的命。"

"但你告诉我这栋房子从里面锁得很严实，这又是一桩不可能犯罪吗，医生？"

"恐怕是这样的，警长。"

威廉姆斯带着帕特里奇回到屋里。"你们检查过房后的车库吗？"他问。

伦斯警长告诉他："刚想要去。"我也跟着去了。

车库和房子一起粉刷过，但跟房子不同的是，车库的门没有上锁，实际上是虚掩着的。我们在里面发现了几桶垃圾、碎玻璃和空油漆罐，还有一把锤子和其他工具。一辆最新款的凯迪拉克和一辆二十世纪初的轻型四轮老式马车并排放在一起。马车的布顶已经严重损坏，侧窗透明的云母玻璃被割开了，好像是有人故意割开的。我不知道这是不是几十年前就已经坏了。"新旧更替。"伦斯警长喃喃地说道，"他们买下这栋房子的时候，这辆马车应该就在这儿了。"

我四处搜寻了一下，想找点有帮助的东西。有一架梯子可以爬到二楼的窗户，但我已经确定窗户都从里面关上了。"没有任何证据表明凶手曾来过这里。"我断定，"如果是个流浪汉，他可能会把车偷走。"

"我们最好等指纹检验结果出来再说。"警长说。

早上，我给阿普丽尔打电话，告诉她我要去找伦斯警长。安娜贝尔在厨房里听到我打电话，只简单地叫了一句"萨姆"。

"我知道，我们下周要去划独木舟。"

"我希望你还记得。"

"我只是想在州警打来电话告知指纹报告结果时在场。"

"引发这一切的那个帕特里奇在哪儿？"

"还在麦克斯韦尔太太的民宿，警长要求他在我们拿到报告前待在那里。"

"如果死者是克利福德·法斯考克斯，那将是轰动全国的大新闻，他骗了很多人。"

"他的凶杀案也会成为大新闻。"

她叹了口气，看着我说："你就是不打算停下来，是吗？"

"我在这方面有些技能，安娜贝尔，我就该干这事。"

那天早上稍晚一些，当我走进警长的办公室时，见到了一个意想不到的人。我们昨天见过的瘦高年轻女子杰基·奥尼尔正站在门口。"你是霍桑医生？"她说，听起来像是要指责我。

"没错。"

"珍妮弗和我听说斯托弗家的老房子发生了凶杀案，我想知道是不是有什么杀人狂在那一带转悠。"

伦斯警长被激怒了。"我试着告诉过她，医生，我们不确定这是一起双重谋杀案，而可能是一起先谋杀后自杀的案子。"

"我听到的可不是这样。"那个女人告诉我们，"我们来到希恩镇是为了远离城市里的犯罪。我们在波士顿有过几次可怕的经历，我们不希望它们在这里重演。"

"我向你保证这里没有杀人狂。"我说，"凶手的作案手法是经过深思熟虑的。"

警长插话道：“我可以告诉你，奥尼尔小姐，我已经加派了一名警察在你们所在地区的道路上巡逻。你和你朋友的安全完全没有问题。”

“我们最好不会遇到问题。”她转身摔门而出，怒气冲冲，正好赶上州警威廉姆斯要进门。

“她遇到什么问题吗？”他问。

伦斯警长摇了摇头。“她和她的女朋友觉得法律对她们的保护不够。指纹什么情况？”

“是克利福德·法斯考克斯的，没错。他是联邦逃犯，所以联邦调查局现在也要参与其中了，今天下午他们有两名特工会从波士顿开车过来。”

我看得出来，警长听到这话不是很高兴。“还有好消息给我吗？”

“门把手、门窗插销上的指纹都被擦得一干二净。”

“这不是想自杀的人会费心做的事。”我说。

“指纹鉴定时，我们联系了波士顿警方，询问了你的那位旅行者帕特里奇先生的情况。”

“哦？”

“早在一九三九年时，他就因酒驾而被捕，当时他撞上了一辆停着的汽车。他是爱乐乐团的乐手，由于没人受伤，他被判缓刑六个月。他声称自己是因为投资失败而借酒浇愁，并发过誓再也不喝酒了。从那以后，他的记录很干净。”

伦斯警长看着我。“你怎么看，医生？”

“关于帕特里奇？如果他杀了他们，并且聪明地离开了那栋锁着的房子，想必不会再跑到你这儿来报告法斯考克斯的下落。”

“我想是的。”

“还是……”

“什么？”

“我还要思考一下。”

"你们想怎么思考就怎么思考吧。"那位州警说，"联邦调查局的人两点左右到这里。"

他们很准时。特工弗兰克·邓斯莫尔长着一头沙色头发，修剪精当，一身整洁的蓝色西装，打着领带。他说了很多话，能听出来带有一丝波士顿口音。"先生们，指纹检验结果证实死者是克利福德·法斯考克斯，一个联邦逃犯，被控多次利用邮件诈骗。和他一起死的女人被认定是罗丝·塞孔多。两年前，他在芝加哥弃保潜逃并失踪时，她跟他同居。如果我了解的情况没错的话，他们身上的弹孔都没有火药灼伤的痕迹，所有的门窗都锁上并从里面闩住了。"

"没错。"警长告诉他。

"如果他们是被第三个人杀的，你们怎么解释他或她是如何离开房子的？烟囱……"

"我们检查过了，"我告诉他，"不可能。"

"地下室呢？"

"出不去。"

他叹了口气。"那也许是自杀。"

"没有火药灼伤的痕迹。"我提醒他道。

他皱着眉头看着我。"你到底是哪位？"

伦斯警长替我回答道："霍桑医生，在这个案子上，他给了我极大的帮助。没有他，我都不知道该怎么办。"

"那好，霍桑医生，你对这个案子有什么想法吗？"

"只有一点想法。"我承认，"我对那个旅行者的讲述有所怀疑。"

"你是说格雷厄姆·帕特里奇？"

"是的。他在最初的讲述中撒谎了，他说透过落地窗看到了一架钢琴，但那架钢琴放在一个角落的壁龛里，透过窗户是看不到的。"

"这是否意味着他杀了这两个人？"

"有可能，只是我们要弄清楚他是怎么做到的。"

"那原因呢，"警长补充道，"他的动机是什么？"

"我对此也有一点想法。你之前说他在一九三九年因酒驾被捕过，促使他喝酒的原因是投资受挫，而两年前正是法斯考克斯的骗局曝光的时候。"

"我们再把他喊来吧。"

"如果他还没有离开镇子的话。"我说。

结果，格雷厄姆·帕特里奇已经离开镇子。警长的一个手下沿着公路去追，追上他时，他正背着背包大步走着。一小时后，当我们在县拘留所见到他时，他非常愤怒。"我在波士顿是一个受人尊敬的市民，你们却把我当贼一样对待！"

"我叫你待在麦克斯韦尔太太的民宿里。"伦斯警长提醒他说。

他对我们怒目而视。"只是到你确认那是法斯考克斯的尸体为止。我今早给你的手下打过电话，他说已经确认身份了。我以为我可以走了。"

"我不让你走，你就不能走。"

"对不起。"

特工邓斯莫尔和他的助手去了犯罪现场，所以，这时是警长和我单独面对帕特里奇。"也许你在波士顿是一个受人尊敬的市民，"我告诉他，"但那里有你因酒驾被捕的记录。"

"我因此被判缓刑，那是我人生中最糟糕的一段日子，但现在已经过去了。"

"你告诉警方，投资失败促使你喝酒。你是被法斯考克斯坑惨了的受害者之一，对吗？这就是你能这么快认出他的原因，即使他留起了胡子你也不会认错。"

"在这一点上我不会撒谎，他骗取了我一生的积蓄，我到哪儿都能认得出那张脸。"

"你是怎么知道他躲在这里的？"

"我不知道！我向你发誓！我走进院子，他盯着我看。当然，他对我的脸没有任何印象，我不过是他欺骗的成千上万人中的一个，但我马上就认出了他。"

"所以你就杀了他。"我说，"在徒步旅行时，你可能往背包里放了一把小手枪，以防万一。你跟着他进了屋子，然后……"

"我从没进过那栋房子。"

"你说你看到钢琴了，你必须在里面才能看到它。"

"如果是我杀了他们，为什么还要到这里来报告？为什么不继续徒步？反正也没人看到我出现在那儿。"

这个问题问得好。我顿时语塞，不知道该怎么回答，我也不知道他在杀了两个人后是如何离开房子的。但我从他的眼睛里看到了某种东西，也许是一丝胜利的得意，这让我意识到我正在看的是一个杀人犯的眼睛。

"我们需要再去一趟现场。"在警长同意将帕特里奇作为重要证人留在拘留所一夜后，我对他说，"如果这次我们没有什么发现，你就得放他走人了。"

"我当然要放他走！他已经威胁说要起诉我们非法拘捕了。如果我不放他，明天早上法官也会放了他。"

"是他杀的！"我坚持道，"从他的眼神里我能看得出来。"

"我们需要的可不能只是这个。"

"我知道我们需要更多的证据。"

等我们把车停在克利福德·法斯考克斯和罗丝·塞孔多被杀的房子前时，我发现联邦特工还在房子里，这令我很失望。一看到我们，邓斯莫尔就走了过来。"又回来了？"

"帕特里奇作为重要证人，我扣留了他一夜。"警长告诉他，"有什么发现吗？"

"没有。"

我们站在那里，就在那时，我注意到傍晚的阳光照在了法式双开门的玻璃上。"警长，看那儿。"

"你看到什么了，医生？"

"最下面那块门玻璃的太阳反射有点异常。快来！"

我匆匆朝门口走去，他们跟在我后面。我伸出手指，碰了碰那块门玻璃。"这是什么？"

"不是玻璃。"我向他们确认道，"还记得我们在车库垃圾桶里看到的碎玻璃吗，警长？就是这块门玻璃上的。把门关上后，凶手打破了它，这样他就能伸手进去合上这扇门底部的插销。他从车库里那辆旧马车上割下一块透明的云母玻璃，取代了原来的那块玻璃。因为经不起仔细检查，他不得不用钉子钉住它的四个角，让它绷紧，以便紧贴在门框上。由于里面有花边窗帘遮挡，我们差点就忽视它了。"

"的确如此。"伦斯警长表示同意，"锁着的房子里有两具尸体，凶器在法斯考克斯手里，要是帕特里奇记得伪造火药灼伤的痕迹，我们就会真的以为法斯考克斯是先谋杀后自杀了。"

"这是一次冲动杀人。"我猜测道，"就像帕特里奇说的，他来到这栋房子，马上认出了法斯考克斯，那个欺骗了他和成千上万其他人的人。他们一定带他去了车库，然后又带他进了屋里，在那里他看到了钢琴。他掏出背包里的手枪，朝他们开了枪。他想起了车库旧马车窗户上的云母玻璃，就割下适合门框的一块。然后，他从里面把所有的门窗都关上，闩住，并把枪放在了法斯考克斯手里。他小心翼翼地把法式双开门底部的玻璃敲碎，捡起碎片，扔进垃圾桶。他关上了法式双开门，然后把手伸进门缝，把最后一个插销插进地板上的孔里。云母玻璃嵌在门框上，虽然不是很严丝合缝，但也够顶一阵子的了，他用车库的锤子和几个钉子把它固定住了。"

"可是他为什么要向我报告看到了法斯考克斯呢？"伦斯警长不解地问道。

"他可能从没意识到弹孔那里没有火药灼伤的痕迹这回事，但走到诺斯蒙特附近时，他想起了另一件事。这是一个致命的失误，很快就会让他的罪行暴露。他不敢冒险直接回去纠错，只好找你讲他的故事。但在你说不需要他陪我们之后，他故意给我们画了一张错的地图，让我们走错误的道路。他讲这个故事的目的无非就是争取和你一起回到那栋房子，好掩盖那致命的证据。"

"你说的是什么证据？"邓斯莫尔想知道，"别再跟我们卖关子了。"

"警长，他在你的办公室时，你看到他的手指动作了吧。他不停地在你的桌子上敲。我猜对了，他是弹钢琴的，当他走进法斯考克斯家，看到那架钢琴时，肯定忍不住要弹几下。"

"昨天跟我们一起时他就弹了！"伦斯警长想起来了，"我不得不警告他不要碰任何东西。"

"正是如此！他昨天弹了几个音，琴键上就有了他的指纹。明白了吧，他第一次在那里时忘记擦干净。上次酒驾被捕时，他留下了指纹，他知道这次很难再脱身了。"

"我们去让他招供吧，医生。"

"应该不难。"我说，"他不是那种冷酷无情的惯犯，他杀死这两个人只是偶然撞到了他们。"

我是对的。我一提到琴键上的指纹和门上的云母玻璃，格雷厄姆·帕特里奇就全招了。"对这样一个小镇来说，你们的水平真是太高了。"在供状上签名时，他不无懊悔地说，"但我对所发生之事并不后悔，只不过我会想念我的钢琴。"

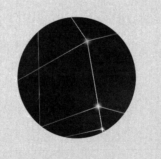

03 贝利的秃鹫

　　"十二月六日，我和安娜贝尔的教堂婚礼如期进行。"萨姆·霍桑医生边用酒瓶为访客续杯边说，"随后，我们在麦克斯牛排餐厅办了漫长而热闹的婚宴。很多人跟我们开玩笑，说我们的婚礼也会被一桩密室谋杀案打断，就像伦斯警长和薇拉结婚那天一样。但令人高兴的是，警长结婚那天的事情没有重演。警长是我的伴郎，安娜贝尔的好朋友兼顾客伯尼斯·罗森是伴娘。"

　　那天，我们在我的住处过夜，并计划赶周日下午的火车去华盛顿度蜜月。那天上午战争新闻大多来自苏俄前线，说苏联人在莫斯科地区开始了大规模的反攻。收拾行李时，我将收音机一直开着。差不多一点多，我们听到了将会改变每个人生活的新闻。日本战机正在袭击夏威夷的珍珠港，我们国家进入了战争状态。

　　安娜贝尔和我坐下来，听收音机里的报道。半小时后，电话铃声打断了我们。

　　是伦斯警长打来的。"你们听新闻了吗，医生？"

　　"珍珠港吗？是的，我们开着收音机呢。"

　　"在你们想去度蜜月时发生这种事，真够扫兴的。华盛顿可能会变成疯人院，你们还去吗？"

　　"我不知道。"我告诉他。意识到这一点后，安娜贝尔和我都停止了打包行李。"我回头再打给你。"

我们一边听着收音机里的报道，一边讨论这个问题。又过了半个小时，传来的消息越来越糟糕，日军在马来半岛也登陆了！显然，这不是某个急于求成的海军上将所犯的错误，而是一次精心策划的袭击，让我们毫无防备。

"我们最好推迟华盛顿之行。"最终，安娜贝尔说出了我一直不愿说的话。

"可这是我们的蜜月。"

"其他时间也行，萨姆。我们的蜜月就是我们待在一起，在哪里都无所谓。"

当然，她说得对。我打电话给华盛顿的酒店，取消了预订，然后打电话给伦斯警长和我的护士阿普丽尔，告诉了他们我们的决定。"还是休息一周吧。"阿普丽尔劝道，"即使你们哪儿也不去。"

"看情况再说吧，我可能会在这周晚些时候去诊所。我只是想让你知道，如果有紧急情况，可以随时叫我。"

随后，安娜贝尔给她的朋友兼伴娘伯尼斯·罗森打了电话，聊了一会儿这场突然推到我们面前的战争。挂断电话后，安娜贝尔对我说："得知我们要推迟蜜月，伯尼斯感到很难过。她建议我们周二一起吃午饭，然后去骑马。"

伯尼斯和她哥哥开了一家利润很高的马场，就在泉水谷公墓旁边。作为本县唯一的兽医，安娜贝尔多次去过那里。如今，她和伯尼斯是十分要好的朋友，她们一起去那里骑过几次马。她们也邀请过我，但我推辞了。我一向不擅长骑马。在那个年代，大多数年轻人都把自己想象成牛仔，我却对黄色皮尔斯利箭跑车更感兴趣，那是我从医学院毕业时父母送给我的礼物。

因为我们推迟了蜜月，此次邀请带有安慰的成分，我自然不好拒绝。"去吧。"我对妻子说，"对我来说，那是个好去处。"

伯尼斯·罗森的马场占地约两百英亩①，背靠科布尔山和泉水谷公墓。过去几年，我一直是泉水谷公墓的理事会成员，我知道伯尼斯和其他人有时会骑马沿山间小路来到墓地边缘。我无法反对他们这样做，因为我年轻时也曾去那里野餐过。周二，跟伯尼斯和她的哥哥杰克愉快地吃完午餐后，她建议我们骑马过去。"你是公墓管理者，萨姆，应该从各个角度检查一下那个地方。"

"我在平地上骑马都很吃力。"

"走吧，萨姆。"我妻子催促道，"我保证你不会摔下来。"

我转向杰克·罗森，希望能得到他的帮助。"你也一起去吗？"

杰克是个好骑手，衣冠楚楚，留着淡淡的胡须，一头金发梳向脑后，笑着婉言拒绝了我。"抱歉，今天不行。我得听收音机里的战争新闻，很快就要抽到我的征兵号了，我想知道我将要去哪里作战。"

在日本袭击香港和空袭菲律宾吕宋岛的前一天，罗斯福总统在国会发表了激动人心的演讲。美国和英国都已向日本宣战。到了周二，有报道称敌人占领了吕宋岛以北的一座小岛，日本入侵菲律宾似乎近在眼前。此外，威克岛和上海也受到了攻击。我本想和杰克一起守在收音机旁，但我看得出来，女士们很想出去转转，哪怕只是一两个小时也好。

伯尼斯个子不高，在婚礼上，即使穿着高跟鞋，也只到安娜贝尔的下巴。不过，她穿上科布尔山马裤和马靴，系上平常的运动围巾，也是很迷人的。一旦上了马鞍，她就会变身牛仔竞技女王驾驭她的马贾斯帕。"战争新闻太可怕了。"我们骑马时，她说道，"杰克的收音机都开了两天了，我实在无法忍受，听不下去了。我们会怎么样呢，安娜贝尔？"

"我不知道。"我妻子承认，"至少到目前为止，我们还没有跟德国和意大利开战。"

---

① 英美制面积单位，1英亩合4046.86平方米。——编者注

"那不过是时间问题。"我预测道。

那天天气寒冷，但是个晴天，可能晚上会下雪。女士们沿着小路朝并不高的科布尔山走去，我跟在后面。地质学家曾说过，科布尔山有一大片露出地表的花岗岩，虽不足以让我们挑战新罕布什尔州"花岗岩之州"的地位，但仍然令人印象深刻。我骑着马沿小路而上，很高兴伯尼斯为我选了一匹温顺的母马。不过，我还是有点紧张，只是尽量不在安娜贝尔面前表现出来。随着小路越来越宽，我追上了她们，并问伯尼斯："你经常骑马走这条路吗？"

"只要有时间，我差不多每天都会来。"伯尼斯回答说。在寒冷的空气中，她和马呼出的气都凝结成了白雾，清晰可见。"有时我会走墓地小道，但通常是走这条路。"

突然，一道阴影从我们面前掠过。我抬头一看，只见一只大鸟正斜着翅膀朝我们飞来。"那是什么？"我问，被它的尺寸吓了一跳。"一只秃鹫？它的翼展想必有六英尺①长！"

"看起来是红头美洲鹫。"安娜贝尔说着，用手挡在眼前遮住阳光，观察它的飞行路线，"但更像是某种南方的鸟。"

"我们偶尔会在这里看到它们。"伯尼斯告诉我们，"不过通常没有那么大。想必这是贝利的秃鹫。"

"贝利的秃鹫是什么意思？贝利又是谁？"

伯尼斯笑了。"众所周知，如果红头美洲鹫足够饿，而且发现猎物足够小，这种大鸟就会把猎物活着抓走。我们的工头马特·格林特里说他以前在西部的一个农场打工时，偶尔也会看到这种情况。一天，一只大秃鹫俯冲下来，抓住了一只叫贝利的小狗。这时一个牛仔开了一枪，于是那大鸟只能放下猎物。贝利安然无恙，但后来只要看到大秃鹫在头顶盘旋，它就会嚎叫。因此，人们开始称那些大秃鹫为'贝利的

---

① 英美制长度单位，1英尺约合0.30米。——编者注

秃鹫'。"

"秃鹫真的这么有攻击性？"我问。

回答我的是安娜贝尔。这时，我们在斜坡的顶端停了下来，眼前的小路出现了两个分支。"据说，在克里米亚战争期间，一次注定送死的骑兵冲锋后，秃鹫纷纷飞来，密布战场，以至于部队不得不分出几个班的步枪手保护伤员。"

我们没有顺着小路进入墓地，而是在伯尼斯的带领下继续往上走了一段，沿着一堵陡峭的石墙，来到了一个可以俯瞰整个马场的地方。"这上面的景色太美了。"我承认，"谢谢你带我们来观赏。"

"我希望你们能很快再来。"骑马下山时，伯尼斯对我们说。

回到马场，她把我们介绍给她的工头马特·格林特里。握手时，他问道："你们看到那只大鸟在周围盘旋了吗？"

"嗯，"伯尼斯说，"贝利的秃鹫。"

"大到可以抓走一只鸡或一个小孩。"他笑着告诉我们。他和我年龄相仿，但很瘦，粗糙的面部皮肤表明他长期在户外活动。

"别开玩笑了，马特！来，把我们的马牵走。"

回到屋里，我们发现伯尼斯的哥哥杰克正对着南太平洋的地图陷入沉思，与此同时收音机里还在放着新闻。"日本人已经占领曼谷，他们正在横扫整个西太平洋。"

"你会被征召入伍吗？"他妹妹问道。

"看样子会。"

我很同情他。四十五岁的我已经超过应征入伍的年龄，并且很多医生都可以免服兵役，但杰克·罗森才三十岁出头而已。"如果真是这样，那只好由马特和我来经营这个地方了。"伯尼斯决定道，"他们不会征召你吧，马特？"

格林特里笑了。"除非战况越来越糟，我已经四十三岁了。"

杰克关掉了收音机。"再听下去我就要受不了了！现在，他们开始担心日本人袭击我们的西海岸了！"他突然想起一件事。"哦，伯恩[①]，你们出去的时候，达西莫牧师来过电话，他很快会来和我们谈墓地的事。"

达西莫是当地的一位牧师，跟我一样是公墓理事会的成员，也是泉水谷公墓历史的研究者。我清楚地记得，在一次理事会会议上，他读起了一篇写于一八七六年夏天的报道，当时公墓首次向公众开放。对此，有人着迷，有人厌烦，也有人既着迷又厌烦。那天，镇长在公墓宣读公告，一场倾盆大雨突如其来，人们举起雨伞使他免受暴雨的侵袭。

我想不出达西莫来拜访罗森一家的目的，但我们很快就会知道。大约二十分钟后，就在安娜贝尔和我想离开时，达西莫开着他那辆鲜红的斯图贝克车到了。亨利·达西莫高大健壮，嗓音洪亮，在教堂的讲道坛上时常显得气度不凡。近看，他的头发已经花白，眼镜片也越来越厚，但他的动作仍然像年轻人那样敏捷。

"萨姆，"他和我握手，打招呼道，"没想到会在这儿见到你，我还以为你在度蜜月呢。"他向安娜贝尔点了点头。

"因为战争，我们推迟了蜜月旅行。我们可能会短暂地休个假。墓地发生什么事了吗？"

伯尼斯递给他一把椅子，他坐了下来，轻松地融入了我们在壁炉前的谈话。"如果我知道你在镇上，就会打电话跟你说这事的，萨姆。是摩尔将军坟墓的事，他们又在讨论将将军遗骸移到州政府，为他建立一个更显永恒的纪念碑的事情。"

"一年前我们不就批准了吗？"摩尔是在葛底斯堡阵亡的联邦将军，很久以前葬于诺斯蒙特的一个墓地。一八七六年，泉水谷公墓开放后，人们把他的遗骸转移了过来。不过，对于这么一位国家英雄，当镇长开始考虑迁坟时，却没有什么人感到惊讶。理事会已经批准了这个请

---

① 伯恩（Bern）是伯尼斯（Bernice）的昵称。——译者注

求，但像很多推动不了的事情一样，在将近一年的时间里没有再听到任何相关消息。

"没错，萨姆。"达西莫牧师赞同道，"但昨天我们突然接到一个电话，他们明天上午就要完成这件事。如果你们不反对的话，伯尼斯和杰克，我们从墓地后门出来，穿过你们的马场，把将军的遗骸运走。"

"有什么必要走这里呢？"伯尼斯不解地问道。

"到处都是战争的消息，我们不希望当地媒体搞出什么大动静。一年前就报道过这事，除了弗兰克·科斯坦出来捣乱，没有人反对。我想，我们只要把将军的遗骸迁走就可以了，不要再生事端。"

"你认为科斯坦会出来找麻烦吗？"

"谁知道他会做出什么事来呢。"

我同意这一点。科斯坦是个容易头脑发热的年轻人，他是诺斯蒙特所有民选官员的眼中钉。伯尼斯犹豫了一会儿，转身对哥哥说："这事不会影响到我们吧？"

"当然不会。"杰克笑着说，"只要他们不惊吓到马就行。"

看上去这事很简单，我自告奋勇地说道："牧师，明天上午我和你一起，确保一切顺利。"

比起再休息一天去看迁移将军的遗骸，安娜贝尔觉得在方舟照顾生病的动物更有意义。第二天上午九点，我在罗森马场见到了达西莫牧师，州政府派来的灵车不久也赶到了。伯尼斯牵着她的马站在马厩外，我向她招了招手。我们开车走在前面，沿着公墓后面的路进入墓地。还好，弗兰克·科斯坦并没有出现。

州政府派了两位殡仪员来为将军迁坟，至于选他们参加的原因，我并不知情。当我们把车停到将军墓地旁时，墓地工作人员已经在那里了，他们挖开墓地，把旧棺材抬到了地面上。就在这时，达西莫发现灵车后面出现了一具闪着亮光的红褐色棺材。"这是干什么用的？"他问他们。

领头的沃兹沃斯解释说，政府拨款买了一具新棺材，因为内战时期的旧棺材不合适了。殡仪员准备将将军的遗骸移到新棺材里。我和达西莫交换了一下眼神。"你怎么看，萨姆？"

"我认为他们应该早点告诉我们。现在除了确保这事体面地完成外，我们也没什么可做的了。"

"看到棺材你就明白我说的意思了吧。"沃兹沃斯说，"如果这就是最初的棺材，那差不多有八十年了。"

我不得不承认那不过是个松木箱，与一位战争英雄的身份根本不符。棺盖上的钉子被一个个撬起，接着有人轻轻地将之掀开。然而，眼前的景象让在场的每个人都倒吸了一口气。

棺材里的不是人的骨架，而是一副大鸟的骨架。

回到罗森马场，当我们说出这个消息时，马特·格林特里的第一反应是："贝利的秃鹫！"

"它看上去确实很大，足以抓走一只小狗。"我同意，"但它怎么会在摩尔将军的棺材里呢？"

这成了一个谜团，而且似乎无解。诺斯蒙特附近没有大学或动物园，但我需要懂得动物解剖学的人来检查遗骸。安娜贝尔似乎是最合适的人选，于是我从马场给方舟打去了电话。不到半小时，她就到了，跟着我和达西莫牧师来到了墓地。

看过遗骸后，她给出了自己的意见。"这肯定是一只大型猛禽，从爪子就能看得出来。这么长时间过去了，遗骸的状况很差，但我想它是秃鹫，或者也可能是鹰。"

"我不关心那个。"名叫沃兹沃斯的殡仪员说，"我们需要的是摩尔将军的遗骸。它在哪里？"

"我们只能先检查墓地的档案。"我告诉他，"可能需要几天时间。"

"我们可没法在这里等那么久，你们找到正确的棺材再给我们打电话吧。"他向灵车走去，然后略带不屑地补充道："那鸟的骨头你们留着吧。"

灵车开走后，安娜贝尔问我要做什么。

我耸了耸肩。"答案可能在公墓的旧档案里，但要追溯到一八七六年可不是件容易的事。"

"为什么会有人把一只鸟埋在棺材里？它又是怎么进入摩尔将军的棺材的呢？"

"我们的问题多过答案，还是先看看能在档案中找到什么吧。"

安娜贝尔回方舟去了，我和达西莫牧师则指示掘墓人暂时把棺材和骨头存放到工具房里。然后，我们开车去了泉水谷公墓办公室。在路上，他指着天空说道："看看那只鸟的大小！"

我看向那只盘旋的鸟，其翼展至少有六英尺。"贝利的秃鹫，"我告诉他，"也许不是想象出来的。"

在那天剩下的时间里，我们和墓地工作人员试图从旧档案中找到一些线索。这些记录大部分都是歪歪扭扭的手写体，字迹潦草。"这里有殡葬承办人的简介。"找了三个小时后，达西莫说，"他是一个非常爱国的公民，曾领导过独立纪念日的游行，名字是弗雷德里克·弗斯特。在他们把棺材从老坟地迁到泉水谷公墓的几个月前，他去世了。有些迁坟过程有详细描述，比如，棺材从坟墓里抬出来时，有人用粉笔将死者的名字写在了棺盖上，以防出错。"

"但还是出错了。"我指出，"除非那只鸟是在葛底斯堡被放进棺材的。"

"可能性不大。它很轻，和那些较重的棺材相比，不是立刻就会被人发现吗？"

我们毫无进展，到下午结束时，将军遗骸的去向还是没有线索。

那天晚上，战争失利的消息继续传来。日本人占领了关岛，并在吕宋岛登陆。安娜贝尔告诉我，伯尼斯邀请她周四再去骑马，她觉得她的助手可以处理方舟的事情。我也在受邀之列，但我对三天内再次骑马毫无心理准备。

周四早晨醒来时，地面已经积了约一英寸厚的雪。那天是十二月十一日，对新英格兰来说，这时候下雪不足为奇。不过，安娜贝尔打了电话给伯尼斯，确认骑马照常进行。我去了我的诊所，阿普丽尔告诉我达西莫牧师来过电话。他仍在翻阅公墓的旧档案，但没有发现任何有用的东西。弗雷德里克·弗斯特这样的爱国者偷走了摩尔将军的遗体，再用一只死鸟代替，这样的说法没人会信，但似乎也没有其他解释。毕竟，将军死后不知为何变成了一只鸟的说法更加令人难以接受。

我还有几位病人正在住院，我顺便去查了一下房，他们都对开战推迟了我和安娜贝尔的蜜月表示遗憾。不过，有很多病人都以为我在度假。到了中午，阿普丽尔告诉我："下午没有安排，你为什么不和安娜贝尔去什么地方转转？"

"她和伯尼斯一起去骑马了，我可能会开车去马场和她们会面。"

那天气温在零下一摄氏度左右，早上的雪都还没有融化。我开车去了罗森马场，发现伯尼斯的哥哥杰克正在清理马厩。"她们还在外面骑马。"他告诉我，"我本来以为她们会在你来之前回来呢。"

马特·格林特里从屋里走到我们身边。"刚才我在听战争新闻，"他说，"没有什么新消息。"

"帮我处理一下这些马粪，马特。"杰克说，"我们必须把这个地方打扫干净，否则我妹妹回来会发飙的。"

我转身向科布尔山方向望去，寻找骑马者的身影，却看到一辆小车正向我们驶来。开车的人不是安娜贝尔或伯尼斯，而是弗兰克·科斯坦。一想到他在墓地周围探头探脑，我就讨厌，而且他也没有理由把车开到罗森家的私人车道上。科斯坦比我年轻十岁左右，但他似乎觉得自己比达西莫牧师和我这样的人更有资格成为公墓理事会成员。

"我不想找麻烦，弗兰克。"我开口，话还没说完，他就打断了我。

"快上车，医生，你的妻子需要你。"

我突然感到一阵惊慌。"出了什么事？"

"安娜贝尔很好，是伯尼斯，她失踪了。"

格林特里跟我上了车，只留下杰克在马厩里。"伯尼斯可能遇到麻烦了。"我告诉格林特里，"这是弗兰克·科斯坦，马特·格林特里。"

马场工头脱下干活时戴的手套，向科斯坦伸出一只红皱皱的手。"很高兴见到你。"

"可能的话，你们最好一起去。"科斯坦建议道，"搜索需要人。"

我们决定不把这事告诉伯尼斯的哥哥，免得他惊慌。我们钻进车里后，我问道："发生什么事了？"

"我不太清楚。听说你们昨天要移走摩尔将军的遗骸，我就开车过来看看坟墓是否有人动过。在公墓后面那条小路上，我遇到了你妻子，她骑着马，后面跟着一匹没人骑的马。她告诉我伯尼斯·罗森不见了。我想伯尼斯一定是从马背上摔下去了，可一直不见踪影。这时，她建议我开车过来找人帮忙。"

尽管我不喜欢这个家伙，但他讲的似乎是真话。当我们到达小路与去公墓后面的路的交叉口时，安娜贝尔骑着马向我们迎了过来。我急忙下车，向她跑去。"伯尼斯怎么了？"

她面无血色，我从没见过她如此惊恐的样子。"萨姆，她消失了！我没法……"

我把她抱在怀里。"告诉我发生的一切。"

"就是这样！什么都没发生。我们正沿着科布尔山上的小路骑行，我在前面，伯尼斯落后我两三个身位，那些大秃鹫飞来飞去。"

"在你们附近？"

"嗯，它们离我们还近不到让我们害怕的程度。我听到身后传来一种声音，像是喘息，但我没有马上四处张望。也许过了三十秒，听不到伯尼斯的动静，我就赶紧喊她的名字。她没回答，我……我于是回头看。贾斯帕背上的马鞍是空的，她不在马上！"

"她落马了吧。"

"当然，我第一个念头就是这个，但除了马蹄印外，雪地上没有其他痕迹，我可以看到小路下面大约一百英尺甚至更远的地方。"她发出一声可怕的呜咽，"她没去任何地方，萨姆！感觉是大秃鹫俯冲下来，把她从马鞍上抓走了。"

"我想不会发生这种事。"我转向格林特里和科斯坦，"我和安娜贝尔一起，你们两个去其他的路上找找。"

我们牵着两匹马沿小路往回走，边走边检查马蹄印。刚才返回时，安娜贝尔把马牵到了路边，因此，路面一开始的马蹄印没有被破坏。我妻子的马的蹄有个缺口，因此它的马蹄印很容易分辨出来。小路的一边是花岗岩石壁，二十多英尺高，没有可以让手抓的地方，也没有植被。另一边是倾斜的山坡，遍布灌木丛和矮树丛。没有任何迹象表明伯尼斯在雪中下了马，她也不可能从马上跳到花岗岩石壁上。湿雪附着在另一边的灌木丛上，但灌木丛也没有受过破坏的迹象。

"萨姆，她怎么了？"安娜贝尔伤心地问。

"我也不知道。听着，你最好骑马回马场，告诉她哥哥发生了什么，然后打电话给伦斯警长，让他到这里来。"

"你是不是感觉事情不妙？"

"不是，我只是想让警长来现场。"实际上，如果真的发生了惨案，我不想让安娜贝尔在场。

我看着她骑马沿小路往回走，然后便跟着科斯坦和格林特里的脚印，走上了另一条小路。他们朝花岗岩石壁的顶部走了过去，似乎很合理，但当我爬到顶部时，什么也没发现。经过微风吹拂，那里没有积雪，大部分都是裸露的岩石。我走到崖边，俯视着下面的小路。也许有那么一会儿，我把自己想象成了一只盘旋空中的大秃鹫，目光锁定在那两个女人身上。

这种可能性被我立即否决了。伯尼斯·罗森个子不高，但她至少也有一百磅①重。没有哪种鸟能抓起这么重的东西，然后还能飞走，即使是贝利的秃鹫也不行，而且，她难道不会向安娜贝尔大喊救命吗？

花岗岩石壁另一边传来了呼喊声，打断了我的思路。我走过去，看到他们开始穿过一片杂乱的矮树丛往下走。我认出了下方的弗兰克·科斯坦的红色夹克，他正站在格林特里旁边。"到下面来，医生。"我开始下山，他喊道："要小心！"

雪块散落得到处都是，似乎是有人从斜坡上掉下来或滑下来造成的。我自己也开始滑倒，但他们在下面抓住了我。"你们发现了什么？"我虽然这样问，但并不真的希望他们发现了什么。

"她在这儿。"格林特里轻轻地说，指了指稍远一点的地方。

然后，我看到了伯尼斯。她的身体像是滚落而下，最后被灌木丛挡住了。我跪在雪地上摸她的脉搏，但没有感觉到跳动。她的脸上和胳膊上布满了划痕，有些划痕很深，但流血很少。我解开了她脖子上的围巾。

"她死了吗？"科斯坦问道。

"恐怕是的。看起来像是脖子断了，但我不确定。"

在伦斯警长看到伯尼斯的尸体之前，我不想移动她。在我们回到车上，准备开车去马场时，警长已经到了。"怎么了，医生？"他看到我阴沉着脸，立刻问道。

"伯尼斯·罗森遇害了，我们都不知道具体是怎么回事。我可以带你去尸体那儿，但我最好还是先去看看安娜贝尔。"

---

① 英美制质量单位，1磅约合0.45千克。——编者注

一看到我的脸，安娜贝尔就知道了一切。"天哪，萨姆，五天前她还是我的伴娘呢！"

　　"我知道，我感觉糟透了。"我告诉她我们是如何在山另一边的灌木丛中发现尸体的。

　　"没有脚印，什么都没有！"她只是不停地摇头。

　　"我要和伦斯警长一起回到那里去。"

　　"我也想去！"

　　"不行。"我坚定地拒绝道，"留在这儿陪着杰克，他需要安慰。"

　　警长和我开车沿上山的路往回走。"医生，今天是什么倒霉日子，不是死人，就是战争。"

　　"发生什么事了？我一直没听新闻。"

　　"德国和意大利今天上午向我们宣战，罗斯福要求国会十二点半前向他们宣战。"

　　我深吸一口气。"如果之前还不算的话，现在真成了世界大战了。"

　　"而且会是一次漫长的世界大战，医生，我们要在两条战线上开打了。"

　　"大批年轻人会上前线，而且很多人再也回不来了。"我把车尽可能地开到靠近尸体的地方，然后和警长下车走过去。我把安娜贝尔讲的，以及我们仅有的一些发现告诉了警长。他从几个角度检查了尸体。"你认为这是一场意外吗，医生？"

　　"可能是吧。"

　　"但它是怎么发生的呢？"

　　"一定是什么东西把她从马鞍上拎了起来，又把她丢在了这里。我小时候在《海滨》杂志上读过一篇小说，讲的是一个人在雪路上骑马时被凌空抓起。其实，那人是被飞过的热气球抓钩意外钩住了，吊到了天上。等他的外衣撕裂断开，他就掉到地上摔死了。"

"我认为热气球至少会像大鸟一样引人注目，医生。"

"我知道，但这次不是热气球。"

"会不会有猎人在小路上设置了某种诱杀装置或陷阱？"

"你忘了安娜贝尔骑马在前，如果真有这种东西，先死的肯定是她。从伯尼斯脸部和衣服上的划痕来看，肯定是一只鸟或别的什么动物做的，但我不敢相信这一切。"

我们回到马场，警长安排人将尸体运走。"我已经指示手下拍下了一些照片，作为可能的证据，现在我要去找安娜贝尔录口供。"

回到家时已是傍晚，我和妻子的心情都十分低落。无论事情是怎么发生的，对安娜贝尔来说，伯尼斯·罗森的死都是一件可怕的事，而对于它将产生的影响，我是一点心理准备也没有的。

她给自己倒了一杯酒，然后转向我。"萨姆，你认不认为你要对伯尼斯的死负有某种责任？"

"什么？你说什么？"

"难道你没看出来吗？这是你要破解的那种不可能犯罪之一，对吧？有人杀她，不就是为了挑战你吗？那个人夺走她的生命只是为了证明你没有自己想象中那么聪明吗？"

"这样想也太疯狂了。相信我，如果她是被谋杀的，凶手一定有合乎逻辑的动机。"

"但她没有跟人结仇！据我们所知，她没有前夫，甚至身边都没有什么男性朋友。"

"凶手要谋杀的原因往往不为人所知。不管是什么，它都与我无关。"

她摇了摇头，几乎要哭出来了。"如果当初我知道我们在一起后的生活会这样……"

"不会总是这样的！如果伯尼斯的死真的跟我破案有关，我就停下这一切。我会关掉诊所，然后和你搬到波士顿去。"

她擦去眼中的泪水，努力笑道："那方舟呢？我可不想关了它。"

我把她紧紧抱在怀里。"安娜贝尔，这可不像你。"

"我从未有过好朋友被害的经历，更何况事情差不多就发生在我的眼前。"

"我保证会找到凶手，并找出他的杀人动机。"

听新闻可知，战争的形势一天比一天严峻。日本人曾试图登陆威克岛，被击退了，可那里的美军人数不多，无法坚持太久。在华盛顿，征兵工作正在加紧进行，所有应征入伍者的服役期限都已被延长至战争结束后的六个月。我意识到诺斯蒙特可能很快就会变成一个看不到年轻人的小镇，除了少数种植基本农作物的农民获批免服兵役外，很多没有被抽签选中的人也在匆匆赶去入伍。[①]

周五上午，我来到伦斯警长的办公室找他。"关于伯尼斯的死，有什么新发现吗？"

"尸检报告出来了，她的脖子被折断了，证据显示她是被勒死的。"

"勒死？可我在她的喉部没有看到任何伤痕。"

"你跟我说过，你解下了她脖子上的围巾，可能是它让她的皮肤没有显现伤痕。"

我仔细思考了一下。"不管秃鹫有多大，它们是不会勒死人的。"

"你从没真的认为是一只鸟干的，对吗，医生？"

"没有。只不过鸟的形象多次出现：贝利的秃鹫的故事、摩尔将军棺材里的骨架，还有我们在头顶上见过的大红头美洲鹫。"

"可能弄清楚将军的尸体发生过什么，我们也就知道伯尼斯·罗森

---

① 美国实行兵役登记制度，十八至二十五岁的男性公民和无公民资格的男性移民都要在满十八岁后三十天内注册兵役。如果需要，政府还会抽签，被抽到的人必须服役，接受国家调遣。——译者注

的死是怎么回事了。"

"不。"我慢慢说道，"这两件事压根没有联系。"我站起身，穿上外套，外面又飘起了阵雪。"我想我还是去墓地走一趟。"

墓地办公室里，达西莫牧师仍在琢磨那些古老的手写记录。"今天早上，州政府打来电话，萨姆，他们想知道我们会怎么寻找摩尔将军的遗骸。"

"我有个想法。"我告诉他，"你有从旧墓地迁走的遗骸名单吗？"

"就在这里，你比我更擅长辨认字迹。"

我发现了一个名字，属于殡仪员弗雷德里克·弗斯特的一个小侄子。虽然档案没有对每具棺材都进行描述，但我敢说那具棺材跟摩尔将军的一样。"他埋在这里。"我指着坟墓的编号，信心满满地说道，"我们可以挖它。"

我们找来两个掘墓人，开始挖掘。一个多小时后，棺材被抬到了地面。他们一打开棺盖，我的想法就被证明是对的，里面的遗骸穿着一件破烂的联邦军官制服。

"你是怎么知道的？"达西莫问我。

"这一切必定与弗斯特本人有某种联系。这只大鸟不是秃鹫，而是白头海雕，也就是我们国家的象征。虽然那个时候杀死国鸟并不违法，但像弗雷德里克·弗斯特这样爱国的人，如果不小心射杀了一只，一定会不安。因此，他要把它装进棺材，埋起来，以求内心的平静，并在墓碑上写上一个虚构的孩子的名字。"

"但棺材是怎么弄混的呢？"

"记得吗？弗斯特那时已经死了。棺材被抬出时，棺盖上会用粉笔写上死者的名字，但后来发生了什么呢？"

"它们被装上马车，运到这里，到了泉水谷公墓。"

"没错！看当时的记录可知，新墓地举行落成仪式时，镇长致辞，但天不作美，人们不得不撑开伞为镇长遮雨。你还没明白吗？雨水冲掉了棺盖上的字迹！有人猜错名字了，于是弗斯特杀死的海雕就成了内战时的将军。十五年以后，迁坟时，将军的棺材比预期的轻根本不会引起人们的重视。"

"这和伯尼斯的遭遇毫无关系？"

"一点关系都没有。但我想我知道是谁杀了她，怎么杀的，以及为什么杀她。"

"天气预报也会告诉你这个？"

"不是。"我回答说，"战争新闻告诉我的。"

达西莫牧师决定和我一起去罗森马场。有他同行，我很高兴。尽管有某种胜利的感觉，但让我厌恶的恰恰就是这种感觉。换作不同的生活、不同的环境，任何人都有可能成为凶手。因此，绝不能让做出杀害伯尼斯的残忍行为的人不受惩罚。

我们到达时，杰克·罗森正坐在厨房的餐桌旁。他抬起头，对着我惨然一笑。"我刚安排好伯尼斯的葬礼。明天和周日停灵，周一举行追悼仪式。当然，我要把她葬在泉水谷公墓，在那些小路上骑马是她生活的一部分。"

"马特在吗？"

"他在马厩里。"

格林特里和马在一起，正用干草叉往马厩里送新鲜的干草。"你还好吗，马特？"

"还好，医生。"他边说边继续干活。

"我想问你一件事。"

"什么事？"

"你为什么要杀伯尼斯？只是为了控制马场？"

他转过身，一言不发，微笑着将手中的干草叉插进了我的胸膛。

那天晚些时候，我成了清教徒纪念医院的病人，我从未想过我会住进这家医院。安娜贝尔和我的护士阿普丽尔守在我的床边，像是一对救死扶伤的天使照顾我。"你的胸口有四个孔，排成一排。"阿普丽尔告诉我，"幸运的是，它们只有几英寸深。"

"真是一个度蜜月的好时机啊！"我呻吟着说。

"你会活下来的。"安娜贝尔笑着说，努力表现得轻松一些。

伦斯警长进来了。"医生，你到底对那家伙说了什么，把他激怒了？"

"我只是说我知道他杀了伯尼斯。你抓住他了吗？"

他点了点头。"捅了你之后，他抢了一匹马跑了。我的手下在去希恩镇的路上追上了他。投降前，他的腿上挨了一枪。你最好从头到尾讲给我听听，医生，对此我是一头雾水。"

"是战争新闻。昨天我开车去马场时，他从屋里出来，说一直在听战争新闻，没有什么新消息。但昨天早上是有新消息的，而且是自上周日珍珠港袭击事件以来最大的新闻。德国和意大利向我们宣战，总统要求国会在十二点半前向他们宣战。直到中午，我才离开诊所去马场。如果格林特里真的在听收音机，在我到达之前他应该知道这条新闻。想起这事，我就开始琢磨在我到那里之前他去了哪里，他为什么撒谎。只有一种可能的解释：他上山杀伯尼斯去了。"

"他是怎么做到的？"

"他知道伯尼斯喜欢走哪条路，于是提前出发，走到那块花岗岩壁的顶端，微风几乎把那里的雪吹得干干净净。正如他预期的那样，伯尼斯骑马跟在你后面，安娜贝尔。当伯尼斯从他身下走过时，他用套索套住了她的脖子，把她从马鞍上拉了起来。她甚至都没叫出声来。拉拽的力量扭断了她的脖子，导致她窒息而死，但由于她脖子上围着围巾，套索的痕迹没有显现出来。"

"我们需要一些这方面的证据，医生。"

"我可以告诉你几个证据。格林特里曾在西部的某个农场打工，能很熟练地使用套索。当弗兰克·科斯坦开车下山来告诉我们伯尼斯失踪了时，我为他们做了介绍。格林特里脱下他的手套握手，我注意到他的手红皱皱的，有勒过的痕迹，毫无疑问，这是猛拉一根吊着一百磅重物的绳子造成的。

"她死后，他把她的脸和衣服划破，进一步将人们的视线引向秃鹫的传说，并把她的尸体滚进了灌木丛。他避开安娜贝尔寻找伯尼斯的地方，选择了另一条小路，骑马回到了马场。当我们后续回来搜寻时，他必须把科斯坦带到花岗岩壁的顶端，踩乱他之前没有消除的马蹄印和脚印。当然，格林特里就是那个讲秃鹫故事的人。即使我们不相信，他也想把那种可能性植入我们的头脑之中，从而让我们远离真相。"

"他怎么能做出这么可怕的事？"我妻子问道。

"我想他想霸占马场。他知道杰克的抽签号排在前面，很快就会被征召入伍。伯尼斯死了，就算他不是这地方的主人，他也会掌管一切。杰克甚至可能会在战争中阵亡，再也回不了家。那时，他便可以随意处置这些马，大赚一笔。"

后来，安娜贝尔和我单独待在病房，她问我："萨姆，你还打算当侦探吗？你今天学到什么了吗？"

"有两个。不要相信巨大的贝利的秃鹫的存在，也不要在一个人拿着干草叉的时候指控他谋杀。"

04

夺命
降灵会

"一九四二年四月，杜立德率队轰炸东京，英国皇家空军轰炸德国城市，尽管这几件事能激发士气，但在这一年的头几个月，战争进展得很不顺利。"等访客坐下来，跟平常一样喝了一点酒后，萨姆·霍桑医生讲道，"日本人占领了菲律宾、中国香港地区和东印度群岛的大部分岛屿。在北非，隆美尔的坦克似乎势不可当。"

我和安娜贝尔结婚已经六个月了，和战争相关的一切似乎离诺斯蒙特还很遥远。五月中旬，有十七个州开始实行汽油配给制，而且肯定会迅速扩大至其他州。去年十二月，我们的伴娘不幸遇害。自那场悲剧发生后，诺斯蒙特的犯罪率似乎有所下降。对于社会环境的改善，伦斯警长有自己的看法，他把它归因于镇上很多年轻的小混混已经入伍或正被征召。事实上，有很多人是在一位诺斯蒙特籍的士兵在珍珠港遇袭时失踪的消息传来后才入伍的。

这位士兵名叫罗纳德·黑尔，是遭遇不幸的亚利桑那号战舰上的一名海员。尽管这次袭击激怒了所有美国人，但像诺斯蒙特这样的士兵家乡以及像罗纳德·黑尔一家这样的士兵亲属才是对此感受最深的。罗纳德的母亲凯特是我的一个病人，听到这个消息后伤心欲绝。六月初，她来找我检查身体，这是儿子确认死亡后她第一次来问诊。

"这些日子以来，你应该很不好过吧，凯特。"我询问她，"你的睡眠怎么样？"

"不太好，萨姆医生。我无时无刻不在想他，一想到他在自认为安全的港口随战舰一起沉没了，我的心里就难受无比。"

"我给你开一些助眠的药，但剩下的就靠你自己了。阿特觉得怎么样？"阿特·黑尔不是我的病人，我是在镇议会认识他的，他在那里工作了好几年。

"现在比我好，但一开始时他很难过。一月和二月，他离家出走过，每次都好几天。官方是五月一日公布的死亡名单，在那之前，四月中旬我们就确认儿子牺牲了。得知消息后，阿特备受打击。我想他离家的那些天一定喝大酒去了，不过他从没承认过。"我量了她的血压，发现她的血压高于正常水平，便像往常一样提醒她注意，但我看得出来她心不在焉。"我能和你谈谈吗，萨姆医生？"

"谈什么都行，要不我在这里干什么呢？"我以为她会谈某种性秘密，从我多年的行医经验看，这种事并不稀奇。然而并没有，她告诉我："我去波士顿见了一个通灵师。"

"什么？"我一脸惊讶。

"几周前，那里有个女人联系我，声称她能与死者沟通。我……我真的觉得她也许能联系上罗恩①。"

"凯特，"我善意地说道，"你不能相信这种事，那种人就是骗你钱的。"

"我知道。我提出这种可能性时，阿特也是这么说的。我没敢告诉他，我已经去那里参加过那个女人组织的两次活动了。"

"她是谁？"我问。

"桑德拉·格利姆，至少她是这么称呼自己的。'桑德拉·格利姆——揭开来世的面纱'，她快五十岁了，跟我差不多大，不过，她的

① 罗恩（Ron）是罗纳德（Ronald）的昵称。——译者注

通灵似乎确实有效果。"

"什么效果？"我带着更多的怀疑问道。

"她联系上了那边的一个印第安向导，那个向导说他可以带罗恩来跟我说话。"

"想必你已经给她钱了？"

"当然，如果能和我儿子说说话，我愿意花很多钱。"

"你丈夫对此一无所知吧？"

她深吸了一口气。"我没有告诉他，这是我的问题。桑德拉·格利姆说她要在我们家办一次小型降灵会，只有我和丈夫参加，因为那是让罗恩感觉最舒服的环境。"

我摇了摇头，与其说是责备，不如说是替她感到悲哀。"凯特，你不知道你要面对的是什么。那女人是个骗子，她在耍弄各种诡计骗你。"

"你怎么知道？你又没见过她。"

"我了解通灵师的那一套把戏。"

"她进入恍惚状态时，我能看到她头顶上的灵质①。"

"涂有磷光漆的纱布。"

"我握着她的双手，桌子上出现了一个小贝壳，表明我儿子现身了。"

"房间里很黑吧？"

"几乎是漆黑一片。"她承认，"但有一盏昏暗的灯，所以我能看到房间里没有别人。"

"她把贝壳藏在嘴里，甚至可以从胃里反刍出来。这是一些通灵师非常擅长的把戏。"

---

① 据说处于通灵状态的专业通灵师（或被无主孤魂缠上的普通人），灵魂附身或者离开时会产生发光的胶状物体，即灵质（ectoplasm），有时它会呈现出灵魂主人的面孔，或化成一个完整的人形。在细胞学中，ectoplasm是"外质"的意思。——译者注

凯特·黑尔思考了一会儿。"我必须这么做。我要利用这个机会看看她说的是不是实话。"她似乎想到了什么，让她容光焕发起来，"听我说，萨姆医生，既然你对这事知道这么多，你能不能也参加降灵会？如果你能证明她不是骗子，我丈夫可能就会同意她来我家。"

我摇了摇头。"我想我得说'不'了，凯特，这已经远远超出我一个医生要做的事了。"

她不情愿地叹了口气。"好吧，至少谢谢你听我说完这些话。"

我的妻子安娜贝尔是诺斯蒙特唯一的兽医，她所创办的安娜贝尔的方舟已经成为体形各异的动物的天堂。那天下午，我到附近的一个农场出诊，在回家的路上路过方舟，发现她正给一只猫拔刺，那根刺想必让它疼痛不已。"就像安德鲁克里斯①所做的那样。"我说。

"我可比安德鲁克里斯温和多了，难道你没注意到吗？"

"我要回家了，你能很快回吗？"

她叹了口气，瞥了一眼一排笼子，她的助手正在为一只高大的德国牧羊犬治疗。"至少还得要一个小时我才能离开。"

"我有个想法，要不我们去麦克斯牛排餐厅吃晚饭吧，七点钟怎么样？"

"很棒！"她欣然同意。麦克斯牛排餐厅是我们的最爱，去年十二月我们就是在那里办的婚宴。

换好衣服后，我提前了大约十五分钟赶到麦克斯牛排餐厅。安娜贝尔还没有来，让我很吃惊的是，凯特·黑尔和她的丈夫坐在一个卡座里。装作没看到他们似乎很傻，所以我在路过时跟他们打了个招呼。阿特·黑尔立刻站起来欢迎我道："你好，医生，跟我们一起喝一杯吧？"

---

① 罗马传奇故事中的一个奴隶，曾帮一头狮子拔出爪子上的刺，后与狮子在斗兽场上相遇，狮子不但没有吃他，还亲吻了他。安德鲁克里斯和狮子都因此获得了自由。——译者注

"我在等我的妻子，她应该马上就到。"

"反正要等她，那就坐下吧。"

我向麦克斯挥了挥手，让他知道我在哪里，然后就和他们一起坐进了卡座。"不用给我点喝的。"我告诉他们，"我要等安娜贝尔。"

阿特·黑尔一副学者模样，戴着金边眼镜，抽着烟斗，大约五十岁，可能比他妻子大几岁。不在镇议会忙时，他就在自己的一家雇了十来个人的小型印刷公司工作。"凯特一直在跟我讲她去波士顿拜访那个女人的事。她说她今天和你讨论过了。你怎么看这事？"

我不愿意卷入家庭纠纷，但我想我应该把我已经告诉凯特的话告诉阿特。我讲完后，她接着说道："阿特的感受和你一样，萨姆医生，我承认你们可能是对的，但了解了解又有什么坏处呢？她到这里来，在我们家办一次降灵会，包括旅行费用只收三百美元。"

"三百美元可不是小钱。"阿特喃喃地说。

"要是能和我们的儿子说说话呢？再次听到他的声音……"

"凯特……"他用恳求的语气说道，"理智一点。"

"如果你担心这个女人是骗子，我们可以请萨姆医生到场。"

"我不……"

我刚要拒绝，她丈夫脸色就变了。"你会去吗，医生？"

"这超出我的职责范围了。"我果断说道。

"这样说就没意思了！你可是出了名的破解谜案的高手。从某种程度上讲，这不就是那种事吗？"

"如果你怀疑有人要骗你，你应该去找伦斯警长，而不是我。"

"也许你们都可以去。"凯特建议道。

我想到了摆脱这种纠缠的办法。"如果你们能说服伦斯警长，那我就同意。"我几乎可以肯定，警长不会掺和这种事。

然而，我错就错在这里了。

第二天下午，伦斯警长打电话给我。"你好，医生，婚后生活怎么样？"

"再好不过了。"我很肯定地告诉他。"你决定竞选下一任警长了吗？"这个问题我每四年就会问一次，答案一直都是肯定的。一九一八年，他第一次当选警长，比我来诺斯蒙特差不多早了四年，现在他的第六个任期即将结束。

"曾有一个软弱的时刻，我答应薇拉这次不再竞选了。她说都二十四年了，对任何人来说都够了。但要命的是，医生，我干什么去呢？退休后去农场养鸡吗？我告诉她，战争还在继续，我必须再干一届，她同意了。"

听了这话，我轻声笑了起来，我无法想象要是诺斯蒙特的警长换成别人会怎样。"对了，"他继续说，"我打电话是想和你谈谈阿特·黑尔和他妻子要办降灵会的事。"

"别提了，警长。我告诉他们如果你去我就去，但这只是为了脱身而不得已用的托词。他们失去爱子，我也很难过，但我不能鼓励他们搞迷信。很明显，这个桑德拉·格利姆纯粹就是为了挣他们的钱。她来这里办降灵会，就可以知道他家的情况，从而确定能从他们身上骗到多少钱。"

"那我们不是更应该去保护他们，揭穿她的老底吗？"警长争辩道。

"你真想这么做吗？"我问。

"我认为我们应该这样做，医生。"

我叹了口气，投降了，问道："她什么时候来？"

"周六，她会在他们家住一夜，然后周日返回波士顿。"

"她开车来？"

"坐火车，由于配给制的实行，汽油很短缺。"

作为一名医生，我获准比一般人多用一点汽油。为此，他们给我发了一张彩色标签，我必须把它贴在前挡风玻璃上。火车旅行变得越来受欢迎，在我们这个远离商业机场的小镇尤其如此。"好吧，警长。如果你去，那我也去。"

周六下午晚些时候，黑尔夫妇到车站接桑德拉·格利姆。那天是六月六日，我们的婚礼正好过去六个月，安娜贝尔希望晚上和我一起去餐馆吃饭庆祝，或者至少在家里不受打扰地过二人世界。我只能答应她会尽早回来，然而事情并不顺利。

我开着我的别克车，接上伦斯警长出发前往目的地。"听新闻了吗，医生？据说太平洋的中途岛附近爆发了一场大海战。"

"我希望是我们赢了。"

我去黑尔家出过几次诊，对他家那砖砌的外墙印象深刻。这里曾经是一座教堂，坐落在草地巷尽头的山顶上。似乎没有人记得发生过什么事，它在二十世纪二十年代被改造成了一栋私人住宅。房子内部的布局并不适合生活，最终，他们在厨房对面建了一个没有窗户的储藏室。有人认为如此分隔是为了给那些害怕暴风雨的人提供避雷室，也有人给出了更平淡无奇的解释，即房子在禁酒令期间被重新装修过，车库被改成了没有窗户的房间，用于储存走私到这个国家的苏格兰威士忌。

实际上，现在除了一张牌桌和三把折叠椅外，那里只剩下光秃秃的墙壁和水泥地了。桌上放着一瓶开着的白葡萄酒和三个玻璃杯，唯一的照明来自天花板上一盏垂下的灯。阿特和凯特等了我们很久，一见面就立刻把我们介绍给桑德拉·格利姆。正如凯特所说，她年近五十岁，乌黑的头发披散在肩上，身材出奇地苗条，黑色的双眼似乎在专注地研究着我们每一个人。她穿着黑色长裙，脖子上系着粉红色围巾，这算是她身上唯一的一抹亮丽色彩。她不是我认为的那种只会坑蒙拐骗的女人，反倒有某种独特的吸引力。牌桌周围的三把椅子告诉我，她已经把警长和我排除在降灵会之外了。

"霍桑医生，"在凯特介绍我们认识时，桑德拉说，"凯特跟我讲了很多你的事，我一直期待着这次见面。"我试图读懂她的眼神，但那是不可能的。我认为，她可能是在和我调情。

"我也期待着参加你的降灵会。"我告诉她。

"唉，今晚可不行。如果我要成功地接触罗恩·黑尔的灵魂，那么只能让他最亲近的血亲在场。"

听到她这样说，伦斯警长不高兴了。"听着，我必须确保这里没有犯罪发生。"

桑德拉·格利姆第一次把目光转向他。"诺斯蒙特镇有法令禁止与死者交流吗？"

"嗯，那倒没有。"他承认道。

"不允许设法帮人度过丧亲之痛？"

"也没有，但我们这里禁止设立骗局进行欺诈。"

黑发女人转向黑尔太太和她的丈夫。"除了少得可怜的酬金之外，我还要求过别的钱吗？"

"没有！"凯特立刻肯定地说道，阿特·黑尔则沉默不语。

我必须想出办法证明我们的存在是合理的。"如果我们不能参加降灵会，那你们就得允许我们搜查这栋房子，以确保这里没有任何形式的机关设计。"

黑发女人耸了耸肩。"这是他们的房子，不是我的，我是第一次进来。"

储藏室刚好能容纳一辆汽车，没有窗户，曾经的车库入口现在不存在了。墙壁都是实心的，灯很高，没有梯子够不着。我和警长仔细检查了牌桌和椅子，它们的里面和下面都没有藏东西。

"你们满意了？"桑德拉·格利姆问道。

我望着她的黑色长裙，心里很清楚，它可以掩盖通灵师的所有花招。"你同意让黑尔太太搜你的身吗？"我问。

听到我的建议，女人微微一笑。"除非我也能对她做同样的事。"

"听我说……"阿特·黑尔开始抗议，但他的妻子制止了他。

"我没意见。"她表示同意，"让我们开始吧。"

通灵师原地站起，双手举过头顶，凯特·黑尔的手顺着她纤细的身体往下摸，到双腿部位时停了一下，摸得特别仔细。桑德拉·格利姆脱下鞋，以便凯特检查她的脚和鞋子，当一只脚被抬起时，她笑了。"我那里有点怕痒。"

然后，桑德拉对凯特进行了同样的搜身。凯特似乎有点尴尬，但并没有抱怨。"好吧。"她丈夫转向伦斯警长，"你不妨也搜搜我的身。"搜身全部结束后，没有发现任何异常。

桑德拉的钱包放在了厨房案台上，阿特·黑尔的钱包和钥匙也放在了那里。女士们的衣服上没有口袋，阿特·黑尔的口袋里只有一块手帕和他的皮眼镜盒。

我问为什么会有酒，得到的回答是桑德拉带来的。"有些厨师在做饭时会喝一点白葡萄酒。"桑德拉说，"我的酒也有同样的作用。"

我拿起酒瓶，对着灯光查看，瓶子里别无他物。我喝了一小口，确认是葡萄酒。"好酒。"我恭维她道。

"那我们就准备开始了。"桑德拉·格利姆一边宣布一边往三个酒杯倒满酒。随后，她转而对警长和我说："黑尔夫妇和我现在要在这儿进行降灵仪式。如果愿意的话，你们可以到门口守着。"

然而，在他们开始之前，一件怪事发生了。当时是六月，虽然已到傍晚，但天还亮着，我们听到了铃声，但不是门铃，而是一种不规则的铃声，似乎是从街上传来的。凯特·黑尔立刻明白了是怎么回事。"磨刀的来了。警长，你能把我放在厨房案台上的两把削皮刀拿去给他吗？我在那儿还留了一点钱。"

对于做这种家务琐事，伦斯警长似乎有些犹豫，因此，我立刻说道："你留在这里，警长，我去。"

我找到了刀，急忙跑到路边。磨刀的是皮特·佩特罗夫，他看到我就停下了马车。"你在这里干什么，萨姆医生？"

"出诊。"我告诉他,"把她的这两把刀磨一下吧?"

"没问题!"他拿起刀,踩了踩磨刀机上的脚踏板,将刀刃靠近砂轮,顿时火花飞溅。过了一会儿,他拿起第二把刀,重复了这个过程。"给你!跟新的一样。"我接过削皮刀,给他钱。"替我向黑尔太太问好。"他说着,一边赶着马车往前走,一边拉着铃绳宣告他正路过此地。

"谢谢,我会转告的。"

我回到屋里,把削皮刀放回炉子旁边的案台上。伦斯警长站在储藏室紧闭的门口。"我听到了一些嘟嘟囔囔声,但现在没动静了。"他说。

"他们把门锁上了?"

"没锁,但任何来世灵魂都不可能从我身边过去,医生。"

我笑了笑。"你不应该把他们挡在外面,桑德拉·格利姆希望他们进去。"

我们等了几分钟,听着声音,但门后似乎很安静。

最后,警长问道:"医生,你觉得我们是不是应该进去看一看?"

"这才十五分钟左右,降灵仪式所需的时间可能比这要长。"

我在附近踱步了几分钟,然后坐下来翻看黑尔家里的杂志。他们有最新一期的《生活》和《国家地理》,还有一期去年秋天开始出版的《埃勒里·奎因推理》杂志。我浏览了一下,正打算静下心来读斯图尔特·帕尔默的一篇小说,关着门的房间里传来"砰"的一声巨响。"你们在里面没事吧?"伦斯警长喊了一声,但没人应答,他转动门把手,慢慢把门推开。

灯还亮着,阿特低头趴在桌子上,凯特从椅子上跌了下来,躺在地板上不省人事。桑德拉·格利姆笔直地坐在椅子上,头向后仰,喉咙被割破,粉红色的围巾上满是鲜血。

我们花了一些时间才唤醒凯特和阿特,他们看起来昏昏沉沉,一副被下药了的样子。喝完酒和桑德拉牵手开始通灵后，两人就记不得任何事情了。

"你们最好有一个人记得一些事情。"伦斯警长告诉他们，"只有你们和她在这个房间里，我在唯一的一扇门外面守着。没人能杀了她，而且她肯定不是自杀，因为这里没有刀。"

我检查了一下桑德拉·格利姆的情况，确认她已经死亡。接着，我在尸体、椅子和桌子周围仔细寻找，没有发现刀。"恐怕我们又得搜你们两人的身了。"我对他们说。

我小心翼翼地检查了凯特的衣服，摸了摸她的身体，但不是特别深入，毕竟，她是我的病人，我为她检查过很多次身体了。没有任何凶器。伦斯警长对她丈夫做了同样的事，他从阿特·黑尔的口袋里取出手帕和眼镜盒，将眼镜滑出一半检查，然后用灵活的手指在他身上摸了一遍。在我看来，毫无疑问，他们都不可能藏着一把刀，他们身上甚至连藏刀片的地方都没有。他们为什么要这么做？他们有什么动机要杀这个女人呢？

不过，我还是要考虑所有的可能性。我从随身携带的包里拿出两块压舌板，准备用小手电筒照阿特和凯特的喉咙。"这是干什么？"阿特·黑尔问道。

"请说'啊'。"

他照吩咐做了，他的妻子也跟着做了。"我得确定你们没有把刀片藏在自己的喉咙里。"我解释道。

"你以为我在玩吞剑吗？"他问。

"我必须排除这种可能性。"

"那凯特呢？你听说过女人吞剑吗？"

"事实上，还真有。"我告诉他，"大约在本世纪初，有一个叫伊迪丝·克利福德的女人，据说她一次吞下了十六把短剑。她是马戏团的。你们似乎没有问题。我们离开这里，让警长叫他的人过来。"

伦斯警长打电话时，阿特·黑尔去了厨房拿他的钱包，凯特紧随其后。"我没有杀那个女人，但房间里只有我们两个人和她在一起。阿特，是不是你……"

于是，阿特转身看着她说："不，我没有，凯特。如果有人杀了她，那就是你。"

我赶紧插话。"这对我们没有好处，我们必须把事情搞清楚。"

凯特走到厨房案台前，拿起一把磨得很锋利的削皮刀。"另一把刀呢？"她问。

"就在那里。磨刀人磨好了，我给你们放在那里了。"

然而，现在只有一把刀，另一把刀不见了。警长和我找遍了厨房，但没有发现它的踪迹，甚至放其他餐具的抽屉里也没有。"我们最好再检查一下这两个人。"他说。我同意了，我们更仔细地再次搜了黑尔夫妇的身。丢失的刀没有再出现！"我的天哪！"凯特·黑尔突然倒吸了一口气，仿佛刚刚意识到所发生的一切意味着什么。

"会不会是某个鬼魂向导拿走了刀，杀死了她？"

伦斯警长嘲笑道。"我宁愿相信有隐形人，也不愿意相信有鬼魂存在。"

"但即使是隐形人也不可能拿起那把刀，带它进入那个房间。"我说，"当我拿着磨好的刀回来时，你已经在守着那扇关着的门了。"

"忘了那把刀吧，医生，肯定是这两个人中的一个杀了她。"

"用什么？用指甲是不能割开一个人的喉咙的。"

"那些酒杯呢？"

我们重新进入房间，仔细检查了杯子和酒瓶，边缘并不尖锐，也没有锋利的裂口。三个杯子几乎都是空的，我闻了闻，然后从酒瓶里往手指上倒出一滴酒，用舌头舔了舔。"我不能肯定，但似乎酒里有什么东西让你们睡着了。"

"桑德拉倒的。"凯特·黑尔告诉我们，"为什么她要我们昏睡过去？”

“也许这样她才好操作一些招魂术。”我说，“她可能打算等准备好了再叫醒你们。”

“得了吧，医生。”伦斯警长反对道，“如果你认为她让另外一个人进了房间，那是不可能的！”

“也许不是一个有血有肉的人，”凯特说，“她正在和鬼魂打交道。”

“凯特……”她丈夫开口说。

“我知道你不相信我，但还有什么别的解释呢？她召唤了一个鬼魂，鬼魂从厨房案台上拿走了磨好的削皮刀，进来，用它杀死了她。”

“鬼魂为什么要这么做？”我问，试图与她讲道理，“她可是鬼魂们的朋友。”

整件事让她丈夫烦透了。“我们别再想象什么鬼魂了吧。根本没有鬼魂。那女人显然是自己割了喉咙。不会有别的解释了。”

“那把刀又是怎么回事？”伦斯警长问。

“也许是冰做的，融化后和她喉咙里的血混在一起了。”

我摇了摇头。“冰不够锋利，割不出那样的伤口，而且每个人都被搜身了，记得吗？不可能有人藏着一把冰做的匕首。”

“她可能用的是刀片，在濒死之际吞了下去。”

“在割断她的喉咙之后？不可能，黑尔先生。”他所说的虽然离奇，却让我想起了一件事情。除了吞剑者，还有人会吞下剃须刀片之类的东西。黑尔夫妇中的一个人可能在腿上藏了刀片，逃过了我们的搜查。这个人可能就是用它割了桑德拉·格利姆的喉咙，然后把刀片吞了下去。

“你在想什么，医生？”警长问。

“如果你没意见的话，我想带黑尔夫妇去医院做个透视。”

“照X光？”

我点了点头。"只是为了确定他们的胃里有没有尖锐的东西。"

阿特·黑尔抱怨了几声，在警长的手下和验尸官赶到后，我开车把他们送到了医院。我小心翼翼地不让他们离开我的视线，即使去厕所我也监视着他们，直到我给二人做了全身的X光扫描。结果证明，他们的体内体外都没有藏刀片和其他凶器。杀死桑德拉·格利姆的凶器还在那个房间里，或者已经被人用我想象不到的方法拿走了。我想起了我刚到诺斯蒙特时调查的一个案件，有个人的喉咙被一根细长的钓鱼线割断。然而这次现场没有任何类似的东西，两次搜身和一次X光透视都没有任何发现。

在黑尔夫妇回家之前，我想回去再检查一下那个没有窗户的房间。警长为我创造了条件，他要求黑尔夫妇去他的办公室做一份完整的笔录。我向阿特·黑尔要他家的钥匙，以防警察已经从那里离开了。他从口袋里掏出一串钥匙，犹豫着不知该选哪一把。"不戴眼镜我都看不清近处，这是开耶鲁挂锁的钥匙。"

"这把。"我说着，把它从钥匙圈上取下，"我会还给你的。"我把他们留在警长这儿，先跟护士阿普丽尔确认了一下没有急诊要处理。

验尸官和警察还在黑尔家。看着他们勘查现场，我意识到在我在诺斯蒙特生活的二十年里，伦斯警长的调查技术进步很大。有一位警察甚至在水泥地上发现了一小块砂砾，把它取作样本。"如果这是一个幽灵，它可能从另一个世界带来了什么东西。"他说。对此，我无可辩驳。

"你的测验结果如何？"我问，"这里会不会有一个秘密面板或隐藏壁橱？"

"没有这样的结构，医生。墙壁是实心的，地板是混凝土的，天花板上只有一盏灯。"

我从厨房搬来一只凳子，爬上去看了看固定灯的装置。两个灯泡上各套着一个磨砂玻璃圆罩。我没发现有人动过的痕迹。接着，我走到门边的电灯开关处，拧下开关板上的螺丝。它的后面可以放下一把小刀或剃须刀片，但我什么也没发现，只看到一只蜘蛛匆忙逃进木头缝里去了。

一无所获。

我越想越觉得答案不在诺斯蒙特，而是在波士顿。

当我告诉安娜贝尔第二天早上我要开两个小时车去波士顿，可能还要在那里过夜时，她很不高兴。我知道她不能陪我去，因为方舟诊所里有太多的活要干。"这个女人为什么被杀？"我自问道，"这就是我需要知道的。如果凯特·黑尔意识到她是个骗子，为什么还要费尽心机把她引到诺斯蒙特，再用这种方式杀死她呢？若是凯特的丈夫做的，他为什么连她的诡计都没看到就杀了她？"

"可是你到波士顿又能找谁帮忙呢？"安娜贝尔好奇地问道。

"黑尔太太说桑德拉有个妹妹，也许我可以从她那里得到一些线索。"第二天早上，新闻报道说有一小股日本部队登上了阿拉斯加阿留申群岛的两个岛屿。此外，来自中途岛的消息令人振奋，我们的海军取得了胜利，一扫之前失岛的阴霾。那天天气不错，很适合我开车去波士顿，而且是周日，路上的车辆也不多。我没费多大劲就找到了桑德拉·格利姆的住址，那是她和妹妹合租的一套公寓，在一栋大旧楼里，从那里可以俯瞰波士顿公园。

开门的是约瑟芬·格利姆。"你是警察吗？"她马上问道，"他们已经来过一次了。"

我做了自我介绍，解释说我在帮诺斯蒙特的警长调查她姐姐的谋杀案。约瑟芬很有气质，身材苗条，留着棕色长发和刘海。

"对我来说，打击太大了。"她的波士顿口音我很熟悉，"但我必须告诉你的是，我们并不是亲姐妹。桑德拉和我关系很好，但格利姆姐妹只存在于舞台上。"

"舞台？"

"歌舞杂耍表演。你知道是谁杀了她吗？"

"还不知道。"我承认道，"我们正在努力寻找。"她邀请我进屋，我在她对面坐了下来。"你也会通灵吗？"

"整件事就是个……"她突然停下不说了，也许是不想说朋友的坏话。然后，在一阵尴尬的沉默之后，她又开始讲道："大约十年前，桑德拉和我一起表演歌舞杂耍。那时我们成了格利姆姐妹。那是一种读心术。我会穿着亮闪闪的紧身衣，举着怀表或项链之类的东西在观众席中游走，桑德拉则蒙着眼睛试着识别这些物品。当然，我会不断地说话，说出我们事先想好的关键词，以便给桑德拉提供线索。"

"你是说这种表演就是骗局？"

她开始坐在椅子上焦虑起来。"那是杂耍表演。我们是为了娱乐，跟魔术师一样，所有人都知道那是演戏。"

"这都是桑德拉的主意？"

"嗯，是的，我想是这样的。我们那时都还年轻。她认为歌舞杂耍表演是吸引男人的好方法。"

"你们没结婚？"

"那时没有，但桑德拉身边总有男人围着转。"

"她是什么时候开始利用降灵会招魂的？"

约瑟芬耸了耸肩。"歌舞杂耍搞不下去了，她就不知不觉开始搞通灵了，从读心术转到了与死者的灵魂对话。我想她认为这是顺其自然的。"

"你在这方面帮助过她吗？"我问。

"不，没有。我在州议会大厦当秘书。我们一起租住这套公寓，但后来我们各奔东西了。我结婚了，过了几年，婚姻破裂后，她收留了我。"

我想起了我做过的一些记录。"凯特·黑尔，就是珍珠港遇袭时失去儿子的那位女士，她说桑德拉联系她做过一次通灵。你知道是哪一天吗？"

她想了想。"我可以找找。她保留了所有联系人的记录。不是男性朋友，是她的通灵生意。她会留意新英格兰南部各地的报纸，查阅战争中的伤亡名单。确认有人死亡后，她会打电话给其近亲，表示愿意提供服务。"

"这是一种利用他人不幸的骗局。"

"有时我倒觉得她真的帮助了那些人。"约瑟芬走到房间一角的一张桌子旁，边说边浏览桑德拉的预约记录本。"在这儿！四月二十五日，她联系了诺斯蒙特的凯特·黑尔，邀请其来参加降灵活动。两周后，也就是五月八日，黑尔太太来到波士顿，一周后又来了一次。"

"你知道桑德拉计划在诺斯蒙特的黑尔家办一次降灵会吗？"

"不知道。当警察告诉我那件事时，我很惊讶。她很少在外地通灵，大部分时候都是在这里。每次她安排这样的活动，我都知道，因为我通常要回避，离开这里。"

"有没有不喜欢桑德拉的人？什么人可能有杀她的动机？"

"据我所知，没有。"

我又问了她几个问题，但没有了解到什么有用的线索。桑德拉·格利姆的一生似乎和她的死亡一样令人费解。那天下午晚些时候，我开车回到了诺斯蒙特。

"我们撞上了一堵不可逾越的石墙，医生。"第二天早上，伦斯警长告诉我说，"肯定是阿特·黑尔或他的妻子杀了桑德拉，可是凶器去哪儿了？有没有可能他们是一起动手的？他们的动机是什么？"

"如果他们想杀她，他们是不会在自己家里动手的，更不要说在这种看起来不可能成立的情况下。肯定还有我们没有发现的东西。"

"那个磨刀人皮特·佩特罗夫呢？他会不会在给你磨完刀后偷偷溜进了房间？"

"除非他能穿墙而过。那瓶酒什么情况？你化验过吗？"

他点了点头。"里面含有一种温和但速效的安眠药，很可能是三个人中的一个放的。"

"在降灵会之前，我喝了一小口，没发现有什么异样。安眠药可能是后来加进去的，不是阿特·黑尔，就是他的妻子，但肯定不是桑德拉·格利姆干的。"

"有两个嫌疑人，我们却无法破案！医生，你有什么建议吗？"

"既然如此，我们只能回黑尔家继续寻找线索，也许会有什么东西让我们眼前一亮。"

六月的天气变得十分温暖，当我们开着警长的车来到黑尔家时，凯特已经在她的花园里种上了玫瑰花。"它们是不是很漂亮？"她问，"这是我为了纪念罗恩新栽的。我想他会喜欢的。"

"很抱歉再次打扰你。"警长告诉她，"我们还有很多问题需要弄明白。"

注意到我们的到来，她的丈夫也来到了玫瑰花园。"有什么线索吗？"他问。明亮的阳光下，他的银色眼镜框亮闪闪的，他举起一只手遮挡光线。

"没有。你们是头号嫌疑人，我想这已经不是新闻了。没有其他人进出这个房间。"

"可我们都昏睡过去了。"阿特·黑尔指出。

我摇了摇头。"你们中有一个人直到割断桑德拉·格利姆的喉咙才喝下酒。我们进屋去说吧。"

他们似乎都不愿意接受更多质询。"我没有杀她。"凯特·黑尔说，"那必定是阿特干的。"

他瞪了她一眼。"凯特……"

"进屋！"伦斯警长命令道，把他们赶向门口。

我趁机又看了一眼他们的厨房，那把已经磨好却神秘消失的削皮刀本来就是放在那里的。出于某种原因，现在它似乎一点也不神秘了。那天早上醒来，我想起我把刀放在了靠近炉子的厨房案台上。果然，我发现在案台和炉子之间有一条缝隙，只有约四分之一英寸宽。"你有手电筒吗？"我问阿特·黑尔。

他拿出一个手电筒，我用它照向案台和炉子之间的缝隙，在底下的地板上，正是那把丢失的削皮刀。我对他们说："谜团解开了。"

"它一定是不小心掉进去的。"阿特·黑尔断定。

"或者是凶手放进去的。我们发现桑德拉的尸体后，你们中的一个人进了厨房，看到了刀，往案台和炉子之间的缝隙塞进了其中一把。这只能是凶手干的，目的是强化鬼魂拿刀割断了桑德拉喉咙的错觉。"

"是谁，医生？"警长问，"你心里有数了，对吧？"

"是的，我知道。"

我们像老朋友一样围坐在餐桌旁，凯特甚至为我们煮了一壶咖啡。"你们是知道的，"我开始说，"动机是这一切的关键。尽管桑德拉·格利姆可能是想骗你们一些钱，但这很难成为谋杀动机。你只需转身离开，告诉她不搞降灵会就行了。不，肯定是有别的原因。当我想起昨天我跟桑德拉的室友兼前杂耍搭档的谈话时，我就知道是怎么回事了。"

"你是怎么发现的？"凯特·黑尔问。

"日期对不上。根据桑德拉的预约本，她第一次给你打电话是四月二十五日，你是五月八日在波士顿参加的第一次降灵活动，一周后返回。你们在四月中旬就接到了罗恩牺牲的通知，但直到五月一日媒体才宣布他的死讯。桑德拉查看了报纸上的伤亡名单，但她不可能早在四月二十五日就知道你儿子的死讯，至少不可能从报纸上得知。事实上，因为我们住在距离波士顿两小时车程的小镇上，因此，可以肯定地说，桑德拉·格利姆之所以这么早就知道你儿子的死讯，唯一可能的原因就是你们两人中有一人将之告诉了她。"

"等一下！"阿特争辩道，"她可能早些时候在失踪人员名单中发现了他的名字。"

我摇了摇头。"降灵会只用来跟死者的灵魂沟通。你们中肯定有人告诉桑德拉你们的儿子已经确认死亡了。那个人不可能是你，凯特，否则，桑德拉没有理由记下四月二十五日你们的通话记录。你曾告诉我，罗恩在珍珠港袭击中失踪的消息对阿特影响很大。他在一月和二月离家出走了几天，然后，当悲惨的消息得到证实后，他在四月又出走了一次。你以为他在酗酒，也许是这样，但我认为他是开车去波士顿喝酒了，并在那里遇到了桑德拉·格利姆，一个总在猎取男人的女人。"

我说话时，凯特已经面无血色了。我知道这对她来说是一种煎熬，但我别无选择。"他告诉了桑德拉你们儿子阵亡的消息，然后，她联系你要搞降灵会，凯特。当你最后把这事告诉他时，想必他非常生气，只是不敢把所有的愤怒都发泄出来。也许他给桑德拉打过电话，让她离自己的妻子远一点，不要考虑来诺斯蒙特。他知道她是为了钱，还有什么比这更容易赚钱的呢？我猜她想出了一套收费不低的降灵仪式，阿特，如果你想阻止她，她就会直接去找凯特，揭露你对妻子不忠。"

"这不过是一大堆猜测而已。"阿特·黑尔告诉我，"你能证明其中任何一点吗？"

"你第一个回到厨房，去案台拿你的钱包和钥匙，而那把削皮刀就在那时不见了。此外，我还有更有力的证据。我可以证明只有你才可能谋杀桑德拉·格利姆。"

他微微一笑："没有凶器？而且还有伦斯警长守在门口？"

"你有凶器，伦斯警长应该比其他人更早猜到那是什么。"

警长似乎被我的话弄糊涂了。"我应该已经猜到？为什么是我？"

"因为阿特用碎眼镜片割断了勒索他的桑德拉·格利姆的喉咙。"

当我逐一把事情挑明后，阿特·黑尔面如死灰。"那天晚上在麦克斯牛排餐厅，我注意到你平时戴的眼镜是金框的。而现在，你戴的眼镜是银框的，毫无疑问，这是另外一副。在谋杀发生后的几个小时里，你根本没戴眼镜。你甚至对我说，你不戴眼镜就无法近距离地选择正确的钥匙。在你杀人之后，警长检查过你口袋里的皮眼镜盒，但我记得，他只将眼镜从盒子里取出了一半。"

"那他是怎么做到的呢，萨姆？"伦斯警长想知道。

"在我喝了一小口酒后，我们被磨刀人的到来分散了注意力。然后，他假装喝酒，而凯特和桑德拉真的喝了。她们都睡着了，几分钟后，他抓住桑德拉的围巾，他知道她会戴着它，接着打碎眼镜镜片，然后用围巾包着手指握住最大的碎片割断她的喉咙。围巾保护了他的手指，没被割伤也就不会流血。然后，他喝了酒，和他的妻子一样倒下。即使我们从眼镜盒里取出眼镜，可能也不会立刻注意到少了一块镜片。"

"那碎玻璃怎么处理呢？"警长纳闷，"你不会要说他把它们吞下去了吧？"

"不，我告诉你，他把它们踩在了脚下，在水泥地板上踩碎。问问你的手下，他从地板上收集的砂砾样本是什么，事情就清楚了。"

这时凯特转向了阿特。"阿特，这是真的吗？"

"她在勒索我，凯特，利用罗恩去世让我们心碎的机会，想要榨干我们的血汗钱。经历了儿子去世的痛苦后，我无法忍受让你知道我在另一个女人身上找到了安慰。如果我不杀了她，事情会没完没了地继续下去。"

这是一个结局悲惨的不幸案件。在阿特被带走后，刚开始伦斯警长和我几乎没有开口说话。最后，警长说："医生，只有他们两个和桑德拉在一起，他一定知道凯特会认定他有罪。"

"不一定，警长。他必须抓住这个机会。如果他能让犯罪看起来不可能发生，也许凯特会相信真的是来自灵界的鬼魂杀了桑德拉。这就是一有机会他就把削皮刀藏起来的原因，为的是让她更加相信这件事不是现实中的人做的。"

那天晚上我见到安娜贝尔时，她告诉我那天有一只猫死在了方舟。

"我真的哭了一会儿，萨姆。它是那么漂亮。你曾经为被害人流过泪吗？"

"我不会为桑德拉·格利姆流泪。"我说，然后坐下来，把这件事的来龙去脉讲给她听。

05 候选人的小木屋

"一九四二年十一月，伦斯警长决定竞选下一任警长，当选的话，这将是他的第七届也是最后一届任期。就是在那时，美国卷入了世界上最大规模的战争。他第一次当选是在一九一八年，比我在诺斯蒙特开业早了近四年。"萨姆医生对来跟他聊天的访客兼酒友解释说，"从那以后，每一次我都是他的支持者。这次是我一九四一年十二月六日与安娜贝尔结婚以来他的第一次竞选。安娜贝尔自然跟我立场一致，尽力为他助选。"

安娜贝尔的方舟是我们县业务最齐全的一家兽医诊所，现在雇了两个助手分担工作，这意味着安娜贝尔晚上有更多时间可以待在家里。因此，在十月竞选期间，她有时间和我一起参加支持伦斯警长的当地集会。那一年，警长的对手是雷·安德斯，一个很讨人喜欢的年轻人，至于经验，他只是在警长手下干了两年。

我们参加过安德斯的一次集会，为的是了解一下我们面对的是什么样的对手。那次集会是周日下午在格兰奇礼堂举行的，我们站在拥挤的大堂后面，以免引起注意。安德斯快三十岁了，一头黑发，散发着某种魅力。有时，他开玩笑说自己在镇子边缘有一间小木屋，可他不是亚伯拉罕·林肯。大家都知道他和妻子在镇广场附近还有一栋漂亮的住宅。为仍在瓜达尔卡纳尔岛进行激烈战斗的海军陆战队员送上赞美后，他解释说，他患有风湿性心脏病，无法服役。当然，不管怎么说，县警察局需要年轻人补充新鲜血液。

"我的对手是一个诚实能干的人，"安德斯直击重点，"但他当警长二十四年，已经五十六岁了！"

这倒是真的。伦斯警长比我大十岁，此时就在我身边，安德斯一提到他的年龄，我就感觉到了他的愤怒。我把一只手放在他的胳膊上，示意他稳定情绪，以免他大声地反唇相讥。在我们前面的座位上，安德斯的一些追随者开始反复高喊："新鲜血液！新鲜血液！"我拉着伦斯警长走向门口，帮助他克制怒火。"你能想到吗？"我们一出去，他就急不可耐地说道，"他的工作都是我给的！他跟着我干了两年，但在我的记忆中，他从没逮捕过任何人，也许开过一两张超速罚单。现在他却觉得他比我更适合当警长！"

"冷静！"我恳求道，"你想犯心脏病吗？"

"为什么？因为我的年龄？因为我五十六岁了？"

我叹了口气，推着他一起出了门。伦斯警长从没找我看过病，原因很简单，他在他这个年纪非常健康。在这方面，他妻子薇拉功不可没。就竞选而言，他的健康状况不是问题，但他的年龄显然对他不利。

雷·安德斯的竞选经理是乔纳森·卡塞尔，但他喜欢人们称他卡塞尔少校，他说这是他在伟大战争中得到的军衔。他五十岁出头，多年来一直在州政界的外围活动。对他来说，在诺斯蒙特这样的小镇协助参选人竞选警长是有些落魄的事，我不知道他是为了什么来到我们这里的。也许是为了钱。雷·安德斯娶了简·布罗菲，她家在镇外有一个利润丰厚的烟草农场。有传言说她在拿钱资助丈夫竞选，付给卡塞尔少校的报酬可能就是她出的。不用说，卡塞尔住在他们的小木屋里。从某种意义上讲，小木屋是简·安德斯的嫁妆之一。

那天晚上，我们在警长家吃晚饭，薇拉端上了她最拿手的羊排。我们谈到了集会的事，安娜贝尔确信安德斯重点提及警长的年龄是卡塞尔少校的策略。"他竟然卑鄙到用这种手段，真让我恼火。"她生气地说。

"你认识雷·安德斯吗？"我问。

"不认识。我曾治疗过他妻子的宠物猴。她看起来还不错。"

"简·安德斯还是那只猴子？"薇拉·伦斯问道，她刚好来到桌旁上菜。

我们都笑了，安娜贝尔回答说："其实二者都不错。"

但伦斯警长很快严肃起来。"我们该如何应对年龄问题，医生？以前从没有人拿它对付我。"

"那是因为你以前不是五十六岁。"我告诉他，"以现在的标准看，这当然不算年轻，毕竟你出生时人们的预期寿命只有四十六岁左右。即使在今天，白人男性的平均年龄也就六十二岁。我们无法让你变年轻，只能不断地强调你有工作经验，再就是要把你的破案率明确地告诉选民。"

"那大多是靠你的帮助。"警长说，"他可能会指出这一点。"

吃完晚饭后，我们抽起了雪茄，女士们则忙着洗碗。在我家，我会帮安娜贝尔洗碗，我知道，尽管伦斯警长只比我大十岁，但他跟我在思想意识上已经不是同一代人了。"你会取胜的。"我对他说，设法给他打气，"雷·安德斯不可能当选这个镇的警长。"

十月过得很慢，好在新英格兰的秋天非常可爱，几乎让我们忘记了战争。随着时间的推移，支持安德斯的人数似乎在增加。几个安德斯的警察同事出现在他的选举集会上，我看得出来这些人的背叛让伦斯警长很伤心。薇拉甚至按电话簿上的号码给一百位选民打了电话，进行了一次很不科学的选民调查。结果四十人表示会投票给伦斯警长，三十七人表示会投票给雷·安德斯，其余人尚未决定。当然，有些人家里还没有电话，他们会怎么投票尚不可知。

十月二十六日，也就是选举前八天，警长办公室外发生了一件不愉快的事。罗布·加拉格尔是支持安德斯的警察之一，当时在停车场为安德斯发竞选传单。我碰巧开车经过，看到警长怒气冲冲地出来质问他。由于担心出现最坏的情况，我急忙踩刹车停车，然后下车穿过街道跑到他们身旁。

"我现在又不是在上班！"加拉格尔拒不让步，"而且是在办公室外面。我在这里做的事关乎言论自由，警长，你想因为这个解雇我吗？"

加拉格尔身高六英尺多一点，身材修长，肌肉发达，比伦斯警长年轻二十五岁。他们打起来谁会输是显而易见的。"好了，二位！"我喊道，把他们拉开，"回办公室去，警长。"

警长想说些什么，但还是没开口，转身走回办公室去了。

"你也想让我停下来吗，医生？"加拉格尔问道。

"离开吧，罗布，离开警长的视线去展现你的言论自由吧。"

"卡塞尔少校和我说清楚了，他说我有权利这么做。"

"我相信他是这样告诉你的，但我们还是要尽量让这次选举文明一些。"

我跟着伦斯警长进了他的办公室，关上门。"这是怎么回事？"我问。

"我不知道，医生。我从未面对过这样的竞选。该死的，我有一半的时间是在没有对手的情况下参选的，甚至好几次还得到了民主党人的支持。"

"很明显，罗布·加拉格尔支持安德斯，你的其他手下呢？"

"有几个人倾向于支持安德斯，但加拉格尔是唯一真正的麻烦。他是共和党的，是安德斯的好朋友，他想让他的朋友坐在这张桌子后面，而不是我。"

"在薇拉的电话民意调查中，你仍然领先。"

"情况有可能一夜之间就改变了。"我知道他是对的，成败就看最后八天了。

第二天是周二，一大早，我被电话铃声吵醒了。安娜贝尔接了电话，将听筒递给我。"是伦斯警长。"

我半睡半醒，咕哝着问道："现在几点？"

"快六点了。"

"你好，警长。有什么事吗？"

"我刚接到卡塞尔少校的电话，他说有人想闯进他的小木屋，伺机行窃。我必须去一趟。"

"你值夜班吗？"

"和你一样，我也在家躺着呢。他把电话打到了我家，而不是警长办公室。事有蹊跷，医生。"

"我会尽快去那儿找你。"我保证道。安娜贝尔把头埋进枕头，继续睡。

安德斯家的小木屋位于镇子边缘，选举期间，卡塞尔少校一直住在那里。那间小木屋建得还是挺专业的，很坚固，看起来更像是度假屋，而不是拓荒者在森林里搭建的棚子。当我开车往那里赶时，东方的天空开始闪现日光。我把车停在警长和另一个警察的车以及卡塞尔那辆闪亮的别克后面。下车后，我首先看到的是罗布·加拉格尔，他站在小木屋的门廊上，手中握着枪，指向开着的前窗。

"加拉格尔！"我喊道，"发生了什么事？"

"我不确定，"他答道，但没有转向我，"看上去像是伦斯警长杀了卡塞尔少校。"

那天早上晚些时候，我们回到警长办公室，警长想杀人的心肯定有了。虽然警长还没有被正式起诉，但加拉格尔明确表示他会向地方检察官提交一份完整的报告。"这是选举陷害！"他在办公室里对我吼道，"为了打败我，安德斯简直是不择手段！"

我设法让他平静下来。"我觉得事情不一定会延伸到你谋杀他的竞选经理。告诉我那里到底发生了什么。"

他深吸一口气，努力平复心情。"我告诉过你，卡塞尔少校给我打电话说有小偷行窃。这事本身就很奇怪，但我不想把电话转给加拉格尔，便迅速穿好衣服开车去了那里。我到小木屋时，只有卡塞尔的车停在那里。我敲门，他没有应，门也锁着。透过客厅的窗户，我看到里面点着一盏灯，于是走过去往里看。卡塞尔少校躺在地上，和你看到的一模一样。我看到了血，还有他头上的枪伤。我检查了所有窗户，想找一扇开着的，但它们都关着。小木屋只有一扇门，而那扇门也是关着的。最后，我打破了客厅的窗户，拉开插销，爬了进去。当然，他已经死了，屋子靠里的地板上有一把左轮手枪。我检查了小木屋的门，门上了锁，还插着插销。就在这时，罗布·加拉格尔举着枪出现在窗前。"

"没有其他人躲在小木屋里？"

警长摇了摇头。"我们搜查那里时你也在。它只有一间一端有个小厨房的客厅、一间卧室和一间浴室。没有地下室或阁楼。另外，唯一的生物就是关在笼子里的一只猴子。"

那猴子是只黑猩猩，是简·安德斯的宠物，安娜贝尔曾在方舟治疗过它。它个头很大，重约五十磅。我不知道它为什么会出现在小木屋里，但我们很难把它当成嫌犯。"加拉格尔会在报告中指出，他发现你独自一人和卡塞尔的尸体在那间锁着的小木屋里。除非卡塞尔允许进入，否则没人能进到屋里去，在这种情况下，凶手是怎么在屋子锁着的情况下出去的呢？就像你说的，那扇门不但锁着，还插上了插销。"

"你知道门的插销是可以动很多手脚的，医生。"

我同意，但这次情况不同。"我首先检查的就是插销。插销嵌在门里，转动门把手就能插上。它不是可以用绳子拉上或用可融化的冰充当的那种插销。门还用钥匙锁上了，但我知道安德斯和卡塞尔都有钥匙。"

"那么，就是窗户，其中一块玻璃可能被拆下来又放回去了。"

我再次摇了摇头。"所有窗户我都检查过了。除了你为了进去而打破的那块，其他玻璃都很牢固。壁炉的烟囱很窄，连矮小的圣诞老人都容不下。"

"会不会是自杀，医生？"伦斯警长问道，他脸上的皱纹因忧郁而显得很深。

"我没看出来他是怎么自杀的。没有火药灼伤的痕迹，手枪就在屋内靠里的地板上，只开了一枪。如果这不是凶器，我会很惊讶。"

"那不是我的枪！我的枪一直在枪套里，加拉格尔后来才没收了我的枪。"

"他不会调换它们吧？"

"不可能。我记下了这两把枪的序列号。"然而，让我不安的是，它们都是史密斯-韦森公司的点三八口径的左轮手枪，这是警长及其手下的标准枪械。除了最后两位数字，序列号都是一样的，这意味着它们是同期购置的。

"他们会说我有杀人动机，因为卡塞尔在协助安德斯竞选，攻击我太老了。"

"参选者不会因为竞选言论而射杀对手的，警长。"

"医生，他们所要做的就是让选民心中的疑虑持续一周。从今天开始，还有一周就要选举了。"

到周三上午，整个诺斯蒙特都在谈论这件事。镇长让伦斯警长带薪休假，等待调查结果。他的手枪没有开出致命的一枪，但凶器确实是几年前警长办公室购置的十多件武器中的一件。那枪是备用枪，从未分配给任何警察使用。

"我已经好几年没检查过那些武器了。"警长向我承认道。

"谁能接触到它们？"

"我手下的警察都有可能。也许还有几个人，比如我的秘书格雷琴。"

几年前，伦斯警长觉得需要人帮他处理文书工作，因为他手下的警察有九个人，而且镇上的犯罪活动也在增加。他从镇议会获得了资金，聘请了格雷琴·怀尔德，她是一位有吸引力的中年妇女，大萧条时期从普罗维登斯搬到了这里。她离婚了，除此之外，我对她几乎一无所知，只在警长办公室里和她聊过几次。现在伦斯警长停职在家，我决定自己去拜访她。

格雷琴正坐在打字机前打字，看到我，她抬起头，将额头上的棕色头发向后拨去。"霍桑医生！"她有些惊讶地跟我打招呼，"伦斯警长……"

"我知道。我只是想和你谈谈。"

"加拉格尔是代理警长，要我帮你叫他吗？"

"不用，这只是朋友间的聊天。"

"我想马上让你知道，我不认为伦斯警长和卡塞尔少校的死有任何关系。"

"他知道了会很高兴的。警长在镇上有很多朋友，我们都支持他。我想向你了解的是办公室里存放手枪的情况。"

她转过椅子面对着我，双手放在椅子的扶手上。"警长和他的手下各自有枪。下班后，他们会把枪带回家，出现紧急情况时会用到它们。"

"算上警长，警局里有十个人。几年前，他购置了十二支史密斯-韦森公司的点三八口径的左轮手枪，应该剩了两把放在办公室里。"

"我想我从未见过它们。"她坦承道，"它们应该在保险柜里。"

在我的记忆中，那个破旧的大铁柜一直靠在警长办公桌对面的墙上，很少被打开。现在，格雷琴·怀尔德在办公桌的抽屉里翻找，找到一张字条，上面写着一个数字密码。"找到了。"她说完便走过去转动拨号盘。随着锁栓被拉开，咣当一声，旧保险柜的门开了。她打开一个没有上锁的抽屉，拿出一把用油布包着的左轮手枪。"这应该是其中一把，另一把好像不在这儿。”

“显然，另一把就是杀死卡塞尔少校的那把。”我告诉她。

“哦。”

“看起来几乎谁都可以打开保险柜。”我说，“如果他们知道密码就在你办公桌里的话。”

“除了伦斯警长，没人知道。”

“但任何一个警察都可能无意中看到它，或者你当着什么人的面打开过保险柜。”

“我对此非常小心。”她坚持说。

“你认识卡塞尔少校吗？”

“我在镇上见过他和雷·安德斯在一起，算不上认识他。”

她的电话响了，我觉得从她这里没有什么可了解的了，便挥了挥手，离开了办公室。

周三下午，我在伯曼饲料店的停车场找到了参加选举集会的雷·安德斯。他的妻子简跟他在一起，派发着加拉格尔一直在派发的那种宣传单。“昨天上午，我的经理兼好朋友乔纳森·卡塞尔少校被人残忍杀害了，”这位参选人说，“出于对他的尊重，我缩短了这次集会的时间，剩余的竞选时间将用来纪念他。如果下周二我当选警长，我保证会将凶手绳之以法。”

欢呼声响起，人群开始散去，走向各自的卡车或马车。我追上安德斯，问他能否和我聊几分钟。“你想帮伦斯警长脱罪，对吗？”他表情严肃地问道，“这次你会搞砸的，萨姆。其他人不可能也没有动机杀死卡塞尔少校。”

“罗布·加拉格尔适时赶到了现场，不是吗？好像这一切都是事先安排好的。”

“加拉格尔周一晚上在路上巡逻。电话接线员报告说，小木屋里传来了低沉的呼救声。当他到达的时候，警长的车已经在那里了，窗户也被打破了。"

"你认识卡塞尔少校多久了？他为什么会到诺斯蒙特这样的地方来？"

"我是在哈特福德一次共和党筹款聚会上认识他的。我们聊了起来，我说我想竞选警长，但需要有人替我组织竞选活动。那是去年的事。当我决定试一试时，简建议我联系他。他和她父亲有生意往来，在党内有很多关系。"

简·安德斯拨开几位安德斯的支持者，走到我们这边。"我希望你不是想帮警长脱罪，"她说，"他做的事太可怕了！"

"事情还有待证实，简。"

"不要试图说这是正当防卫，小木屋里没有打斗的痕迹。"

"你去过现场？"我问。

"我得把我的黑猩猩马克斯拉回来。它被锁在了笼子里。尸体和凶器已经被转移了，除了破碎的窗户，一切似乎都很正常。"

"黑猩猩一开始为什么会出现在那里？"

"整个夏天我都在那间小木屋里忙活，里面需要重新装饰，以迎接卡塞尔少校的到来。马克斯一直陪着我，少校见到它之后，马上就喜欢上了它。他让我把它留在那里。我很乐意那样做。因为我们都在忙活竞选，这样我就能少操一份心。"

"你们谁将枪借给了少校让他防身？那间小木屋有点偏僻。"

"当然没人借他。"安德斯回答，"我知道你想的是什么，杀人的那把枪不是我的。去年离开警队时，我的佩枪已经上交了。这事肯定有记录。"

"如果可以的话，我想更多地了解卡塞尔少校。我知道他为你父亲做过事，简。我想跟你父亲谈谈，你不反对吧？"

我的要求让她很吃惊，但她还是欣然同意了。"我父亲是个很好的人，但我觉得他可能无法帮上你。"

"我想除了马克斯，没人能在这事上帮到我，"我告诉她，"你的黑猩猩肯定看到了整个过程。"

周四上午，当他们仍在决定是否以谋杀罪起诉伦斯警长时，我开车去了菲尼安·布罗菲的烟草农场。从我开始在诺斯蒙特生活起，布罗菲一家就在附近种植烟草，当阳光强烈，地表温度很高时，他们会用起保护作用的纱布覆盖在烟地上面。大部分烟草用于制作雪茄，布罗菲一家借此发了大财。现在是十月底，烟叶已经完成收割、晾晒，正在销售当中。除了养几头牲畜，直到明年春天农场才会有农事活动。我提前打过电话，一点过后不久，布罗菲亲自出来迎接我。

他身材高大，看起来像是一位乡绅，而不是种植烟草的农民。他的女儿简继承了他的绿色眼睛和严谨的做事风格。"我想我们此前没见过面，霍桑医生，我是菲尼安·布罗菲。请进屋，我的妻子今天到镇上去了。"

我们进入一间大书房，相对而坐，这里装饰着鹿头和几只雉鸡标本。显然，问他是否亲自猎杀了它们是没有必要的。"我不想占用你太多的时间。"我告诉他，"我来是想了解与卡塞尔少校被杀有关的事情。"

"当然，大家都知道警长跟你私交甚好。"他伸手拿来一个刻花玻璃酒樽，里面装了一半琥珀色液体。"医生，这时候喝点酒会不会太早了？"

"完全不会，这对你的健康有好处。"我接过酒杯说，"伦斯警长没杀卡塞尔。我想找到真凶并查明其动机。你和卡塞尔有生意往来，是吗？"

"他替我做过一些事。"

"什么事？"

"代表本州烟农的利益游说立法机关。"

听到是这事，我皱起了眉头。"卡塞尔是说客？"

"本州最好的说客之一。然而，去年他遇到了一些麻烦，决定低调一段时间。"

"什么麻烦？"

菲尼安·布罗菲耸了耸肩。"有人指控他行贿，给一位州议员送钱，以确保某项法案通过。他们仍在调查这项指控。"

"既然他人都死了，那就没有多大意义了。"

"没意义了。"布罗菲表示同意。

"你女儿对他在安德斯竞选活动中的工作满意吗？"

"她当然满意。那是卡塞尔的主意，强调年龄因素，并呼吁让新鲜血液胜出。"

"伦斯警长说，卡塞尔周二凌晨打电话到他家称遇到了小偷。你不觉得奇怪吗？"

"如果真的有小偷，那也是很自然的事。"

"他为什么不是给警长办公室打电话？"

他挥了挥手，不置可否。"也许打警长家里的电话比较方便。我怎么知道？"

我瞥了一眼窗外远处的田野。"今年你的收成应该不错吧？"

"本可以更好的，但我也没啥可抱怨的。"

没过多久我就离开了，不知道自己此行有什么收获。

那天下午晚些时候，我拜访了雷·安德斯家。他见到我，满脸不高兴。"我可以坦率地告诉你，萨姆，你说什么都无济于事。我确实认为是伦斯警长开枪杀了卡塞尔，即便我不是他的竞选对手，也会有同样的感觉。"

隔壁房间传来一阵叽叽喳喳的声音，我看到了关马克斯的宠物笼子。那只黑猩猩一看到我就上蹿下跳，无疑是在欢迎一个新的玩伴。"要是他会说话就好了。"我说。

"如果它能说话，那警长就不妙了。"

"那你呢？周一你整晚都在家吗？"

"事实上，我在希恩镇过了一夜。周二早上，我在那里办了一场早餐集会。"

简·安德斯走下楼来，穿着一件别致的酒会礼服，这种服装在诺斯蒙特一带难得一见。"我们正要去吃晚餐，然后参加另一场集会。"她解释说，"很抱歉无法让你久留了。"

"今天早些时候我和你父亲谈过了。"我说。

"他打电话告诉我了。"

"我只是来这里看看马克斯，它能从笼子里出来吗？"

"它以前可以出来，直到我给笼子的门安了一把弹簧锁。现在它可以自己回到里面，但无法把手伸过栅栏转动外面的把手。它一旦进去，还得靠我们给它开门。"

"卡塞尔少校会不会把它放出来，跟它一起玩，你知道吗？"

"我想他这样做过几次。"

马克斯又上蹿下跳了几下，想引起我们的注意。"我们真的得走了。"安德斯说，"我们要迟到了。"

"再问一个问题。开出致命一枪的那把枪，有没有可能在你当警察时到了你的手上，你把它放在了小木屋，辞职时却忘了上交？"

安德斯摇了摇头。"不会，我告诉过你，我交出了唯一的武器。"我先于他们走出房子，不知道接下来该往哪里走。

安娜贝尔邀请警长和薇拉来我们家吃晚饭，试图让他们振作起来，但那天晚上我们过得并不愉快。"我甚至无法参加竞选活动了！"伦斯警长抱怨道，"只要我一开口，观众中就有人大声质问我为什么要杀卡塞尔少校。"

"我们不能再这样下去了。"薇拉说，"我想让他辞职，让安德斯当警长，安德斯都如此迫不及待了。"

"辞职只会显得警长有罪。"我指出，"薇拉，在这件事上，他必须正面迎击，不能退缩。"

"现在是周三晚上，医生。"警长提醒我说，"只剩六天就要选举了。"

"还有三天是万圣节。我们会为你赢得这场官司的，但必须在周末前完成，这样大家才有时间知道你是无辜的。"

"无辜！"他哼了一声，表示怀疑，"要不是地方检察官站在我这边，我早就进监狱了。他知道如果我在周二前入狱或被起诉，安德斯就赢了。"

"你有什么主意吗，萨姆？"安娜贝尔问。

"有一个。黑猩猩有可能用左轮手枪射击吗？"

她叹了口气。"对此我表示怀疑，但我不敢肯定。别在这上面浪费时间了。还记得花园棚屋案中的那只猩猩吗？我想你也怀疑过它一段时间，但这毕竟不是爱伦·坡写的小说。除非你能明确证明，否则我倾向于认为凶手是人。"

"也许我能证明。"我说，"我们可以试试在小木屋里把当时的场景重现一下，看看马克斯周一晚上到底做了什么。"

这个想法有点疯狂，但我必须做点什么，哪怕只是为伦斯警长和薇拉保留一线希望也好。随着时间的推移，在周二投票之前，警长被捕的压力越来越大。我们都知道，一旦被捕，他的职业生涯就宣告结束了。我首先找了罗布·加拉格尔，因为他是代理警长。周四上午，我来到他的办公室，直奔主题。

"罗布，我想还原周一晚上的犯罪现场。"

"这有什么用？"

"有可能是那只黑猩猩杀死了卡塞尔少校，存在这种可能性，只是可能性很小而已。"

"哦，得了吧，萨姆！这也太疯狂了！猩猩又不会开枪。"

"马克斯是一只聪明的黑猩猩。简·安德斯告诉我，在她换锁之前，它自己可以从笼子里出来。"

"我到的时候，马克斯是关在笼子里的。"加拉格尔提醒我，"它根本不在凶器附近。"

"但简说它可以自己回到笼子里，而且笼子上有弹簧锁。假如卡塞尔少校在和他玩呢……"

"早上六点？"

"猩猩发现了那把左轮手枪。它扣动扳机，子弹击中了卡塞尔。马克斯被吓坏了，跑回笼子里，关门，门被锁上。"

"好吧。"加拉格尔说，"我来告诉你哪里不对。首先，卡塞尔被杀时穿戴整齐。其次，他打电话给伦斯警长说了些什么。这听起来像是一个人在和宠物黑猩猩玩耍来消磨时间吗？他在等人，可能是警长。"

"那个伺机行窃的人呢？"

"伦斯警长瞎编的。"

"那他为什么要打破窗户，把门锁上，让自己成为唯一的嫌疑人呢？"

代理警长对此也有自己的解释。"因为我到达现场时，他正在布置现场，弄得像是有小偷一样。他没来得及打开卡塞尔放他进来后锁住的门。再多五分钟，他可能就可以逃脱惩罚了。别忘了那把左轮手枪上没有指纹，甚至连爪印都没有。它已被擦拭干净。你觉得这像是猩猩闯了祸吗？"

"你能不能至少给个机会，让我们把犯罪过程重现一遍？你不是也有一些问题吗，可能在情景重现中能够找到它们的答案呢？如果你这么说，安德斯也会同意的。"

罗布·加拉格尔想了想，最后点了点头。"那好，我们就试试吧。如果那只黑猩猩真的会开左轮手枪，警长有罪就存疑了。我现在就打电话给雷，安排一下。"

"一切都要和我们周二早上到达时一样。"

在我们谈话时，警长的秘书格雷琴·怀尔德一直在她的办公桌上打字。这时，她转过身来问道："你需要我们从犯罪现场拿来提取指纹的那些东西吗？"

"都是些什么？"我问。

她拿出一个贴有标签的纸袋，打开它。"一个烟灰缸，里面有一个雪茄烟头，一个秒表，还有一个空玻璃杯。上面都有少校的指纹。秒表还在走。"

"还在走？"闻言我皱起了眉头，"这很奇怪。它走了多久？"

"我没有注意。"加拉格尔承认，"我把它停了下来，贴上了指纹标记。我们找到了几处指纹。"

"只有少校的指纹？没有其他人的？"

"没有其他人的。"格雷琴确认道。

"请给雷·安德斯打电话。"我说，"问他我们今天晚些时候能不能用他的小木屋重现犯罪现场。"

事情并没有那么简单，当我们告诉他我们想让马克斯待在笼子里时尤其如此。这就意味着简必须来，因为它只听她的命令。我希望安娜贝尔也在场，因为她有动物方面的专业知识。当然，我也希望伦斯警长在场。

五点左右，我们——安德斯和简、伦斯警长、罗布·加拉格尔、安娜贝尔和我——会合了。小木屋和周二早上一样，只是破碎的窗户用一块三合板挡上了。安德斯好不容易才将马克斯的笼子搬进屋，放在客厅旁边的壁龛里。"马克斯现在有多重？"安娜贝尔问。

安德斯叹了口气，显然他刚才没少费劲。"五十多磅。我们只希望它不要再长了，有时它们能长到一百磅。"

"如果马克斯长到那么大，就得把它送去动物园了。"简说道。

我们像观众一样站在屋子的一头，加拉格尔拿出开了致命一枪的左轮手枪。"它最好没装子弹。"伦斯警长说。

"没装。"加拉格尔把枪掰开,旋转空弹夹,然后递给简。"把它放在我们发现它的地方。"她拿着它走到屋子的另一头,放在我周二早上发现它的地方。然后,她走到马克斯的笼子旁,打开锁。我注意到笼子的门周围有一块金属板,阻止了马克斯伸手穿过栅栏,放自己出笼。

一旦获得自由,它就会跳到铺着地毯的地板上,离开壁龛,进入客厅。"我来代替卡塞尔少校。"安德斯说。他模仿动物的叫声,并用香蕉引诱马克斯往前走。那只黑猩猩完全没有理会左轮手枪,径直走上前来。

"你最好帮帮它,简。"我建议道。

她弯下腰,捡起手枪,将枪柄一端伸向猩猩。它有点迟疑地碰了碰它,走开了。她将枪放在它脚边的地毯上,退到屋子另一头加拉格尔和她丈夫的身边。马克斯低头盯着武器,最后捏住枪管,拿起来,盯着它看了好几分钟。我们站在那里愣愣地看着。最后,马克斯把武器扔到了地上,毫无扣扳机之意。

"它现在会做什么?"加拉格尔问道。

"可能会回到它的笼子里去。"她提高了一点声音喊道,"笼子,马克斯!"

它看了看她,拿起它的香蕉,返回笼子,拉上门,将门锁住。表演结束了。

"不是黑猩猩干的。"加拉格尔断定。

"可能不是。"我表示赞同。此时,所有人可能都是这样想的:不是马克斯干的,就是伦斯警长干的。只是没人说出来。

接着,安娜贝尔和我回家了。又一个夜晚即将过去,我却不能带给警长和薇拉任何希望,我接受不了。那天晚上,躺在床上,我妻子问我:"萨姆,你不能想想办法救他吗?"

"我不知道。我已经把这个案子想了几十遍,结果总是一样。凶手必须能拿到凶器,有杀死卡塞尔的动机,还要有办法进入那间锁着的小木屋。或者，如果是卡塞尔放凶手进屋的，那凶手还得有办法离开小屋，同时从里面插上插销。"

"警长出现在那里绝非偶然。"安娜贝尔说，因为枕头的缘故，她的声音不太清楚，"卡塞尔打电话给他说了有人行窃的事。"

"我不明白的地方正是这里。是凶手逼他打电话，引诱伦斯警长前去吗？"

我没有深入思考，我们就都睡着了。黎明时分醒来时，我回忆起了所做的梦的部分内容：一只黑猩猩拿着秒表追赶我。

那周我大部分时间没有给人看病，本打算周五都待在诊所，但我刚到诊所，护士阿普丽尔就告诉我薇拉刚刚来过电话，说有急事。我马上给薇拉回了电话。"是的，薇拉，什么事？"

"县共和党委员会已经要求我丈夫退出选举。他们会和镇长一起过来，他们相信周二选举前还来得及找到一位替代者。"

"荒唐，薇拉，选票都印好了。"

"我知道，但你可以试着把这话告诉委员会。他们认为若是警长今晚通过广播表示支持新的参选人，可能还有机会。"

"参选人是谁？"

"罗布·加拉格尔，他是代理警长，也是共和党人。"

"我以为罗布在支持雷·安德斯。"

"情况有变。"她叹了口气说。

"我看完下一个病人就去。"我保证道，"我们必须做点什么。"

一个小时后，当我赶到伦斯家时，那里已经乱成一团。我认出了几位共和党委员会的人，他们正和警长一起站在前廊上，看得出来警长并不开心。"他们想让我退出，医生。"当我走上台阶时，他不无哀怨地说道。

"我知道。"我看到加拉格尔一个人在院子里，想必在等待最后的决定。在那之前，他要避免跟警长接触。我离开警长和其他人，走到他面前。

"罗布，这就是你一直以来在策划的事吗？"

他看上去很不自在。"我可没策划任何事情。你在小木屋里的现场重现失败后，消息传开，委员会咋晚找到了我。"

"没有失败。"我对他说，但内心没那么自信，"我知道是谁杀了卡塞尔少校，但不是警长。我希望你能再进行一次现场重现。"

"我没法那么做，萨姆，再搞一次也不会有什么不同。"

"我想会有的，我会亲自扮演凶手。"

他犹豫了，不知道该如何选择。"委员会不会同意的。"

"镇长在这儿吗？"

"他在屋里。"

泰特镇长在厨房里，薇拉把他堵在了那里，但他态度坚决，同时尽量不触怒她。"都决定了，萨姆，"他告诉我，"在周二的选举中，我们党不会让顶着谋杀嫌疑犯名声的警长参加选举的。"

"我们咋晚重现了一次现场……"

"我听说了。"

"我今天想再现一次，彻底搞清楚那件事。"

"有什么用？伦斯警长的政治生涯已经结束了，其他人不可能杀死卡塞尔。"

"如果那人是自杀的呢？"

"枪离尸体太远了。"

"说不定枪被简·安德斯的宠物黑猩猩移动了。"

镇长的脸上闪过一丝怀疑。"你觉得你能证明吗？"

"请给我们一个机会。伦斯警长为本镇服务二十四年了，他值得有此待遇。"

"你今天下午能搞定吗？我们今天必须定下来。若是明天宣布新的候选人，民主党人会说我们在搞万圣节恶作剧。"

于是，那天下午三点，我们返回安德斯的小木屋。在去的路上，我努力向伦斯警长解释为什么要这样做，但他心不在焉。"医生，枪在地板的什么地方，或者那只黑猩猩是否碰巧把它移动了几英尺，都不重要。伤口上没有火药灼伤的痕迹，枪也被擦得干干净净。不管是怎么回事，这都不是自杀。"

"这些我们都知道，但我不得不让镇长产生某种怀疑，好让他再给我们一次机会。"

"回答我一件事。你知道卡塞尔少校在那间锁着的小木屋里是怎么被杀的吗？"

"我想我知道。"我回答说，但并不十分肯定，"不过，我必须证明给自己和其他人看。"

按照约定，我扮演凶手，安德斯再次扮演卡塞尔少校。简·安德斯站在马克斯的笼子旁边，伦斯警长和薇拉站在围观的人群中。罗布·加拉格尔在场，现在泰特镇长也来了。加拉格尔给警长办公室打电话，让格雷琴把烟灰缸和秒表拿过来。

一切就位后，我开始讲道："我认为凶手在周一晚上或周二凌晨给卡塞尔少校打了电话，对竞选活动提出了一个建议。卡塞尔期待着凶手的到来，所以他才这么早就穿戴整齐。他们是这样谋划的：在黎明前，卡塞尔给伦斯警长家里打电话，谎称有小偷想行窃，要求警长亲自处理。然后，他们用秒表记录警长的反应时间，如果他不是亲自来，或是花了一些时间才到达现场，这便是他的年龄导致他行动迟缓的证据。"

"我绝不会这样做的。"雷·安德斯坚持道，"这种招数太低级了，它不会让我多赢得选票，反而会失去选票。"

"我同意，但凶手根本没打算这样利用这个机会，他们的目的是引诱警长跳进这个坑里，这样就可以陷害他是杀害卡塞尔的凶手了。"

"好吧。"安德斯说着，走向电话，"假设我已经打了电话。"

我按下秒表的计时键，把它放在桌子上。"在他们等待的时候，凶手走到笼子边，把马克斯放了出来。不能浪费时间，因为警长可能在二十分钟或更短的时间内开车赶到这里。凶手拿出左轮手枪，朝卡塞尔少校的头部开了一枪，然后把枪擦得干干净净，扔在地毯上。窗户也早就检查过，以确保都是从里面关上的。接着，凶手捏着嗓子给接线员打电话，仍是报案称有小偷，以确保警长到达后不久，派出的那位警察也会赶到现场。最后，凶手从唯一的一扇门走出屋子，并用钥匙锁上门。"

因为从安德斯手里借来了小木屋的钥匙，我照做了一遍。我站在门外，大声喊道："门把手，马克斯！"

什么也没有发生。

我又喊了一次，还是没有动静。我打开门，走进屋里。

"我想你已经证实过马克斯没有开枪。"简·安德斯说。

我旋即把门关上。"你来告诉它，简。"

"真荒唐。"

"告诉它，它只对你的声音有反应。"

她看着自己的丈夫，寻求支持，但他只是睁大眼睛盯着她。"你必须说，简。"最后，他对她说，"只为了证明他是错的。"

她深吸了一口气，说道："门把手，马克斯。"

黑猩猩蹦跳着穿过小屋，来到门前，伸出手，转动可以控制插销的把手，然后退回笼子里，关上了笼子的门。

简·安德斯哭着倒在了她丈夫的怀里。

后来我解释了一切，其实，大家都知道压力可以成为杀人动机，重要的是找到压力在哪里。"我们了解到卡塞尔少校曾为简的父亲菲尼安·布罗菲当过说客。布罗菲告诉我，卡塞尔被指控在为本州烟草行业游说时涉嫌行贿。调查还在进行中。我猜测卡塞尔可能要把布罗菲牵扯进去，以保全自己。布罗菲安排他在这里帮忙竞选，但这还不够。我认为简想保护自己的父亲免受刑事指控，即使这意味着要杀了卡塞尔。她想到的就是这个办法，如此一来，就达到了双重目的，既保护了她的父亲，又可以让她的丈夫当选警长。"

"是什么让你对她产生怀疑的呢，医生？"警长问。

"我们第一次现场重现时，加拉格尔让她把左轮手枪放在他们发现它的地方。她照做了，可以说几乎就是原来的地方，但她怎么知道是在哪里发现枪的呢？她告诉我在她去小木屋想拉回马克斯时，枪已经被拿走了。这让我开始注意她，想起了为什么加拉格尔到达时秒表还在走。如果卡塞尔上当受骗，想要为什么事情计时，比如你抵达的时间，那他为何在那时打那通电话就能解释通了。放在你办公室保险柜里的左轮手枪表明，涉案者与警察局一位过去或现在的雇员有关，在本案中也就是安德斯这个前警察的妻子。保险柜打开时，她一定和安德斯在一起，并背着安德斯拿走了枪。"

"为什么这么说？"

"如果他知道她拿了枪，就会知道她是凶手。我认为他不知道。还记得吗？他周一晚上是在希恩镇度过的，所以她那时是独自在家。"

简被捕的消息不胫而走，对安德斯的竞选来说这无疑是毁灭性的打击。他提出退选，但选票已经印好，选举只好继续进行。伦斯警长以压倒性的优势再次当选。就在同一天，蒙哥马利在阿拉曼获胜的消息传到小镇。看起来未来更加光明了。

06

布莱克
修道院

"一九四二年那次竞选为伦斯警长赢得了第七届也是最后一届任期。之后不到一周,盟军开始进攻法属北非。这可以说是大快人心,表明我们终于发动了一次意义重大的地面进攻。"萨姆·霍桑医生停顿了一下,给他的访客续酒,"当时,各个城市开始举办战争债券集会,有时甚至会有明星前来助阵,鼓励人们购买债券,从而为军事行动筹集资金。"

通常,诺斯蒙特这样的小镇对大规模的战争债券集会关注度并不高,不过,我们这里出了一位当地人不太知道的名人。十一月的选举为我们带来了一位新镇长西里尔·本·史密斯。他身材修长,年龄比我略小,虽然四十岁了,却精力充沛。在他竞选公职之前,我几乎不认识他,现在也不太了解他。他家在镇子的边界附近有个小农场,几乎延伸到邻近的希恩镇了。因此,我没有听说过他和他儿时的好友罗斯蒂·瓦格纳也就不奇怪了。

罗斯蒂当时叫乔治·斯奈德,直到搬到纽约,在一部不太成功的百老汇舞台剧中扮演反派角色后,他才改名为罗斯蒂。借此他去了好莱坞,加入派拉蒙影业公司,与亨弗莱·鲍嘉抗衡,但他从没像鲍嘉那样成为大明星。一九四三年四月,盟军向突尼斯推进,很多年轻的男明星都已服役,但因为健康问题和已满四十岁,罗斯蒂·瓦格纳无法参军,于是他便开始在全国各地推销战争债券，以尽自己的一份力。本·史密斯镇长听说他将在波士顿参加集会，便想到邀请老朋友顺道回家乡一趟。

"你听到消息了吗？"那天早上，我的护士阿普丽尔问道，"罗斯蒂·瓦格纳要来这里参加战争债券集会活动。"

"我们不大看电影。"我承认，尽管镇上有一家相当不错的电影院，"但我想我看过他的一两部片子。"

"我要去帮忙开车。"她说。阿普丽尔的丈夫安德烈在服役，我能理解她想参与其中的强烈愿望。

"那好啊，我会去找你买一份债券。"我保证道。

那晚在家里，我把这件事告诉了妻子安娜贝尔，她表现得比我还要兴奋。"这真是个好消息，萨姆！本镇终于有些变化了。"

听她这样说，我笑了。"很多人认为这里已经变化很大了。我们的谋杀案发生率……"

"我希望每次有人在诺斯蒙特被杀时，你都不要责怪自己。我敢说在你来之前，这里肯定也会发生谋杀案。等伦斯警长和薇拉来吃晚饭时，我得问问他这事。"

警长是在一九一八年当选开始第一个任期的，没过几天，停战协定签署，第一次世界大战结束。几年后，一九二二年一月，我搬来镇上开诊所，出于某种原因，我们从未真正谈论过诺斯蒙特过去的犯罪情况。

每隔几个月，我们两家就一起聚餐，两天后的晚上轮到我们做东，伦斯警长和妻子薇拉来我们家。当薇拉在厨房帮安娜贝尔做晚饭时，我和警长聊了起来。"有一天晚上，安娜贝尔和我说起了诺斯蒙特的犯罪率。我一九二二年来之前，这里是什么情况？谋杀案也这么多？"

伦斯警长轻声笑了起来，抓住我妻子已经为其倒上雪利酒的酒杯。"你来之前的事我还真记不清了，医生，有事估计也是你带来的。"他端起酒杯喝了一口，接着说，"当然，布莱克修道院发生过火灾，但从没人说那是谋杀。"

过去二十年来，我曾多次开车经过那栋被烧毁的建筑，奇怪为什么县政府不直接拆掉它，把那块地皮拍卖出去。"到底发生了什么事？"我问。

"噢，那是一九二一年夏末。那栋房子是十九世纪末建成的，供那些已经离开各种教团，但还没有准备好回归世俗世界的失意修士和其他宗教人士自给自足使用。根据法院的要求，那里偶尔会收容一两个少年犯，以期通过辛勤的劳作让他们改过自新。那些人生活在那里，除了每个月有几个人到镇上购买生活用品外，没有什么人注意他们。他们参照马丁·路德居住过的德国奥古斯丁修道院，把那里称作布莱克修道院。宗教改革后，修士们搬离了奥古斯丁修道院，但路德继续住在那里，为前修士和旅行者提供居所。在他一五二五年结婚时，那栋建筑被作为结婚礼物赠送给了他。"

"你知道得很清楚，警长。"

"嗯，尽管我们结婚时是由浸礼会牧师主持的婚礼，但薇拉是路德教派教徒。有一天晚上，我们谈起布莱克修道院，她给我讲了一大堆历史。"

"我听到有人提到我的名字了。"薇拉·伦斯走到我们身边时说，"再过三分钟饭就好了。"

"医生对布莱克修道院的事好奇。"警长解释说，"你提到这事很有意思，萨姆。我们正在为战争债券集会办一场古董拍卖会，有人捐出了布莱克修道院华丽的橡木前门。你可以在镇政厅看到它和其他古董。"

"也许我该去看看，何时拍卖？"

"下周二，二十号，那是波士顿集会的第二天，他们要把它与爱国者日和波士顿马拉松赛事结合起来。"那年的复活节是四月二十五日。

安娜贝尔端着沙拉走了进来，我们在餐桌旁坐下。"我刚刚在和薇拉谈论集会的事，"她告诉我，"我跟她说我也想帮忙。"

"很多人都想。我诊所的阿普丽尔说她也会去帮忙，没有什么比看电影明星更能让人开心的了。"

"罗斯蒂·瓦格纳实在算不上是个帅哥。"薇拉说着，把叉子插进沙拉里，"他的脸有时看上去像是被绞肉机绞过似的，惨不忍睹。"

"不过，他演反派没的说。结婚前，我看过几部他的电影。"薇拉转向我说，"萨姆，我们得多看电影了。"

不知为何，我们的谈话始终没再回到布莱克修道院的火灾上。直到周日下午，预期的战争债券集会两天前，我陪着安娜贝尔来到镇政厅，站在被大火烧焦的门前时，我才想起了那栋被烧毁的建筑。那扇厚重的橡木门正靠在墙上，它确实是一件精美的物品，其正面是一个戴着兜帽的修士跪在地上祈祷的浅浮雕，用来迎接修道院的游客再合适不过了。

"你们可以看到这门在火灾中被严重烧焦了。"薇拉边说边走到我们这边。我们站在镇政厅华丽的大厅里，那里摆着几十件形状和大小各异的物品，准备拍卖。

我用手指在浮雕上摸索，欣赏着上面的雕刻纹路。

"看上去门上有几个小虫洞。"安娜贝尔说。

确实，在门的两侧和顶部有虫洞。我把门从墙上掀起来，看到背面很光滑，没有虫洞，也没有烧焦的痕迹。"那场火灾是怎么回事？"我问薇拉，"那是我搬来之前的事。"

"我当时也很年轻，但记得这个修道院里住着一个宗教群体。发生了一场火灾，有个年轻人死了。在那之后，其他人就散去了。"

"现在这栋房子归谁所有？"

"我不知道。捐这门的是五金店的菲利克斯·庞德。他说它在他们家很多年了，但我不知道他们是否拥有这栋房子。"

"这场慈善拍卖会如何出售战争债券？"安娜贝尔问。

薇拉·伦斯解释道："参与者通过购买债券来竞价，实际上他们不用花什么钱。债券兑付后，他们还能拿回自己的本钱。这些物品都是捐赠的，我不认为它们有多大价值。不过这扇门清理干净，刷上漆，可能还有点用，有些教堂会喜欢。"

我又用手指摸了摸那块木头，再次被它的做工所折服。"我想知道这是谁雕刻的。是当地人，还是住在布莱克修道院的什么人？"

"本·史密斯镇长可能知道。"

"我想我会问他的。"

西里尔·本·史密斯在北路有个奶牛场。他又瘦又高，让人想起亚伯拉罕·林肯，尽管他从未想过从政，直到几年前他妻子去世。他们夫妇没有孩子，也许是为了开始新生活，他才参加了镇长竞选，结果轻松当选，但他仍然每天在农场干活。当诺斯蒙特的镇长是一份并不会耽误自己时间的工作。

当我走到镇长面前时，他刚刚到达镇政厅，正在和人们握手。"你好吗，萨姆？很高兴在这里见到你。我认为周二的集会将会大获成功。"

"会的，"我表示赞同，"有罗斯蒂·瓦格纳现身肯定没问题。"

"罗斯蒂是我的老朋友，我有好几年没见过他了，但我们一直保持着联系。"

"我在欣赏老修道院的门，"我指着那扇门解释道，"你对它有了解吗？"

"不比你多，那是五金店的菲利克斯·庞德捐的。"

"我想知道这个雕刻作品是不是出自当地人之手。"

"我无法告诉你。如果有机会，你可以等罗斯蒂周二来时问问他。"

"罗斯蒂？"

"火灾发生时，他住在布莱克修道院。"

"那时他多大？"

"十八岁吧，我想，和我一样大。当时他和另一个男孩弗里茨在哈特福德偷车被抓住了，法官建议他们夏天去修道院干农活，以避免坐牢，他们很快就同意了。我就是这样认识他的。他当时叫乔治，但他一直不喜欢这个名字。火灾前的那个夏天，我们经常见面。"

镇长继续和其他人打招呼，而我的问题还是没有得到答案。

周一，伦斯警长来到位于清教徒纪念医院翼楼的我的诊所。在给上午最后一个病人看完病后，我把他请进了我的检查室，他跟阿普丽尔聊了聊。"明天的债券集会都准备好了吗，警长？"

"我想是的，薇拉把我累坏了，我一直忙着为拍卖会挑选捐赠品。"

"我昨天跟镇长谈过，他告诉我罗斯蒂·瓦格纳曾住在布莱克修道院。火灾的事你还没说完呢。"

"那是很久以前的事了，我现在几乎不记得了。我说过，那是一九二一年的夏天，修道院里住着十来个人，几个来自已经关闭的特拉普派修道院，几个来自不同的新教教派。他们都是思想有问题的人，或者无所事事的人。还有两个靠干农活避免坐牢的孩子，我想罗斯蒂·瓦格纳就是其中之一，另一个孩子在火灾中丧生了。"

"跟我说说火灾的事。"

伦斯警长叹了口气。"医生，你现在遇到的诡异案件还不够多吗？这不是那种不可能犯罪。据我所知，根本没有犯罪发生。不知怎么回事，火是从厨房开始烧起来的，然后蔓延到房子的其他地方。那时是下午，其他居民都在地里干活。瓦格纳和另一个小伙子，他的名字我不记得了……"

"镇长说是弗里茨。"

"没错，弗里茨·赫克。不管怎样，事发时他们正在准备晚餐。瓦格纳侥幸逃了出来，但身上有几处严重烧伤，而另一个男孩则没能逃出来。我想，当瓦格纳开始扮演反派角色时，他脸上的那道小伤疤反倒帮忙了。"

　　警长只记得这么多，但我很有兴趣追究那扇门的来源。午餐时间，我开车去了菲利克斯·庞德的五金店，只见他正忙着照顾顾客，我便在一旁等待。庞德毛发浓密，满脸胡须，看起来像牛一样强壮，正不断把木材和生活用品搬到等待着的马车上。我不常来，但他认得我。"霍桑医生！什么风把你吹来了？需要锤子或螺丝刀吗？"

　　"我来是出于好奇心。"我对他说，"我在欣赏老修道院的那扇门时，他们告诉我它是你捐的。我想知道你是怎么弄到它的。"

　　"这很简单。"他笑着说，"它是多年前我偷来的。大火过后，那地方就成了废墟。住在那里的人四散而去，甚至都没人知道谁是那栋房子的主人。看到那扇华丽的门立在那里，不断腐烂，真是一种罪过，我就把它带回了家，放到了后面的杂物棚里，要不是去年有人跟我打听它，我都把它忘得一干二净了。"

　　"它可能值点钱。"我猜测。

　　"当然啦！它做工精细，可能出自修道院的一位老居民之手。但我想我不能真的卖掉它，因为它本就不是我的。有人建议我把它捐给债券拍卖会，这倒是一个不错的主意。"

　　"我相信人们会竞价的，甚至我也会这么做。"随后我的脑海中闪过一些东西，"告诉我，菲利克斯，你是在听说罗斯蒂·瓦格纳要来这里之后才决定把它捐给债券拍卖会的吗？"

　　听到我的问题，他皱起了眉头。"你为什么这么问？"

　　"有人告诉我，火灾发生时他就住在修道院里。"

　　"真的吗？"他想了想，"我想可能真是在听说他要来之后，不过我不记得是谁建议的了。"

　　我离开了五金店，比以往任何时候都更想知道罗斯蒂·瓦格纳因何返回诺斯蒙特。

周二那天，阳光明媚，气候温和，在这样的一个春日举行战争债券集会别提多完美了。当然，跟波士顿集会的规模比起来，这算不了什么，但我认出了几个从希恩镇和其他城镇赶来参加活动的人。我们在镇广场搭了一个舞台，在背景幕布前衬以飘扬的彩旗。拍卖品都摆在那里，包括修道院的那扇门，它就靠在背景幕布的一个支架上。

就在集会开始前，本·史密斯镇长特意给我引见了明星人物罗斯蒂·瓦格纳。他比我想象的要矮，而且面部消瘦，近距离看能看清他右脸上的伤疤。看上去他的皮肤被烧伤了，显然是在修道院发生火灾时造成的。烧伤面积不大，如果他愿意，很容易就能用化妆品盖住。陪他来的是他的经纪人，一个叫杰克·米切尔的家伙，穿着一套西装，可能是搭了长途火车的缘故，衣服皱巴巴的，看上去很不自在。

"我知道你在这里住过一段时间。"我握着瓦格纳的手说。他愉快地笑了。"很早以前的事了，在我搬到纽约之前的那个夏天。从那以后，这个小镇变化很大。"

镇长将一只手搭在老朋友的肩膀上。"几分钟后就要开始了，你最好到舞台上就位。"他向我眨眨眼，"我们想要像罗斯蒂所出演的电影那样，来一个震撼性的开场。"

我一时不明白镇长是什么意思。当瓦格纳在一片掌声中走上舞台时，有个人突然从彩旗后面出来，身穿德国军官制服，站在那扇修道院的门前，用一支卢格尔手枪瞄准了他。枪声响起，观众尖叫起来，罗斯蒂·瓦格纳紧紧抓住自己的胸口，倒在了地上。

本·史密斯镇长急步走到麦克风前，举起双臂，示意观众平静下来。"各位，如果我们不能购买足够多的战争债券，支持我们的政府，这里发生的事情就是在所难免的！幸运的是，这位德国军官实际上是我们的米尔特·斯特恩，而罗斯蒂·瓦格纳还活着，改天可以继续战斗。"他指了指倒在地上的电影明星。"是时候跟你的观众打招呼了，罗斯蒂！"

然而，瓦格纳仍然趴在舞台的地板上一动不动。我迅速走到他身边，没有血，也没有明显的伤口，但我很快就知道他已经死了。

一个电影明星在战争债券集会上当着数百人的面死去，这可是轰动全国的新闻。本·史密斯镇长和伦斯警长都知道诺斯蒙特会登上第二天各大报纸的头版头条，他们希望我能帮助破案。我劝他们冷静下来，提醒他们我们还不知道瓦格纳的死因。"不管是什么东西置他于死地，都不是米尔特·斯特恩枪里的子弹，这一点我们可以肯定。"

尽管如此，当镇长试图安抚人群，并继续拍卖战争债券时，我和警长还是首先询问了米尔特·斯特恩。他在诺斯蒙特住了十年，三十五岁左右，已婚，有两个孩子。在过去的几年里，他一直在当地的饲料店工作。"瓦格纳死了？"他马上问我们，"他们用救护车把他拉走了，有人说他还有呼吸。"

"他确实死了，"伦斯警长告诉他，"我们只是不想马上宣布，以免造成负面影响。债券集会结束后，我们会发一个公告。"

米尔特·斯特恩将那把德国卢格尔手枪递给我们检查。"里面只有一个空弹夹。"

我取出弹夹，确认它是空的。"枪和制服是镇长从波士顿一家戏剧服装店买的。"

"这是镇长的主意？"我问。

"嗯，他说过要用轰动的方式开场。我自愿扮演纳粹分子，朝瓦格纳开一枪。"

事实很清楚，如果验尸结果显示罗斯蒂·瓦格纳是中毒或窒息而死，我会非常惊讶。不过，事实并非如此。第二天早上，我们得知他死于心脏病发作，而且身上没有任何伤口。

尽管如此，我还是去了镇长办公室，和他谈了谈。"显然，这人心脏不好，"我说，"再加上他的年龄，也许这就是他不能参军的原因。"

"麻烦在于它发生在了这里。"本·史密斯镇长说，"他本可以在波士顿的舞台上倒地而死的。"

"给我讲讲，你向瓦格纳解释过你的计划吗，包括那个纳粹军官的角色和所有的安排？他知道有人向他发射空弹吗？"

"当然，他一到，我就跟他仔细地说了一遍。我的秘书丽塔当时和我们在一起。"他把她叫进办公室，"丽塔，我们在车站遇到罗斯蒂·瓦格纳时，我跟他说了什么？"

丽塔·英尼斯人已中年，有些拘谨，在本·史密斯当选镇长之前，她就在他的农场办公室工作。他把她带到了镇长办公室，她也很好地适应了新的角色。现在，她回答说："你向他解释，一个扮演纳粹分子的人到时会向他发射空弹，他要倒在舞台上，然后你会劝说观众去买债券。他对此并不感到惊讶，并说他在其他城市也为观众表演过类似情节。"

"心脏病发作只是巧合，它就是在那个时刻发作了。"本·史密斯断言。

我不得不同意他的看法。从医学和法律角度看，没有犯罪发生。

瓦格纳的死给战争债券集会蒙上了一层阴影，几天后我见到薇拉·伦斯，想起问一下她那边的情况。"总的说来，"她说，"我们做得很好。"

"布莱克修道院的那扇门谁买走了？"

"你算问对问题了。它归杰克·米切尔了，他是罗斯蒂·瓦格纳的经纪人，和他一起做巡回演出。门还在镇上，我们应该会把它运到加利福尼亚交给米切尔。"

下周一，也就是复活节后的第一天，我开车经过老修道院的废墟，决定停下来看看。穿过高高的草丛，我来到敞开的正门前，发现屋顶部分被彻底烧毁了，风吹雨淋的墙壁上仍然能看到大火灼烧留下的痕迹。看得出来，有孩子曾经在这里玩耍过，而且我在房子后面的泥土里发现了一个用过的猎枪弹壳。每个农场家庭都备有武器，毕竟这一带总有流氓恶棍出没。

午饭后，我去了伦斯警长的办公室找他。"今天上午，我开车经过布莱克修道院，进去看了看。你能给我多讲一些有关那场火灾的事以及你调查的情况吗？"

警长发出了我听着很熟悉的一声叹息。"医生，不论是现在，还是在一九二一年，没有罪案需要你去破解。罗斯蒂·瓦格纳被空弹杀死，这不是不可能犯罪，也根本就不是犯罪！"

"我们暂时回到修道院火灾的事情上，请将死在那里的那个年轻人的情况跟我说一说。"

他走到文件柜前，拉开最下面的抽屉。"我已经很多年没看过那个文件夹了。过了这么久，它可能都已经被弄丢了。"他打开薄薄的卷宗，拿出几页文件和几张照片。"受害者的名字叫弗里茨·赫克，十八岁，和瓦格纳同龄。小伙子长得不错，这张照片右边的就是他。"

"和他在一起的是瓦格纳吗？"

"不，是赫克的弟弟。"

我点了点头。"从相貌上看，我早该猜到的。"

"为了识别，我们从他在哈特福德的家人那里拿到了这张照片。不过，毫无疑问这就是他，哈特福德警方的档案里有赫克的指纹。他和瓦格纳偷了一辆车，但他们并不是很会开车。"

"火是怎么烧起来的？"

"瓦格纳告诉我，他们正在准备晚餐，聊着在镇上认识的一个女孩，由于赫克不小心，一些热油烧着了。他们往上面泼水，反而让火星溅得到处都是，火焰顺着天花板烧到了客厅。"他结合自己的笔记和瓦格纳的陈述说道，"赫克跑进客厅，想把火扑灭，但为时已晚。他被火和烟困住，在试图打开前门时死在了里面。"

"为什么这么多年了，这房子还在？"

伦斯警长耸耸肩。"我听说赫克的家人买下了它，想用它来纪念他们的儿子。但除了缴税，他们什么也没做。"

"你见过他们中的任何人吗？"

他摇了摇头。"即使他们来过这里，我也没有见过他们。当然，尸体被运回哈特福德安葬了。"

"罗斯蒂·瓦格纳呢？火灾之后他怎么样了？"

"他们把他带回了哈特福德，为他治疗烧伤。我们后来听说他去了纽约做表演工作。本·史密斯镇长是他的朋友，多年来他们一直保持着联系。"他眯着眼，从眼镜上方看着我，"你想从中找到什么线索，是吗？"

"对，我正设法找到。"我微笑着表示同意，然后拿起弗里茨·赫克的照片仔细研究，"你有验尸报告吗？"

"嗯，没有正式的。一九二一年的时候，诺斯蒙特的验尸官是本地的一个外科医生，他只想赚点外快，看了看尸体，就断定赫克是被火烧死的。不过，哈特福德警方给我们提供了这两个男孩的医疗记录。"

他把病历递给我，我快速浏览了一遍，都是些常见的儿童疾病。赫克在一九一九年得过一次严重流感。瓦格纳小时候得过两次风湿热，但没得过流感。"你那儿还有什么资料？"

"只有瓦格纳对火灾的陈述，我告诉过你了。为了救朋友，他的脸被烧伤了。"

我想起来这一点。"你有他的经纪人杰克·米切尔的电话号码吗？"

"我想我记在什么地方了，你为什么要它？"

"薇拉说他出价很高，拍下了修道院的那扇门。雇主刚刚去世，他还有心做这事，不是很奇怪吗？"

我给米切尔在西海岸的办公室打了个电话，过了一会儿才接通。"米切尔先生，我是霍桑医生，诺斯蒙特的，我们还在调查罗斯蒂·瓦格纳不幸死亡的事。"

"噢。"他答道，"我刚进办公室。我一直忙着安排追悼会的事。我能为你做些什么？"

"我听说你是布莱克修道院那扇门的高价买主，罗斯蒂曾在那里住过一段时间。"

"没错，是他让我替他竞拍的，它似乎对他来说很重要。当救护车把他拉走时，我很希望他还活着，所以竞拍完后我就赶去了医院。"

"你打算怎么处理那扇门？"

"怎么处理？"在电话里，他的声音开始刺耳，"没想过。现在他死了，你们可以留着它，或者再把它拍卖掉。"

"他为什么这么想要它？"

"据我所知，没有理由。他在那个修道院住过一个夏天，我想它能唤起他的某些回忆。"

"我想也是。"我同意，"他的朋友死于火灾，他自己也被严重烧伤。"

"他从没透露过细节，只是让我在拍卖会上买下那扇门。"

我感谢了他，挂掉电话。伦斯警长问："你了解到什么了吗？"

"瓦格纳死了，米切尔不想要那门了，他说我们可以留着它，或者再把它拍卖掉。"

"我去告诉薇拉。"

"现在门在哪儿？"

"还在镇政厅那边，我想是在镇长办公室。"

"我们再去看一看。"我建议。

我们穿过广场来到镇政厅。本·史密斯镇长出去吃午饭了，还没回来，但他的秘书丽塔指给我们看了靠在办公室墙上的那扇门。"我们正在等待指示装运呢。"她告诉我们。

"米切尔不想要了，"我告诉她，"我们可以再把它拍卖一次。"

我走过去更加仔细地检查了那扇门，问丽塔："你有镊子吗？"

"我想应该有。"她走到办公桌前，找到一把镊子拿了过来。

"你在找什么，医生？"伦斯警长想知道。

"我还不确定，但我知道瓦格纳想要这扇门，而他向你做的火灾情况陈述并不完全准确。"

"怎么说？"

"他说弗里茨·赫克试图把前门打开时死在了里面，但看看这扇门，烧焦的地方在外面，里面没有灼烧的痕迹。这扇门在火灾发生时肯定是开着的，如果是这样的话，赫克怎么可能被火和烟困在里面呢？他可以直接跑到外面。"

"我还真没想到这一点。"警长承认。

我从口袋里掏出一把小折刀。"我真希望我们有一份比较完整的尸检报告。"

"那个时候……"

"我知道。"我把注意力集中在安娜贝尔此前注意到的虫洞上，用折刀把其中一个扩大了一点。然后，我开始用镊子，花了一点时间取出了我要找的东西。

"这是什么，医生？"

"铅弹。安娜贝尔以为这些洞是虫洞，但我注意到门的另一边没有洞，而这些铅弹其实是进去了但没出来的'虫子'。注意，它们的分布也十分奇怪。"我指了指门边和门顶上的六个小洞。

"铅弹的落点更可能呈圆形。"他说。

"如果有什么东西或什么人挡在前面，就不会了。你还没明白吗，警长？弗里茨·赫克站在这扇开着的门旁，有人朝他开了一枪。我想这房子里可能有枪，因为我在附近的泥土里发现了一个旧猎枪弹壳。没在门上留下洞的铅弹应该就在赫克的身体里，根据剩下的这些铅弹的密集度判断，猎枪的火力足以要了他的命。"

"罗斯蒂·瓦格纳是当时房子里唯一的人。"

"没错。"我告诉警长，"我们现在无法知道当时发生了什么，但瓦格纳告诉你，他们一直在聊一个女孩，也许就是他在前门旁边不小心开了枪。"

"那火是他故意放的？"

我点了点头。"为了掩盖罪行，他可能想焚烧尸体，以掩盖猎枪铅弹留下的伤口。但他靠得太近，烧伤了自己的脸，这反倒让他的陈诉更显真实。"

"今天任何验尸官都可以发现那些猎枪铅弹。"

"很可能。验尸官肯定会发现赫克的肺里没有烟，这是他在起火时已经死了的确凿证据。"

伦斯警长叹了口气。"瓦格纳已经死了，现在挖出弗里茨的尸体已经没有什么意义了。"

"没有丝毫意义。"

"你早一年来这儿就好了，医生，那样我就不会放过这个案子了。这是一次完美犯罪。"

我摇了摇头。"不，警长。上周二在这栋楼前谋杀罗斯蒂·瓦格纳才是完美犯罪。我们现在对此却无能为力。"

几天后的一个晚上，安娜贝尔和我在我们最喜欢的麦克斯牛排餐厅吃饭，我看到米尔特·斯特恩在吧台喝酒。"对不起，我离开几分钟。"我对安娜贝尔说，"我要和他谈谈。"

"萨姆！你说过你不会再管这种事了。"

但我还是站了起来，走到米尔特身边。"有时间吗，米尔特？"

"有啊，有事吗？"

"我只是想和你聊聊，我们最好去那边那个空卡座。"

他朝安娜贝尔瞥了一眼。"你不该丢下她一个人。"

"不会花太长时间的。"

他跟着我来到卡座前，坐进另一边。"到底是什么事？"

"罗斯蒂·瓦格纳。"

"上帝，对此我感到很难过！好像是我杀了他一样。"

"就是你杀的。"

他舔了舔嘴唇，似笑非笑。"噢，不是我。那枪里装的是空弹夹。"

"米尔特，你为什么搬来此地？你知道你哥哥那天在修道院是被人谋杀的吗？"

"他不是……"

"是你哥哥，米尔特。我看过你们的合影，发现你们长得很像。十年前，你离开哈特福德，搬到这里，将你的名字从德语的'赫克（Heck）'改成了英语的'斯特恩（Stern）'。你一直怀疑是瓦格纳杀了你哥哥，也许你哥哥在信中暗示过他们不合。来到这里后，你安顿下来，还结了婚。某天你在某个地方看到菲利克斯·庞德从修道院废墟拿走了那扇门，意识到那些'小虫洞'是怎么回事。当你听说瓦格纳要来这里参加战争债券集会活动时，你有了主意。"

"什么主意？"

"你建议庞德把那扇旧门捐出去，用于拍卖战争债券。然后，当镇长想巧妙地让瓦格纳出现在舞台上时，你表示你愿意穿上纳粹服装，用空弹手枪朝他射击。当然，你知道他小时候得过两次风湿热。也许你哥哥对你提起过，或者你在影迷杂志上读到过。这样的病史会让他的心脏变得脆弱，而这也可能就是他迟迟不能服役的原因。"

"他事先知道我会用空弹手枪对他开枪。"米尔特·斯特恩说，"那不会引发心脏病。"

"不一定。如果他走上舞台时，看到的是二十二年前他亲手杀死的朋友，虽然有点老，但仍能辨认出来……他回想起自己站在那扇门前用枪指着朋友的场景，于是，就在枪响的那一刻，他那脆弱的心脏衰竭了。"

"你真以为会有人相信吗？"

"没人相信。"我承认，"陪审团肯定也不信。"

米尔特·斯特恩朝我笑了笑。"那你为什么告诉我这些？你还告诉过谁？"

"伦斯警长知道，镇长很快也会知道。他们无法对你提出任何指控，但如果你离开诺斯蒙特搬回哈特福德，事情的结果会更好。"

他盯着我的脸看了很久。"难道你不明白这是我必须做的事吗？他的死活不是我能控制的。"

"你是走是留我也管不着。"我对他说。

"好吧。"他最后说，"我接受你的建议。"

我离开卡座，回去找安娜贝尔。能做的我都做了。

07 秘密通道

　　"这从一开始就是安娜贝尔的主意，"萨姆·霍桑医生喝了一口雪利酒，对他的访客讲道，"我都不知道我是怎么被说服的。那是一九四三年五月初，我们在瓜达尔卡纳尔岛取得来之不易的胜利几个月后，轴心国部队在北非宣布投降，自珍珠港事件以来，大后方首次出现了暂时的乐观情绪。"

　　那天，安娜贝尔从她的动物诊所回来得很晚，等她到家，我已经开始准备晚餐了。"出去吧！"她命令道，并从我手里夺过平底锅。我没有坚持，松开了手。"读你的报纸，或干其他事情去吧！"
　　"我只是想帮忙。"
　　"你有的是机会帮忙。我今天和梅格·伍利策一起吃的午餐，她一小时后过来，我们必须在那之前吃完晚饭。"
　　梅格·伍利策是《诺斯蒙特广告报》的编辑，这是一份每周四发行的免费周报。在镇城区，它会被送至各家各户的前廊，农民则可以在几家区域商店取阅它。一年前，她用继承的一小笔遗产买下了它，自那以后，她一直致力于将它升级为真正的报纸。这是自《诺斯蒙特刀锋报》破产以来，本镇所缺乏的东西。安娜贝尔定期为她的动物诊所在这份报纸上投广告，以表支持，她和梅格的关系也因此变得很友好。"让我猜猜有什么事。"我说着，拿起一份我每晚必读的波士顿报纸，"她想让我投广告！"

"不是。"安娜贝尔回应道，但声音听着有些诡异，"是其他的事。别担心，不是什么坏事。"

"好坏得由我来判断。"

梅格·伍利策三十岁出头，年轻又聪明，身材高挑，棕色头发，很有一种领导者的派头。我有时会在镇民大会上看到她，她总是有自己的观点，而且敢于表达出来。那天晚上，她提着装满报纸的公文包来到我们家，陪她来的是年轻迷人的助理编辑彭妮·哈米什。"你好吗，萨姆？"梅格说着，在我的脸颊上吻了一下。这样打招呼让我不禁警觉起来，接下来该不会有什么麻烦事等着我吧。

"很好，梅格。只是又一轮常见的春季感冒。你看起来气色不错。你也是，彭妮。"

"我们一直忙着构思报纸的新创意。吃午饭时，我告诉安娜贝尔，到了让诺斯蒙特更多地参与战争的时候了。"

"我们已经派了很多小伙子到海外去了。"我指出。

"我指的是每个人都能参与的有利于建立社区精神的事情。"

"我们搞过战争债券集会活动。"

"但没有像其他很多地方那样搞过废旧金属捐献活动，而废旧金属对现在的战争很重要。①这个镇上家家户户都有可以捐献的东西：旧暖气片、轿车和卡车零件、老旧的农具、铅管和屋顶上的雨水槽。"

"甚至是金属搓衣板！"彭妮插话了。

"梅格想在《诺斯蒙特广告报》上发起一次废旧金属捐献活动。"安娜贝尔解释说，"我认为这是个好主意。"

梅格·伍利策伸手从公文包里拿出一些报纸。"看这儿，我就是受它的启发，才产生这个想法的。纽约罗彻斯特的一家报纸每周都会发表

---

① 一九四二年，美国政府发起了"为胜利而捐献"的运动，鼓励美国民众通过各种途径捐赠废纸、废金属、破布和橡胶等给国家。——译者注

一篇带大照片的特稿，这次照片上的人打扮得像夏洛克·福尔摩斯，头戴猎鹿帽，身披斗篷，嘴叼烟斗，手上还拿着放大镜。他在城市的各个角落搜寻废旧金属，准备捐赠出去，用于战事。他甚至还有一个名字：安洛克·福尔摩斯[①]。聪明吧？"

我仔细看了看照片，耸了耸肩。"如果这么做有好处，那也无妨。"

安娜贝尔接过话头。"梅格需要有人打扮成这样，扮演安洛克·福尔摩斯。"

"谁……"

"我告诉她你会很乐意这样做的。"

"我？开玩笑吧？"

"你不知道你有多合适，萨姆！你是诺斯蒙特最好、最知名的侦探，每个人都会因为看到你的照片而开始搜寻废旧金属。如此，你就能去他们家了。"

"我是医生，"我试图提醒她们，"伦斯警长才是处理与犯罪有关的事的人。"

"但这不是犯罪。"梅格恳求道，"这是为了赢得战争。你会当一次完美的废旧金属夏洛克的！甚至你名字的首字母都是S和H。"

她们跟我磨了半个小时，最后她们还是得逞了。梅格答应为我设计服装和道具，我也同意至少尝试一次。"以后你们就找别人演吧，只要不让他露出脸，读者还会认为是我。"

"我们会考虑的。"她回答道，"我会尽力在这个周六安排好一切，这样我们下周就可以刊登第一张照片了。"想不到我竟然会以这种方式为战争贡献力量。

---

① 英文为"Unlock Homes"，字面意思为"不上锁的家"。——译者注

周六早晨，阴冷的浓雾笼罩着田野。在春天真正到来之前，当地农民几乎无事可做，只是把少量牛奶搅拌成黄油，或者确保奶牛有足够的草料吃，就连镇上唯一的校车也会在周六停止行驶。当我们经过塞思·格雷家时，我看到他正趴在汽车的引擎盖下修理着什么。梅格按了一下喇叭，他抬起头来，咧嘴一笑。安娜贝尔和我偶尔会在麦克斯牛排餐厅看到他们在一起吃饭。

"我们要去卡特赖特家，"我们准备走时，梅格·伍利策说，"路很远，但那老头告诉我他有很多废旧金属可以给我们。"

安娜贝尔想先去方舟一趟，检查一下那只生病的鹦鹉怎么样了，但答应一小时后在卡特赖特家和我们碰面。"别担心，"她向我保证道，"我不会错过安洛克·福尔摩斯的首次亮相的。"我低声抱怨了几句，没想明白我是怎么被她们说服来搞这种宣传噱头的。

我们到达时，卡特赖特家的车道上停着一辆小型厢式货车，车门上挂着一个写着"园艺用品销售"的牌子。每年这个时候，流动商贩就会四处兜售商品。我知道老卡特赖特很为自己的花园感到自豪，他可能是流动商贩的常客。卡特赖特的房子很像纳撒尼尔·霍桑笔下的三层楼房，有巨大的三角形屋顶。除了应该再涂一遍漆外，其他方面看起来状况还不错。

"他让你看过他的秘密通道吗？"梅格在我们走上前台阶时问道。

我摇了摇头。"他不是我的病人，他声称自己不相信医生。除了听力问题，他健康地过了近八十年，对此我无话可说。"

"去年夏天我为他的花园写过一篇报道，他带我参观了外面，他是个不错的老头。"

"嗯，确实。"我同意道。这时，前门因我们按响门铃打开了。开门者叫乔治，是卡特赖特雇的管家兼厨师和园丁，人已中年，和卡特赖特住在一起。

"快请进。"他告诉我们，"卡特赖特先生正在等你们。"

我在车上时就戴上了猎鹿帽，披上了斗篷。我不知道他是否觉得我的服装很奇怪，因为他什么也没说，可能他认为我只是想保暖，尽管在墙上镶有橡木板的门厅里肯定不冷。我们跟着他进了书房。因为没有预算，请不起摄影师，梅格只好自己提着笨重的格拉菲相机。"我得教彭妮拍照，让她干这活。"她说。

亚伦·卡特赖特坐在一把靠着书墙的臃肿的椅子上，他现在听力很差，不得不使用助听器。他的访客，一个穿着灰色西装的秃头男人，正举手展示一个约九英寸高的陶土模型，观其形状像是供蟋蟀戏水的鸟澡盆。"这就是我们的昂皮尔牌模型，注意底座周围错综复杂的设计。"

"请进，请进！"卡特赖特说着，放下助听器，这样他就可以伸出双手，欢迎梅格·伍利策了。"很高兴再次见到你，梅格，请坐！"

"我希望我们没有打扰到你。"

"当然没有！斯奈德先生刚要离开。"

售货员斯奈德放下微型鸟澡盆，从包里拿出一个订单簿。"卡特赖特先生，要不要我帮你订两个昂皮尔牌模型？"

"行，可以！"

"这么小的鸟澡盆，你用它干什么？"梅格问他。

卡特赖特把助听器放到耳边。"大点声，亲爱的。"他请求道。

她又问了一遍。他笑了。"不，不！这只是售货员随身携带的迷你样品，我要买的是完整尺寸的。"

"大约三周后你就能收到货了。"斯奈德承诺道，伸手拿起他的样品。

但亚伦·卡特赖特动作更快，用助听器挡住了他的手。"我先留着它吧，接下来我要规划花园的其他部分，下次来时你再拿走它。"

售货员同意了，但看起来不太高兴。显然，这老头是个好顾客。"我再来时，还会为你选一整套一年生草本植物和灌木。"他保证道，"今年夏天你要出门吗？"

卡特赖特笑了。"我能去哪里呢？去跟纳粹打仗？我就在这儿，和乔治在一起。"

一个用人将斯奈德送出门去，我拿起微型鸟澡盆，对它的重量感到惊讶。"它肯定有三四磅重。"

"这是俄亥俄州自然沉积的黏土，而且他们用的是本世纪初的仿真模具。"

"他的花园真美。"梅格告诉我。

"你是谁，小伙子？"卡特赖特瞪着我问道。虽然我们以前见过面，但因为我穿的服装，他没认出我来。

梅格替我答道："这是萨姆·霍桑医生。"

"医生！不要和医生扯上任何关系！我的身体很好。"

她笑了。"他来不是为了你的健康。我要用他当模特，拍张照片刊登在报纸上。你听说过夏洛克·福尔摩斯吗？"

"我以前经常读他的小说。"

"萨姆现在是安洛克·福尔摩斯，他要做的是搜寻废旧金属以支援战争。你在电话里告诉我你有一些旧暖气片和杂七杂八的东西。我想让萨姆装扮成夏洛克·福尔摩斯，搜寻这些东西，拍照后刊登在报纸上。"

亚伦·卡特赖特哼了一声。"没什么好搜寻的，都放在谷仓里了，乔治可以带你们去。你们难道不想给我的秘密通道拍张照片吗？这才是福尔摩斯要发现的那种东西。"

"他说得没错。"我表示赞同。

"好吧，我们可以参观一下。"梅格有些犹豫地说。

卡特赖特咧嘴一笑，露出一排黄牙。"那是我父亲一八九七年建这栋房子时造的。"他吃力地从椅子上站起来，告诉我们，"那时我妻子还活着，直到她二十年前去世，我才搬到这里来。我讨厌看到这地方空着。于是，我装了热风供暖系统，拆掉了暖气片，并买下了老哈米什的农场，扩大了我所拥有的土地面积。"

"秘密通道在哪里？"我问。

"就在你面前。"

"书架？"我知道英国的豪宅有时会用书架挡住门，而现在，我竟然在诺斯蒙特看到了类似的机关。他抓住一个书架向外拉，书架旋转着离开墙，露出了通往楼上的楼梯，黑漆漆的。他打开通道里的开关，一盏灯在我们上方亮了起来。

"太巧妙了！"梅格说，"萨姆，把你的放大镜拿出来，我给你照张相。"

她指导我摆姿势，我则告诉自己我这样做是为了支援战争。她举起格拉菲相机，闪光灯瞬间让我什么都看不见了。"它通向哪里？"我问卡特赖特。

"向上直通我的卧室。我把另一边锁上了，这样晚上就不会有人溜进来偷袭我了。密码锁只有我能打开。我父亲睡眠不好，为避免打扰家人，他喜欢从这里下来工作或看书。来吧，我带你们去看看。"我们跟着他到了顶层，一扇连把手都没有的金属门挡住了我们的去路。"看到了吧？我的卧室就在另一边。"我们走下楼梯，发现乔治在楼下等着。"但你们想看的是谷仓。乔治，领他们去看我们的废旧金属，听伍利策小姐的安排，我很高兴能把它们处理掉。"

"你不跟我们一起去？"她问。

他摇了摇头。"我受不了冷空气，那对我的肺不好。"我们跟着乔治走出后门，穿过潮湿的草地，来到谷仓，想必这里已经几十年没用过了。"你跟卡特赖特先生一起生活多久了？"我试着找话题跟乔治聊天，他并不是诺斯蒙特的陌生人，但我甚至不知道他姓什么。

"十年了。我是他外甥，乔治·查伯。你可能在镇上见过我。"

"很高兴正式认识你。"我说着半转过身跟他握手，"以你舅舅这个年龄，他的身体保养得相当不错了。"

"他的身体还行。我睡觉很浅，容易醒，如果他需要我，我会马上出现在他身边。"

身后响起汽车喇叭声，我们转身看到安娜贝尔将车停在车道上梅格的车后面。"看来我来得正是时候！"她喊道，急忙跟了上来。

乔治·查伯打开谷仓的门，将我们带了进去。里面十分阴暗，而且布满蜘蛛网，不过，卡特赖特一生的宝贝都堆在这里了。我认出了一辆旧马车，半掩在腐烂的几大捆干草后面；一个放瓷器的柜子，柜门上的玻璃已经破碎；以及一个沙发，老鼠已经把它的填充物撕扯了出来。"这是暖气片。"乔治说着，猛地扯开一张旧马毯，露出暖气片，"这么多年了，他为什么还留着它们。"

"这将是一张很棒的照片。"梅格确定道，"萨姆，你能不能拿着放大镜……"

"我一定要这样做吗？"

"嗯！到了你为战争做贡献的时候了。"安娜贝尔提醒我。事实也的确如此，这张照片刊登在了下周四报纸的头版，我穿着戏服站在瓷器柜旁，透过放大镜观察着没有盖上的暖气片。梅格·伍利策发起的废旧金属捐献活动就这样启动了。整个上午，人们都在喊我"安洛克"，第一个这样叫的是阿普丽尔。然而没过多久，意外发生了，亚伦·卡特赖特在那天被杀了。

快到十点时，我的诊所接到了电话。"一个情绪激动的男人。"阿普丽尔捂着话筒说道，"他说他需要侦探。我觉得他是想找安洛克·福尔摩斯吧！"

我扮了个怪相，伸手接过电话。"我是霍桑医生，有什么需要我帮忙的？"

"医生，我是乔治·查伯，在卡特赖特家，我想我舅舅出事了，他受了重伤，或者说已经死了。"

"出什么事了？"

"他在晚上十点多上床睡觉，却没像往常那样在早上六点前起床。到了九点，我走进他的卧室，床上有他睡过的痕迹，但他人却不在屋里。我下楼去书房，想开门，但门从里面锁上了。他要是不想被人打扰，偶尔会锁门。我敲了门，他没有回应，于是我就走开了。我开始做早餐，知道咖啡的香味通常会吸引他出来。但是，这次他没有出来。最后，我从钥匙孔里看到他躺在地板上，浑身是血。我已经给警长打了电话，但我觉得还应该打电话告诉你。"

"我会尽快过去的。"我保证道。挂了电话后，我转身跟阿普丽尔说："卡特赖特老头出事了，乔治想让我去一趟。"

"亨尼西太太预约了十一点看诊。"她提醒我说。

"想办法调到明天吧。如果她今天非要看医生，林肯·琼斯也许能帮上忙。"林肯是诺斯蒙特的第一位黑人医生，他最近开了一家私人诊所，我们有时会互相帮忙照顾对方的病人。

"我打电话通知她。"

我感觉躺在书房门后的亚伦·卡特赖特可能还活着，便抓起黑色药箱，急忙向我的别克车走去。这车我已经开了几年了，在颠簸的乡村道路上开起来很不舒服，但我也知道，除非战争结束，否则我是没有可能买到新车的。好在在政府的配给制度下，作为医生我至少可以有更多的汽油配额。

整个上午都在断断续续地下雨，我车上的雨刷器也不停地刮动着。来到卡特赖特家的车道时，我将车停在伦斯警长的车后面。随后，我注意到一辆眼熟的厢式货车也停在车道上，那是斯奈德用来销售园艺用品的车，上次来时我见过。斯奈德正在门口跟乔治·查伯说话。

"你也接到电话了？"伦斯警长问我，他边设法躲雨，边匆匆朝门廊走去。

我点了点头。"乔治打电话给我。我带了药箱，以防卡特赖特还活着。"

"往这边走。"乔治说，示意我们跟着他进去。斯奈德想说些什么，但没有开口，站在门廊上没动。

"斯奈德想干什么？"我问。

"想见卡特赖特先生，我说他身体不舒服。"

书房的门是用结实的橡木做的，得开一辆卡车才能撞开它。我跪下来，通过钥匙孔往里看。乔治说得没错，卡特赖特的尸体就在书桌旁的地板上，地上有一大摊血。"我们必须进去。"我说，"窗户什么情况？"

"一楼的窗户都有窗棂，卡特赖特的父亲特意装的，为的是保护他贵重的古董。"

"消防队倒是有供志愿者用的撞锤。"伦斯警长说。

"一定还有别的办法。"我转向乔治，"从他卧室下来的秘密通道呢？"

"他一直锁着门，只有他有密码。"

"我们上楼看看。"

乔治带头走到楼梯口一扇紧闭的门前。"走廊对面是我的房间，我睡觉时会让门开着，以防他晚上需要我的帮助。"

乔治领我们进了老头的卧室，皱巴巴的床单证明他昨晚至少睡过一段时间。床边有一部电话和一台小收音机。然而，我对固定在床脚对面墙上的书架更感兴趣。如果我没猜错的话，秘密通道的入口就藏在它后面。由于合页上涂有润滑油，我没费多大劲就把书架拉离了墙，但出现的是一扇带密码锁的坚固金属门。

"你不知道密码？"我问乔治。

"不知道，他曾说他是唯一会用这条通道的人，其他人不需要知道密码。"

警长从我的肩膀上方看过去，哼了一声。"没有密码是进不去的，这人真会保护自己的隐私。"

"我们下楼，使劲撞门。"我建议道。

查伯、伦斯警长和我合力，试了几次才将门撞出裂痕。"它被闩住了，好吧。"警长边说边检查挂在碎木头上的插销装置。"看来你又碰上了一间密室，医生。"

我急忙跑到尸体旁，只看了一眼亚伦·卡特赖特那被压碎的头骨，我就知道他是当场死亡的。他蜷缩在地毯上，穿戴整齐，凶器就在不远处。微型鸟澡盆躺在地上，沾满了血和头发。乔治·查伯一看到它，脸都白了。"怎么会发生这种事呢？我什么动静也没听到。"

"你最好把那个售货员从前廊叫进来。"我告诉他。

"你认为他死多久了，医生？"警长问道。

"至少几个小时，血都已经干了。"

接着，我在书桌上看到了别的东西，那是那天早上的《诺斯蒙特广告报》，展开后一眼便能看到我那张刊登在头版上的安洛克·福尔摩斯的照片。

我扫视了一圈书房四周的墙壁，感觉可能有人在监视我们。警长给他的办公室打电话要求增援后，我建议他在房间内找一找凶手可能的藏身之处。"凶手可能还在这里。"

他手握左轮手枪，照我说的做了。"没有人躲在这里。"他说。

"试着拉一下其他书架。"他又照做了，但没有拉动。我叹了口气，说："那只有一个地方可以藏身——秘密通道。"

"怎么可能呢，医生？"

"这是唯一可能的地方了。凶手必须在这个房间里，才能用陶制鸟澡盆砸卡特赖特的头。而门从里面牢牢地闩上了，却没有人藏在房间里。"我小心翼翼地拉开书架，露出了那条秘密通道。"楼上有一扇锁着的金属门，门的这边甚至没有把手，所以凶手一定被困在楼梯上了。"我像上次来时卡特赖特做的那样，"啪"的一声将灯打开。

"快出来！"伦斯警长举起左轮手枪，命令道。

楼梯上一片寂静。我们沿着木楼梯慢慢往上走，头顶上唯一的灯泡投射出诡异的光影。当我们到达顶部时，像上次一样，一扇没有把手的坚固金属门挡住了我们的去路，我们就像待在了保险箱里一样。我推了推门，纹丝不动，而且这条通道里没有藏人。

有没有可能秘密通道又通向了另一条秘密通道？不是没这个可能。警长和我仔细探查了楼梯、墙壁和天花板，不放过任何角落，但没有发现其他通道。我想不出其他可能性了。

我们回到楼下的书房，梅格的助手彭妮·哈米什已经到了。"这里怎么了？"她问我，"我看到了警长的车，现在……"她瞥了一眼书房地板上的尸体，然后转过头去。

"亚伦·卡特赖特被杀了。"我告诉她，"你最好给梅格打电话，告诉她你们将有独家新闻。"

"这是一份周报，不会搞什么独家新闻。"她抱怨道，"到下周四，这件事就成旧闻了。"她在班卓琴钟下面靠墙的桌子上看到了电话，将梅格的电话号码告诉了接线员。

我把注意力转移到推销鸟澡盆的斯奈德先生身上。他衣冠不整，闷闷不乐，毫无疑问，他后悔选择今天上午回到这里。"你为什么又回来了？"我问。

"我要拿回我的样品，为此，我给他带来了一张照片，希望这能让他满意，直到真正的鸟澡盆到来。"

伦斯警长哼了一声。"现在你暂时还不能拿走它，它是凶器，是我们需要的证物。"

斯奈德开始抗议，但很快发现没有用。彭妮挂了电话，告诉我们梅格·伍利策正在来的路上。"她带来了相机。"

"不许拍尸体。"警长说，"她知道该怎么做。"

斯奈德越发焦躁不安。"我现在可以走了吗？"

"我想先问你几个问题。你什么时候到这儿来的？"

"刚过十点。我没早点来，是怕他睡得晚，起不了床。"

"卡特赖特先生通常六点前就会起床。"乔治告诉我们，"这就是他没起来吃早餐我感到很惊讶的原因。"

"你夜里什么也没听到吗？"我问，"没有打斗的声音？"

"什么也没听到。"乔治犹豫了一下，然后补充道，"快天亮时，我想我听到了电话铃声，但那可能是我在做梦，后来那声音没有再响过了。"

伦斯警长把我拉到一边，说："医生，这个叫查伯的家伙肯定和这件事有关，谋杀发生时，只有他和卡特赖特待在房子里。"

"那上锁的书房怎么解释？"

"在他打电话给你和我之前，他有三四个小时，足够他想出脱罪的方法了。"

我叹了口气。"警长，难道你不觉得和卡特赖特待在房子里就足以证明他是无辜的吗？既然凶手不可能是自杀，那么让前门虚掩着，暗示有人闯入，这才是对乔治有利的。或者，他也可以用这几个小时处理尸体，将它藏起来或埋起来，他根本没有伪造一间密室的意愿。"

"这间密室可不是伪造的，医生。"

"我知道。"

警长的手下和一位摄影师赶到了，同行的还有一位验尸官，他们开始检查凶器上的指纹，但我很肯定他们在鸟澡盆模型上根本找不到指纹。不久，梅格·伍利策也来了，随行的还有塞思·格雷。这让我很惊讶，虽然我知道她和校车司机在交往。"这里发生了什么事？"他问我。

"有人杀了亚伦·卡特赖特。"我指着书房说，验尸官正在做记录。

"彭妮打电话给我时，我在塞思家，"梅格解释道，但不想提她的助手怎么知道她在那儿的，"是他送我过来的。"

"你的报纸在桌子上，头版上有我的照片，门上了锁，窗户也关上了。"

"你认为凶手是在嘲弄你，向你发起挑战，看你能不能破解又一起密室谋杀案吗？"

"我不知道。有这个可能。但我们不要忘了，凶器，就是那个微型鸟澡盆，本就在书房里。凶手没有带来任何东西，这意味着谋杀可能是一时冲动下发生的，而不是有预谋的。"

"他是什么时候被杀的？"

"我想是在我们发现他的三四个小时之前，不晚于七点。"

她瞥了一眼尸体，然后迅速移开目光。"但他穿戴整齐，并不是穿睡衣。"

"乔治说他习惯早起。可能有人给他打过电话，他是在等一个客人。"

"那是谁呢？为什么？"

"是你选择在这里启动废旧金属捐献活动的。我不想问你这个，梅格，今天早上六点前后你在哪里？"

她有点脸红，回答说："我和塞思一起过了一夜。我当时在他家。我喜欢在周三晚上报纸付印后放松一下。我们喝了几杯，然后我就困了。我想周三晚上是我的周末。"

"彭妮知道你在那儿？她直接把电话打到那儿了。"

"彭妮知道我的习惯。"

我瞥了一眼一旁的塞思·格雷，他回答了我没有说出口的问题。"她整晚都在我家。我可以告诉你，她跟这件事一点关系都没有。"

"好吧。"彭妮·哈米什走到我们这边，但我走开了。伦斯警长和斯奈德在前厅，这个推销员急着要离开，借口是他还要去别处拜访。

警长把我拉到一边。"医生，你对这个叫斯奈德的家伙怎么看？他在卡特赖特被杀时出现在这里，不是太巧了吗？"

"但他有什么动机杀死一个好买家呢？他难道会用那个微型鸟澡盆当凶器？"

"我不知道，医生，还有别的解释吗？卡特赖特会不会是听到有人来偷东西，所以下楼看看？"

"如果是这样的话，我想他会喊乔治。"

"那我们要怎么办呢？"

"让我想想，警长，这里肯定还有一些事情我们没有发现。"我走出房子，来到我的车旁。现在好几辆车停在那里，有斯奈德的卡车，伦斯警长及其手下和验尸官的车，还有塞思·格雷的车，我只好开着车从它们中间绕出去。亚伦·卡特赖特一生中可能从未同时接待过这么多访客。

我把事情讲给安娜贝尔听后，她早早地从方舟赶回了家。她看出我心绪不安，因为我把卡特赖特的死归咎于自己在《诺斯蒙特广告报》上的照片。"你不能怪自己，萨姆，你也不能怪梅格刊登了那张照片。认为有人在一间密室里杀死卡特赖特是为了向你挑战的想法是荒谬的。"

"那为什么报纸留在了那里，还摊开来露出了我在头版上的那张安洛克·福尔摩斯的照片？"

她无言以对，但告诉我说："再好好想想，萨姆。你要站在凶手的角度，换位思考。有时那些动物有什么疑难杂症，我就会这样做。"

我对她笑了笑。"有用吗？"

"偶尔会管用的。"

"好吧。就我们所了解的事实来看，可能有人在清晨给卡特赖特打了电话。凶手可能就是那个人。卡特赖特让他进入房子，领他进了书房，还把门闩上了，以免乔治打扰他们。"

"那是什么时候？"

"六点左右吧。不会早于这个时间，否则，他会打开书房的灯。每年这个季节，六点天就已经很亮了。从干涸的血迹和尸体的状况来看，也不可能比这个时间晚太多。"

"凶器鸟澡盆就在书房里，可见杀人不是有预谋的。有人打电话给他，他们在书房见面，然后凶手把他的头骨敲碎了。"

"然后呢？"我问，"窗户有窗棂，门从里面闩上了，而即使凶手知道秘密通道的存在，那里也不过是通向了一扇没有把手的坚固金属门。"

就在我说这些话的时候，整件事情变得明朗起来。我知道凶手是谁了，他是怎么从书房里逃出来的我也知道了，甚至他的动机我都知道了。

"我要出去一会儿。"我告诉安娜贝尔。

"别做傻事，萨姆。"

"我尽量不做。"

我开车去了梅格·伍利策的办公室，那是一个临街的店面，被用作报纸的编辑部，靠近镇广场。那天是报纸发行的日子，虽然当时已经接近傍晚，但我很确定她还在工作——准备一篇有关亚伦·卡特赖特谋杀案的报道。我进去时，她抬起头来，微笑中带着一丝忧伤。彭妮在里面的办公室工作。

"你好，萨姆。发生这样的事，我很抱歉。我不想认为你的照片与此有关。"

我拉出一把椅子，在梅格的桌子对面坐下。"恐怕这一切还真有关系，梅格。我想我应该过来告诉你这件事。"

"你知道凶手是怎么逃出那间书房的了？"

"我知道。更重要的是，我知道那份《诺斯蒙特广告报》是怎么进入书房的。"

"什么？"

"没人想到要怀疑你的报纸为什么会在早上六点就放到了卡特赖特

的桌子上。它只会给镇上的住户送上门，而卡特赖特家那么远，而且要知道即使是在镇上也不会那么早送到。我今天上午问过你六点左右在什么地方，因为我突然想到，早上六点之前《诺斯蒙特广告报》进入那栋房子的唯一可能就是由凶手带进去的。"

"你是说我杀了他？"

我看向梅格身后的彭妮·哈米什，她已经走到门口来听我说话了。"不，梅格。我是说彭妮杀了他。"

她走进来，面对着我。"因为报纸？因为我很早可以拿到一份报纸？"

"在某种程度上是这样。但是，如果凶手带去那份报纸，并展开给卡特赖特看那张照片，就说明凶手是在用它跟他当面对质什么事情。梅格拍照的时候你不在场，但看到照片时，你发现了一些眼熟的东西，对吧？不是安洛克·福尔摩斯发现的那堆旧暖气片，而是照片中我身后的东西，那个玻璃门已经碎裂的古董瓷器柜。我记得卡特赖特几年前买下了哈米什的老农场。那是你家，对吧？我想那个熟悉的瓷器柜就来自那里。不管你以为发生了什么，你都不知道它在亚伦·卡特赖特的谷仓里渐渐腐烂了。你可能早前在办公室见过照片，但直到在报纸上看到它你才认出那个瓷器柜。你今早打电话给卡特赖特要求见他。他穿戴整齐，这暗示着他要接待的是一位女性访客。他亲自带你进去，引你进了书房，还把门闩上了，这样乔治就不会打扰你们了。然后你们争吵起来，一怒之下，你抓起那个微型鸟澡盆，砸了他。"

彭妮·哈米什紧张地咬了咬嘴唇，我知道，到目前为止，我对犯罪过程的描述基本是准确的。"如果是我杀了他，那我是怎么逃离那间上锁的书房的？"她在向我挑战，但我早有准备。

"书房没锁。"我简单地说，"当时没锁。"

"没锁？"梅格重复道。

"有位女访客早上六点要来，老亚伦不想离开自己的卧室，走过乔治敞开的卧室门，那样肯定会吵醒入睡很浅的年轻人。亚伦用只有他知道的密码打开了通往秘密通道的金属门，从那里下到书房，等着你到来。由于秘密通道这一侧没有把手或密码盘，他不得不让金属门开着。不用想，楼下书墙后面的门也是虚掩着的。在你杀了他之后……"

"他说如果我……如果我跟他上床，他就把柜子还给我。他将湿漉漉的手放在我的胳膊上，所以我才打了他。"

"彭妮！"梅格走到她身边，搂住这个年轻女人，一心想要保护她。

"你担心噪声会引来乔治，所以你不敢开门从书房出去。于是，你从秘密通道走进卡特赖特的卧室，然后关上身后的金属门，藏了起来，也许是藏在床底下。"

"是的。"她喃喃地说。

"乔治检查完卧室，下楼给警长和我打电话，然后你就很轻易地溜出去了，躲在楼上，直到我们其他人晚些时候到达。接着，你表现得好像刚进来一样，打电话给梅格告知了这起谋杀案。我准备离开时，发现车道上停满了车，却不见你的。你把车停在哪儿了，彭妮？"

"路边的灌木丛后面。我不想让别人看到我的车在早上六点停在他家的车道上。"

"他以前向你求过爱吗？"梅格问道。

"上帝啊，他老得都可以当我爷爷了！"她转过身来看着我，"霍桑医生，有件事你说错了。是他把书房门闩上的，这样他诱奸我时，乔治才不至于坏了他的事。"

梅格摇了摇头。"你一个人去那儿真是太傻了，彭妮。"

"当我在照片里认出瓷器柜时，我简直气坏了！他之前声称有人破门而入，从我家的老房子里偷走了它，结果它一直在他那里。"

"我们现在怎么办？"梅格·伍利策问我。

我还没来得及说话，彭妮就替我回答了。"给伦斯警长打电话。然后印一份增刊，梅格。我给你机会采访，上头版。这应该足以让《诺斯蒙特广告报》成为一份真正的报纸了！"

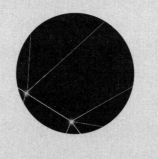

魔鬼果园

08

　　"一九四三年劳动节那个周末对我们所有人来说都难以忘怀。"在访客端酒坐到舒适的椅子上后，萨姆·霍桑医生开始讲道，"那天前线战事出现了转折点，英国军队于九月三日周五攻入意大利本土。六天后，美国军队紧随其后，意大利很快便投降了。不过在诺斯蒙特，那个周末假日，我们脑子里想的不仅仅是战争。本地有一个果园，属于德斯蒙德家，有人称之为'魔鬼果园'，有个年轻人跑了进去，却几乎在我们眼前消失了。"

　　刚才说早了，这事得从头说起。我先给你介绍一下菲尔·菲茨休，他是个英俊的小伙子，刚过完十九岁生日，高中毕业后就在自家的饲料店工作。他的女朋友叫丽莎·史密斯，他们共同出演毕业话剧《我们的小镇》后就开始约会。他们毕业后的那个夏天，我妻子安娜贝尔雇用丽莎到动物诊所帮忙，因此我们对她很了解。

　　那天是周五晚上，劳动节周末的开始[①]，夕阳冲破云层，连续下了两天的雨终于停了。我正想从开在医院的诊所往家里赶，安娜贝尔打来电话让我买些零食，因为伦斯警长和他的妻子周日下午要来我们家后院

---

① 美国的劳动节为每年九月的第一个周一，一九四三年的劳动节是九月六日，而九月四日是周六，九月五日是周日，再加上劳动节，它是一个长周末，故说"周五晚上"是"劳动节周末的开始。"——译者注

野餐。我把别克车停在镇广场的德斯蒙德杂货店门前，走了进去。我记得十五年前这里是马克斯·哈克讷开的店，如今饼干桶和奶酪轮已经没什么稀奇的了，但这里仍是镇上年轻人最喜欢的聚会场所之一。它的前门附近摆着三台弹球机，通常都有人玩。与之前相比，除了平常的说话声外，又多了游戏机的嘈杂声。

杂货店归卡特·德斯蒙德和他的妻子菲莉丝所有。此外，他们还有一个一百英亩大的苹果园。每年到这个时候，通常都是菲莉丝管店，卡特则留在苹果园里准备采摘。然而，果园闹鬼的事传开了，撒旦就像蛇搞乱伊甸园一样占据了这里。对此，诺斯蒙特的大多数居民都暗暗发笑，尤其是听到德斯蒙德夫妇告诉偷东西的孩子们这是魔鬼果园时更是如此。

他们在果园两侧竖起了铁丝网围栏，以进一步防止有人偷他们的苹果。

"你好，菲莉丝。"我边说边把我买的几样东西拿到收银台，"卡特开始采摘苹果了吗？"

"明天上午。他在招人，如果你知道谁需要工作的话，欢迎推荐，毕竟多数年轻人都参军去了。"她拂开眼前松散的头发，给了我一个微笑。

在她为我买的东西结账时，我碰巧瞥了一眼窗外，一个留山羊胡子、戴耳环的秃头男人走了过来。"那家伙是谁？他看起来需要一份采摘苹果的工作。"

"不知道。我觉得他是个吉卜赛人，几周前他在多布斯太太那里租了个房间，但她说他几乎没在里面住过。"我提着袋子走向我的车，大声叫了他一句。"嘿，先生，在找工作吗？"

他朝我的方向看了一眼，然后又看向别处。"不是。"他低声嘟囔着，继续往前走。

回到家时，我看到一辆陌生的蓝色福特车停在车道上。我惊讶地发现丽莎·史密斯和安娜贝尔在厨房里。女孩的眼睛红红的，显然刚刚哭过。"女孩之间的悄悄话？"我问道，不想打断她们。

"坐下，萨姆。"安娜贝尔催促道，"丽莎遇到麻烦了。"

丽莎是个漂亮的女孩，有一头齐肩的棕色头发和一双闪闪发光的蓝眼睛。安娜贝尔对她整个夏天在方舟所做的工作很满意。然而，现在她跟我说话时，眼睛一直低垂着。"菲尔想和我结婚，但我爸妈不同意。他们说我太年轻了，想让我跟其他男孩约会。"

"我想你不是第一个遇到此类问题的人。"我告诉她，"时间是良药。一年后，等你们都长大了些，我相信他们会欢迎他的。"

"你不懂！"她突然抽泣起来，"他被征召了。劳动节过后他必须去报到，参加体检！"

"他的家人怎么说？"

"他父亲去世了，他还没有把我们的打算告诉他母亲或弟弟。我不知道我们接下来该怎么办。"

我和安娜贝尔交换了一下眼神，她接过话头。"丽莎，也许我们应该跟你和菲尔一起谈谈。他今晚在哪里？"

"出去喝酒了吧，我想，他非常沮丧。"

"他有最喜欢去的地方吗？"

她提到了当地的几家酒吧，但又说他可能在朋友的公寓里。我给这些酒吧打了电话，但得到的回复都说菲尔·菲茨休不在。然后，我打电话到他家，可菲茨休太太只是说他出去了。我想到了伦斯警长，他周五晚上经常在镇上巡逻，尤其是在周末假期开始的时候。联系上他后，我说："不是什么急事，警长，我正在找菲尔·菲茨休。如果你今晚在什么地方看到他，能给我家里打个电话吗？"

"没问题，医生。"他回复道，"到目前为止，这是个安静的夜晚。我打算去麦克斯牛排餐厅转转，如果在那里看到他，我会给你打电话的。"我猜他能在那儿找到菲尔，按照诺斯蒙特的标准，那是个高档场所，安娜贝尔和我就是在那里办的婚宴。二十分钟后，就在我们终于要把丽莎劝回家时，警长打来了电话。"医生，我在麦克斯这儿。菲茨休正在吧台，情绪有点不稳定。我认为他不应该自己开车回家，但他不愿意跟我走，我也不想逮捕他或怎么样。你能来接他吗？"

"我十分钟后到，我会带上丽莎·史密斯。"

伦斯警长犹豫了一下，然后说："医生，你最好一个人来。"

我告诉安娜贝尔和丽莎我要去哪里，然后叮嘱丽莎先留在我们家。"我想他是喝多了。如果他问题不大，我就把他带到这儿来，否则我就直接开车送他回家了。"

"我讨厌看到他那样。"丽莎承认道。

当时我们州的法定饮酒年龄是十八岁，因此我认为麦克斯的酒保为他提供酒违反了法律。但尽管如此，我还是觉得要对他的幸福负有一定的责任。我把安娜贝尔和丽莎留在家里，开车去了麦克斯牛排餐厅。警长的车停在街对面，他的手下乔·豪泽坐在驾驶座上等着他的上司回来。我走进麦克斯牛排餐厅，立刻看到了坐在吧台的伦斯警长和菲尔·菲茨休。

菲尔是个英俊的小伙子，瘦削的脸庞上方是一头沙色头发，比当时大多数男孩子的头发都要长一些，我不禁想到军队很快会把他的这一头长发剃掉。他穿着蓝色牛仔裤和白色T恤衫，后背上印着菲茨休谷物和饲料公司的名字。我很快便明白警长为什么要我独自前来了，菲尔正和一个黑发年轻女子交谈，而她就坐在他旁边的高脚凳上。

"你好，医生。"伦斯警长握着我的手说道，好像他跟我是不期而遇一样。"菲尔，你看，霍桑医生来了。"

菲尔·菲茨休转向我，勉强一笑。"我感觉不太好。"他喃喃地说道。接着，他转向黑发女子，问道："你感觉怎么样，艾伦？"

"我很好，菲尔。"她显然比他更清醒，也比他大了几岁。我在镇上见过她，但并不了解她。"也许你该回家了。"

"我可以送你。"我提出。

"用我的车。"他低头含糊地说道，"再喝一杯我就走了。"

"今晚不喝了。"我平静地说，"来吧，菲尔，我送你。"

然而，事情没那么简单。"下周我就要去当兵了，这是我最后一个自由的周末，我要尽情享受。"他从高脚凳上跳了下来，两条腿似乎没有一点力气。幸好伦斯警长抓住了他的胳膊，我上前帮忙扶住了他。

"他付钱了吗？"我问酒保。

"都付了。"

艾伦看着这一切，心里既内疚又惶恐。"你最好把他送回家。"她同意道。

我们把他扶到外面后，我说："开我的车吧，我不想让他妈妈知道是警长带他回家的。"

然而，菲尔·菲茨休还在和我扭打，试图挣脱。"你一个人搞不定他，医生，如果还要开车就更不行了。我跟你一起去，乔·豪泽跟在我们后面到菲茨休家接我。"

于是，警长和菲茨休坐上后座，我们出发了。从米尔路到菲茨休家距离最近，这条路在卡特·德斯蒙德及其邻居家的苹果园后面。即使在黑暗中，我也知道我们已经走上了这段路，因为果园旁的路边有一堵古老的石墙。几年前，德斯蒙德夫妇在房子周围竖起了两道八英尺高的铁丝网围栏，顶端还装上了带刺铁丝圈，当时引起了不小的骚乱。镇议会曾派官方围栏观察员去检查情况，并请卡特·德斯蒙德建传统的新英格兰石墙，但他说他没有钱建这么长的墙，因为每条边都有近一英里长，而且他必须做些什么来防止邻居的孩子偷他的苹果。

菲尔和警长在后座扭打在一起，我很难将注意力集中在路上。"让我出去。"菲尔坚持说，"我还没准备好回家。"

"冷静点，孩子！"警长吼道，"别逼我把你铐起来。"

然后，还没等我反应过来，菲尔就猛地拉开了后门，从正在行驶的车上跳了下去。石墙在我们的右边，延伸出来的铁丝网围栏表明这是德斯蒙德家的土地边界。"这是魔鬼果园！"菲尔·菲茨休醉醺醺地欢呼起来，"你们别想跟着我！"

他穿过铁丝网围栏，爬上石墙，翻了过去。我停下车，警长和我下车追他。但一翻过石墙，他就很快消失在了一排排挂满成熟果实的苹果树之间。

"这么黑，我们根本找不到他。"我说，"我开车去另一边的德斯蒙德家那儿。你和你的手下留下，以防他回到这里。"乔·豪泽驾驶而来的警长的车的灯光就在我们身后亮着。

"我希望这该死的傻瓜别伤到自己。"伦斯警长抱怨道。

我急忙回到我的车上。我们比我想象的更接近下一个拐角，但离德斯蒙德路和菲茨休家还有近一英里。最后，我拐了个弯，看着右边，我知道无论是白天还是黑夜，都没有人能在我开车绕过这片地的三分钟内跑那么远。通往德斯蒙德家的车道将两堵相对的石墙隔开了。

屋里灯火通明，卡特和菲莉丝正在前廊欣赏夜色。"你好，萨姆！"他向我喊道，"你在出诊吗？"卡特·德斯蒙德在诺斯蒙特不是很受欢迎的人，围栏的事让很多人对他产生了反感。由于自家的果园与卡特的果园相连，西蒙·福克斯更是把围栏看成了对他人格的侮辱。菲莉丝非常友好，她立即邀请我过去喝柠檬水。

"现在不行，菲莉丝。我们开车送年轻人菲尔·菲茨休回家，他在米尔路上从我的车里跳了下去，翻墙跑进了你家的果园。我们要在他受伤之前找到他。"

"他没从这边出来。"德斯蒙德向我保证，"我们整晚都开着灯坐在这里，可以沿墙看到两个方向的围栏。"

"他才走了五六分钟，时间还有点早。"

菲莉丝·德斯蒙德给我倒了杯柠檬水，我坐下来等菲茨休。整整一个小时过后，他们的电话响了，是伦斯警长，这通电话是通过他车上的警用电台转过来的。"这里没发现他的踪影,医生,你那边呢?"

"也没见到,警长。我开始认为他是倒在地上睡着了,但黑灯瞎火的,我们很难找到他。"

卡特·德斯蒙德打断了我们。"天一亮,我会派五十个工人在这里采摘苹果。"他说,"果园的所有角落我们都会检查到"

我把这个消息告诉了伦斯警长。"也许你和我应该回家睡一觉,警长。你能不能派几个人守着果园两边的米尔路和德斯蒙德路,以防他醒来跟跟跄跄地走出来?"

"我可以安排,"他表示同意,"只要半夜我们这里不会突然掀起犯罪的浪潮。"

"这种可能性不大,那我们明天早上在这儿碰面吧。"

我向德斯蒙德夫妇道了晚安,然后在车里等着,直到一辆警察的车前来开始值守。开车回到家后,我把事情的经过告诉了安娜贝尔。丽莎·史密斯已经回家了,但我妻子还没睡,急切地想谈这件事。

"那女孩的状况很糟糕,"她告诉我,"她担心死了。"

"战争正在进行,很多年轻人不得不推迟他们的结婚计划。"

安娜贝尔深吸了一口气。"她父亲说如果菲茨休让她怀孕了,他就会杀了菲茨休。"

"然后呢?"

"她怀孕了。"

周六早上七点刚过,我就开车赶到了德斯蒙德的果园。此时卡特已经在给采摘工人发号施令了,他们歪歪扭扭地与他面对面站成了一排。"早上好,萨姆。"他跟我打招呼,"警察说菲茨休没有在果园两边出现,想必他还在这里的某个地方,我已经指示采摘工人排成一排进行搜查,找到他的人会大喊一声。"

菲莉丝站在门廊上,手里端着热气腾腾的咖啡,远远地看着他们渐渐散开。他们肩上搭着粗麻袋,我想一旦发现那个任性的年轻人,他们就会开始采摘苹果了。大约十分钟后，果园深处传来一声喊叫，德斯蒙德和我一起朝那里跑去。

搜索队伍停了下来，在一张铁丝网围栏附近，几个人聚拢在一起，看着地上的什么东西。不管他们发现的是什么，那似乎都太小了，不可能也确实不是一具尸体。"不要碰它。"卡特·德斯蒙德在我们走近时命令道。我认出来了，那是菲茨休的T恤，上面有黑色的字，压在一块石头下面，像是为了避免它被风吹走而压上的。有些斑点看起来像血，在这之前T恤上没有这种东西。"继续找。"德斯蒙德命令他雇的工人道，"他受伤了，我们必须找到他。"

"你觉得发生了什么事？"我问。

"那该死的傻瓜一定是想翻过围栏，结果被带刺铁丝割伤了。"

"它有八英尺高。"

"他年轻，身体又壮，要不是有带刺铁丝，也许他能做到。"

我就近走到围栏前，注意到周围几英尺没有草。"雨水一淋，这块地就成了软泥地。"我指出。

德斯蒙德解释说："让草远离围栏是为了方便修剪。"

"没有鞋印留下，至少这附近没有。他不可能翻过围栏，而不在湿土上留下痕迹。"

我们一起检查了围栏的其余部分，但沿途的泥土没有被踩踏过。当我们穿过果园，来到另一边时，采摘工人开始渐渐回到指定区域。他们到达了米尔路，看到了守在那里的警察。

菲尔·菲茨休失踪了，只留下了带血T恤，也许卡特·德斯蒙德的果园里真的有魔鬼。

我们先检查了菲茨休T恤上的血迹。根据多年前他在清教徒纪念医院切除扁桃体时的验血结果，我们确认T恤上的血迹就是他的。确认血迹归属结果期间，警察逐一检查了果园两边的围栏。潮湿的土壤上没有脚印，经过近距离观察，围栏顶端的带刺铁丝上也没有血迹。

"他可能是用某种杆子撑起来跳过去的。"警长推测道。

"那么杆子在哪儿呢？它应该还在德斯蒙德家的围栏这边才对。"

"是的，我想是的。"他愁闷地同意道。

我们走回德斯蒙德家。在我们周围，采摘工人正将光滑发亮的苹果装入各自的麻袋。菲莉丝·德斯蒙德走在他们中间，不时发出简短的指示，忙活了一会儿。等我们走进房子时，我问她："今天来了多少工人？"

"四十九个。我丈夫招了五十个人，但今天早上有个人没来。他可能是喝多了，没有睡醒。这些流动的季节工不是最靠得住的人，但大多数当地小伙子都去打仗了，我们别无选择。"

"每天干完活，你就给他们发工资吗？"

"当然，我们按袋算，每袋苹果要付不少钱呢。"

"你能告诉我，一天的工作结束后会有多少工人领工资吗？"

她对我的提问感到不解。"会有四十九个。如果你愿意，可以自己去数一数。"

我告诉她我可能会那么做。"你在想什么，医生？"伦斯警长问，"你认为今天早上工人在果园搜寻时，菲茨休混入了他们中间？"

"有这种可能，尽管可能性很小。他们排成了一排，在发现带血迹的衣服后，就可能被人抓住机会混进他们中间。这就是他们收工后我要清点一下人数的原因。"

警长和我去找相邻果园的主人西蒙·福克斯谈话。他是个大胡子，走起路来佝偻着身子，从我对他有印象起他就一直住在诺斯蒙特。

"那边发生了什么事？"他问道，我记忆中的他就是这样易怒，"该死的德斯蒙德夫妇，竖起可恶的围栏还不够吗？现在又招来警长的车，半夜里吵得我睡不着！"

"我们在找一个失踪的人，"我解释说，"菲尔·菲茨休。他昨晚喝多了，从我的车上跳下，跑进了德斯蒙德家的果园，再也没出来，今天早上我们发现了他带有血迹的衣服。"

"魔鬼果园。"福克斯嘀咕道，"我就知道是这么回事。去年我在地里杀了一条蛇，我知道它是从那边过来的。"

"我们能不能沿着你这边的围栏搜寻一下？"伦斯警长问，"看看有没有他去了哪里的线索？"

"请便。不过，别偷摘我的苹果，劳动节后我会安排人采摘。"

警长和我沿着福克斯的果园这边的围栏走了一圈，什么也没发现，潮湿的土壤没有留下人走过的痕迹。"现在怎么办？"警长问道。

我看了一眼我的手表。"该是我们拜访菲茨休家长的时候了。"

菲尔·菲茨休的家在米尔路的另一头，那是一栋整洁的小房子，住着他的母亲和弟弟。"他死了吗？"菲茨休太太问道，当我们出现在门口时，她的脸害怕得僵住了。

"我们还不知道。"我诚实地回答，"我们找你是想从你这里了解一些事情，我知道他很不愿意在这个时候服役。"

她四十多岁，干净利落，跟她家的房子很相称。我希望我能说出一些理由，让她感到还有希望。"我不知道他最近几周怎么了，"她告诉我们，"收到征兵通知时，他简直疯了。"

"那个叫史密斯的女孩什么态度？"伦斯警长问。

"我想事情已经很严重了。"她承认，"我只是想让他们等他服完兵役。"

"有时年轻人不喜欢等待。"我说，"我们能看看他的房间吗？"

"如果有帮助的话，我想可以，跟我来。"

和房子的其他地方一样，楼上的房间相当整洁，床边放着那位失踪的年轻人和丽莎·史密斯的照片。墙上挂着他读高中时演出《我们的小镇》的海报和一张世界地图。令人惊讶的是，他还在地图上仔细标记了盟军作战的进展情况。我仔细看了一遍，问道："菲尔跟人结过仇吗？有没有想要伤害他的人？"

"据我所知，没有，你们不会真的认为他死了吧？"

"我们不知道，太太，"警长告诉她，"但我们正在排查各种可能性。"

回到车里，准备前往丽莎·史密斯家时，伦斯警长不再那么不确定了。"他不可能是活着离开果园的，医生，我们都知道这一点。"

"他也不可能是死后离开果园的，让我们等到今天下午清点完工人数量的时候再说。"

"你知道的，如果有人杀了他，那就很可能是为了那个叫史密斯的女孩。也许，她有另一个男朋友。"

"你见过她和别人说话吗？"我问。

"没有，前几天我在杂货店外看到一个秃头吉卜赛人对她说了些什么，但她只顾着走自己的路。"

丽莎的父亲哈罗德身体粗壮，头发稀疏，戴眼镜，在诺斯蒙特信托公司工作。周六中午，银行关门，因此他已经脱下西装外套，摘掉领带以及很多银行家和商人仍然会戴的假领。"有菲茨休那个家伙的消息吗？"他问。丽莎从楼上下来，跟我们坐在一起。

"目前还没有。"警长说。

"你们知道他可能发生了什么事吗？"我问他们。

"我几乎不认识他。"哈罗德·史密斯回答说，"我只知道他和我女儿频繁见面没什么好处。"

"我们想结婚，爸爸。"她轻声说道。

"我们还是先看看他服役时的表现吧，战后有的是时间结婚。"他回到客厅，开始看报纸。

"我能和你单独谈几分钟吗？"我问丽莎。

"我……我想可以。"她在前走进厨房，伦斯警长则跟着她父亲进了客厅，"妈妈去杂货店买东西了。不过，我也告诉不了你更多事情。"

我伸出手抓住丽莎。"安娜贝尔把你的情况告诉我了。"我轻声说。

她猛地把手抽了回去。"我不想——"

"我是医生,丽莎,有没有人可能因为这件事袭击了他?"

她看向别处。"我不知道要是我爸爸知道了这件事他会怎么做。"

"别人呢?一个爱吃醋的男友?"

她摇了摇头。"除了菲尔,我没有别的男友。"

"警长那天看见一个吉卜赛人跟你说话了。"

"他想请我喝一杯,但我只顾着走我的路。"

"那是他唯一一次跟你搭讪吗?"

"是的,我不认识他,我甚至不知道他叫什么。"

"有人说叫豪伊·纽瑟姆,他在多布斯太太那里租了间房。"

伦斯警长走了过来。"他说他对男孩失踪的事毫不知情,医生,接下来怎么办?"

"该回德斯蒙德的果园了。"

我们坐在门廊上,看着菲莉丝·德斯蒙德付钱给采摘苹果的工人。"一共四十九个。"她丈夫说道,核对了一遍他手中的名单,"没来那人的哥哥说他扭伤了脚踝,今天不能来。每个人都算进去了,没有多余。"

伦斯警长看起来闷闷不乐。"那我们该怎么办,医生?"

"我要试着从整体上分析一下这件事。"我拿起菲莉丝用过的一沓便签纸,列出了一份可能性清单。"毫无疑问,他进了果园。我们亲眼所见。我和德斯蒙德夫妇在这边时,他没有出来。你能信任你那些通宵站岗的手下吗?"

"乔·豪泽是我最得力的手下,你知道的,其他人同样很棒。他不可能在夜里离开果园,除非他翻过了某道围栏。"

我排除了这种可能性。"围栏两边的地都很软,肯定会留下脚印,尽管他的T恤上有血，但没有迹象表明他是被带刺铁丝网割伤的。我认为任何形式的撑杆跳过去的可能性都可以排除了。"

"那么，天亮时他还在这个果园里。"

"他必定在这儿。"我表示同意，"但是果园都被我们搜遍了，唯一离开这里的是采摘苹果的工人，他们的去向都很清楚。"

"那就没有别的可能性了，医生。"

"还有一种可能性我们没有考虑到。菲尔·菲茨休还在果园里，但我们看不见。"

"看不见？你是说隐形？"

我转向卡特·德斯蒙德。"这片地曾经有过井吗？"

他想了想。"菲莉丝，还记得我们盖住的那口井吗？是在果园里吗？"

"记得，那得有十年甚至十五年了。我不记得它在哪里了。"

"你们有显示它位置的旧地图或土地测量图吗？"

德斯蒙德去到他的小办公室里，过了一会儿又回来了，展开一张测量图。"在这儿。"

我们越过他的肩膀，只见图上一排排苹果树都用了圆圈标示出来。离房子大约一百英尺远的地方，在石墙和围栏围住的区域，有一个中间写着字母W的小圆圈。"这就是那口井。"他说，"我们把它盖了起来，在上面种了草。"

"我们去看看吧。"我建议道。

我们数着数，穿过一排排苹果树，找到了那里，但看不到任何标志物。地面被人挖过或翻动过。"地面很结实。"德斯蒙德告诉我们，"如果你怀疑他掉进井里了的话，那是不可能的。"

我必须承认他是对的，这又是一条死胡同。

由于政府实行汽油配给制，假日周末没人再驾车跑去很远的地方了，家庭聚会一般都会选在离家较近的地方。我和安娜贝尔邀请伦斯警长和薇拉周日到我家后院野餐，但警长整个下午大部分时间都在打电话。"我的手下乔·豪泽今早发现吉卜赛人纽瑟姆跟着丽莎·史密斯从教堂回家。我想我们应该把他抓起来问问话。"

"目前还没有证据表明有犯罪发生。"

"菲茨休衬衫上的血迹对我来说已经足够了。"

"我们再等等看。"我劝道。

"假设吉卜赛人跟着那个小伙子进了果园，或者只是在那里碰到了他，吉卜赛人就可能杀了他，把他的尸体埋在篱笆旁没有草的地里，再把地面弄平，掩盖痕迹。"

"吉卜赛人怎么能跟着菲茨休进果园而不被看到呢？他拿什么当铁锹？他怎样才能离开果园而不被人发现呢？"

"我不知道，医生，"他承认道，"但人是不会凭空消失的。"

当我们野餐完，薇拉开始帮安娜贝尔打扫卫生时，我意识到伦斯警长仍然有些不安。"这个叫纽瑟姆的家伙住在多布斯太太的寄宿公寓里。我们开车过去和他谈谈吧。"我建议道。

"你在假日周末还工作？"薇拉跟丈夫抱怨道。

"我们不会在那里待太久的。"我保证。

我们坐上警长的车，不到十分钟就到了多布斯太太家。她是个和善的寡妇，丈夫去世后，孩子们都搬走了，她就拿闲置的房子出租。我们看到她时，她正坐在前廊的摇椅上跟一个邻居聊天。

"我们想和你的一位房客豪伊·纽瑟姆谈谈。"警长说，"他在吗？"

"那个光头？你们刚好和他错过了。他大约一小时前收拾好行李离开了，说是要赶火车去纽约。前两天晚上他睡在这里，但当我告诉他有个警官找他时，他似乎很不安。"

伦斯警长开始骂人，然后控制住自己。"他知道我们盯上他了，医生！"

"周日去纽约的下一班火车是几点？"

"我想是四点半吧。我们还有十五分钟的时间，也许还能抓住他。"回到车里，警长通过警用电台联系了豪泽。"乔，我是警长。我们在多布斯家，但纽瑟姆跑了。我们认为他想搭下一班去纽约的火车。"

"车站见。"豪泽快速说完，然后就挂断了电话。

我们把车开进车站停车场时，豪泽正好开着另一辆车赶到。站台上等车的人不多，但我们没有看到那个秃头吉卜赛人的踪影。"他可能对多布斯太太谎报了他的计划。"我说，"你和豪泽进站看看。我去站台的远端。"

火车驶入的声音传来，不一会儿，波士顿到缅因州的列车车头出现在人们的视野中。短短的列车缓缓停下，售票员扶着一位乘客下车，然后依照惯例喊道："全体上车！"等候的乘客纷纷登上列车，售票员随后也上了车。

就在那时，藏身于几棵树后的豪伊·纽瑟姆突然冒出来，拎着手提箱向火车的最后一节车厢跑去。"警长！"我喊道。

伦斯和他的手下同时发现了他。"站住！"警长喊道，但纽瑟姆没有理会。豪泽突然跑了起来，试图拦住纽瑟姆。就在豪泽快要追上时，纽瑟姆停下来，抢起手提箱，砸向豪泽的脑袋。豪泽躲开，弯腰抱住了纽瑟姆的臀部，两人摔倒在地，这时伦斯警长赶到，协助抓捕了纽瑟姆。

他们给纽瑟姆戴上手铐，搜查他的口袋，我则保持距离。过了一会儿，警长向我走来。"我们抓到人了，医生。他口袋里有菲尔·菲茨休的钱包。我将以涉嫌谋杀罪拘留他。"

"等等。"我说，"你不能这样做。"

他迷惑地看了我一眼。"为什么不能？"

"纽瑟姆不可能杀菲尔·菲茨休，因为纽瑟姆就是菲尔·菲茨休。"

我生活在诺斯蒙特多年，协助侦破的案件也很多，但它们都无法与魔鬼果园这事相提并论。那天晚些时候，我向伦斯警长指出了这一点，"没有谋杀发生，警长。唯一的罪行不过是菲茨休试图逃避兵役，但他本来要到下周才报到的。丽莎的父亲威胁过他，说如果丽莎怀孕了就会杀了他。他只是不想一走了之，把怀孕的丽莎留在家里，让她跟她父亲生活在一起。当他们意识到不可能很快结婚时，菲尔·菲茨休想出了一个怪招。他不去应征，而是直接消失，用另一个身份留在诺斯蒙特，在丽莎怀孕期间照顾她。"

"可是纽瑟姆是个秃头，下巴上还留着胡子，医生。"

"当他决定实施这个计划时，他剃了头，粘上了假胡须。记得吗，他和丽莎是参演《我们的小镇》时认识的，他甚至还在卧室的墙上挂了这出戏的海报。令人惊讶的是，没了头发，多了山羊胡子，让他的外表完全变了。我见过一次他假扮的纽瑟姆，但还没看清他的脸他就转身离开了。他在行李箱里放了几件衣服，以另一个身份在多布斯太太家租了一个房间。《我们的小镇》那部校园话剧教会了他化妆和表演，而且他假冒的名字'豪伊·纽瑟姆'就是剧中的一个人物。"

"纽瑟姆出现在镇上时，我们看到他留着头发。"警长争辩道。

我摇了摇头。"那是假发，为了冒充纽瑟姆，他要戴耳环，而假发的长度刚好能遮住他打了耳洞的耳朵。多布斯太太说她的新房客很少在她那里过夜，对此我觉得很奇怪。当她告诉我们周五和周六晚上他住在那里时，我就更奇怪了。周五之前他当然是在家睡觉，但失踪后，他不得不以新身份住在多布斯太太家。"

"那失踪呢，医生？你还没有解释他是怎么逃出德斯蒙德的果园的。"

"他不需要离开，因为他从没进到里面，警长。他只是在周五晚上装醉，寻找机会逃离并消失。他是不可能事先计划好一切的，当你们在后座扭打时，他注意到我的目光不再盯着马路，便跳了出去，声称要跑进魔鬼果园。事实上，我们已经开过了第一道铁丝网围栏，只不过天太黑了我没有注意到。他从车上跳下时，看到的是第二道围栏，他越过围栏旁边的矮墙，进入了隔壁西蒙·福克斯的果园，而不是德斯蒙德的果园。当我转弯开到另一边时，我记得我注意到我比想象的更接近拐角的地方。"

"真见鬼！但我们一直监视着那堵墙。如果他回来了，我们会看到他的。"

"他没有回来，警长。他只是穿过福克斯的果园，来到德斯蒙德家这边的路。"

"你忘了我们找到了他沾血的衣服，医生，那可是在德斯蒙德的果园里发现的。"

"你忘了它是包着一块石头的，菲茨休只需在胳膊或腿上划出一个表皮伤，便足以将血染到他的T恤上。然后，他用它包上一块石头，举过头顶将它扔过围栏，落到德斯蒙德的果园里，以此迷惑我们对他是死是活的判断。我们以为石头放在那里是为了压住衣服，实际上衣服是包着石头从围栏那边扔过来的。"

"为什么我没看出来？"他问。

"你都看到了，只不过得出了错误的结论。有人看到纽瑟姆和丽莎说话，丽莎从教堂出来，他跟着她。我们开始追究时，他试图逃跑，还带着菲茨休的钱包。你认为这是犯罪的证据，我却认为这是爱情的证据。"

这起疑案的几位当事人有一个美满的结局。在接下来的一周，菲尔·菲茨休去了军队报到，并前往迪克斯堡接受基础作战训练。孩子出生后，丽莎也去了迪克斯堡，并在那里和菲茨休结婚了，她父亲尽管不乐意，但也只好勉强送上祝福。菲尔被派往海外时战争已经接近尾声，后来，他与丽莎和他们的孩子一起回到家乡，过上了漫长而幸福的生活。有时我真希望他们能一直那样走下去。

09

牧羊人的
戒指

　　"一九四三年十二月初，也就是我们结婚两年后，安娜贝尔告诉我她怀孕了。"上了年纪的萨姆·霍桑医生停下来给访客续酒，然后继续讲述他的故事，"虽然这意味着要把一个孩子带到正被战争蹂躏的世界，但听到这个消息仍然让我喜出望外。丘吉尔、罗斯福和斯大林已经在德黑兰举行第一次会晤，并就来年西欧的作战计划达成一致，我们希望这场最残酷的战争能早一点结束。"

　　林肯·琼斯是我们的好朋友，他是诺斯蒙特的第一位黑人医生，后来转到产科，现在开了自己的诊所，只不过生意需要慢慢积累。安娜贝尔和我很快达成共识，让林肯来为我们的第一个孩子接生，毕竟没有人比他更值得信任了。周一是我们的结婚纪念日，上午，林肯给安娜贝尔做了检查，他估计孩子的预产期是七月底。于是，安娜贝尔开始安排分娩期间的工作，计划让助手接管方舟的兽医工作。到孩子出生时，我都四十七岁了，安娜贝尔比我小十岁，金发褐眼的她仍是个美人。

　　"我需要你在身边，萨姆。"她告诉我，"生产的日子越来越近，你必须减少侦探工作。"

　　我向她保证，只要诺斯蒙特能稳定下来，成为一个安宁的新英格兰小镇，我很乐意完全放弃它，但这并非马上就能实现的。

　　第二天上午，我来到诊所，又是一个周年纪念日，但这一天并不是纪念什么值得高兴的事。珍珠港遇袭已经过去两年了，我的护士阿普丽尔非常思念她还在太平洋战场上作战的丈夫安德烈。我忍不住将安娜贝尔怀孕的好消息告诉了她，她非常高兴。我是她儿子萨姆的教父，他是以我的名字取名的，现在七岁，已是二年级的学生了，跟他母亲住在诺斯蒙特，等待他父亲从战场上归来。我讲完我的事后，她告诉我伦斯警长要来看我。我知道这不会只是一次社交性拜访。

"最近好吗，医生？"伦斯警长进门时问道，当时刚过十点。

"很好，警长。安娜贝尔和我昨天去找林肯·琼斯了。"

"哦？他的诊所生意如何？"

"越来越忙了，我们为他带去了一些新生意。"

"谁……"他开始问，随后明白了我的意思，"你和安娜贝尔要生小孩了？"

"嗯，实际上生的是安娜贝尔。"

"医生，这可是喜讯，我要告诉薇拉！预产期是什么时候？"

"差不多是七月底。"

"也许到那时战争就结束了，反攻的日子越来越近了。"

我摇了摇头。"一想到那些会死在战场上的小伙子我就难受。你找我什么事，警长？"

"你有一个叫朱利叶斯·费尼索的病人吗？"

我发出无声的叹息。"我想你可以称他为我的病人。几周前他因为拖拉机翻车腿骨折了，是我给他接上的。然而，他还需要一个心理医生，这是我无法做到的。"

"诺斯蒙特可没有这样的人。"警长指出。

"我知道。"

"也就是说，你认为他疯了？"

我耸了耸肩。"应该是精神错乱。"

"那不是一回事吗。"

"我想是的，他又干什么了？"

"他说要杀了拉尔夫·锡德里克，因为那人卖了他一辆有故障的拖拉机。他的妻子米莉很生气，打电话喊我去跟他谈谈。"

"你能说服他别这么不着调吗？"

"不可能，他说我们阻止不了他，他能让自己隐身，顺着路走到锡德里克家。"

"不管他能否隐身，拖着一条断腿，他是做不到这一点的。"我瞥了一眼当天的行程安排。"要不这样，今天下午我先去麦格雷戈的农场出诊，他家的孩子出水痘躺在床上。回来时我再顺路去费尼索家，不管他是不是发神经，我都应该去检查一下石膏，确保他的腿没有肿胀。"

"医生，也许你能说服他理智点。"

随着水痘的自然发作，麦格雷戈的孩子正在好转。在为孩子看完病后，我抄近路开车驶上栗山路。老别克车仍然运行良好，希望它能让我一直开到战争结束。我拐进费尼索农场的车道，停下车，看到了主屋，尽管它是一栋十九世纪的老房子，急需刷一遍漆，但我还是欣赏起它来。离开车时，我看到米莉·费尼索走到了门口。她是一个娇小的金发女郎，比我年轻几岁，而朱利叶斯个子很高，整天焦虑不安，二人看起来并不般配。他们的儿子以最快的速度逃离了家，十八岁就跑去参了军，那时他正在意大利的某个地方打仗。

"你好，米莉。我刚才去了麦格雷戈家，现在想过来看看朱利叶斯的腿怎么样了。"

"我很担心他，霍桑医生，他的行为比平时更疯狂了，昨天我还把伦斯警长喊来跟他谈过。"我跟着她走进客厅，只见桌子和书架杂乱地摆放着，上面是各种植物和瓷器雕像。"我一直给他吃你开的止痛药，晚上他能昏昏沉沉地睡去，但到了白天他就会大叫大嚷。"

"我看看能不能为他做点什么。"

她领着我走上吱吱作响的楼梯，来到二楼。他待在楼上是为了靠近

163

浴室，不过我很高兴看到他坐在窗边的扶手椅上，那条不能动的腿被一个脚凳支撑着，光着的右脚从石膏底部伸出来。房间里陈设简陋，连个书架都没有。桌子上放着一本西尔斯百货的商品目录，似乎这是他唯一的读物。

"感觉怎么样，朱利叶斯？"我边打开我的黑色药箱边问道。

"杀了那个混蛋锡德里克才会让我好受些。他卖给我一辆拖拉机，差点要了我的命，现在他又说这是我自己的错。"

"在我的记忆中，你们一直争执不休，是不是该停下来了？"

"等他死了再说。"

"那是什么时候？"我顺着他的话问道。

"明天半夜。"

"你不能这样做，朱利叶斯，你的右腿还打着石膏呢。"

"那也阻止不了我。"

"难道我要让警长派人开车过来，整夜守在你家外面吗？"

他露出狡黠的笑容。"不碍事，我可以隐身。"

我叹了口气。"朱利叶斯，你需要能真正帮你的人，但我只是一个全科医生。"

"你不相信我能隐身，是吧？"他举起右手，将一枚镶着某种宝石的金戒指展示给我看，"这是一枚真正的牧羊人戒指，柏拉图在《理想国》第二卷中描述过，它是吕底亚国王的牧羊人古各斯发现的。将宝石转到我手心这一侧，我就隐身了。"

"我倒真想瞧瞧。"我假意附和他道。

"现在不行，明天半夜，到时候我就会杀掉拉尔夫·锡德里克。"

"你从哪儿弄来的这枚戒指？这种玩意一定很值钱。"

"它是个礼物。"他没有多说什么。

"朱利叶斯，我明天上午把拉尔夫·锡德里克带过来，你们两个要像文明人一样把这件事解决了！"

"要是你带他过来，我就直接杀了他，省得我再去他家了。"他举起靠在床边的多瘤手杖强调道。

我瞥了米莉一眼，发现她已经对他没招了，一脸无助。我不再谈这个话题，开始检查他的石膏和腿。"你恢复得很好。"我告诉他，"再过几周石膏就可以拆掉了。"

他抬头望着我，在那一瞬间，我毫不怀疑他的精神出问题了。如果身体允许的话，他真的会在明天半夜顺着路去杀死拉尔夫·锡德里克。"看到我的戒指了吗，医生？很漂亮，不是吗？它就要让我隐身了。"

回程途中，我拐弯去了警长办公室，跟他谈了我的看法。"这个人精神错乱了，警长。他也许不能让自己隐身，但如果靠得够近，他肯定会把锡德里克的脑袋打个稀烂。"

伦斯警长哼了一声。"其实他不用靠得太近，对吧？栗山路上的农民家家都有猎枪。他们两家的房子离得有多远，一百码①左右？他只要坐在自家卧室窗前，就能在拉尔夫·锡德里克出门时把他干掉。"

"他家的窗户在另一边。"我指出。

"他可以爬到房子的另一边，或者拿着猎枪拄着手杖一瘸一拐地走过去。"

"你不能因为一个人发出疯狂的威胁就逮捕他，警长，尤其是他从一开始就有精神问题。"

"我今晚派人去那一片盯着，以防他决定提前一天动手。"

我点了点头。"明天我要找个理由去拜访锡德里克夫妇。不管发生什么，朱利叶斯·费尼索都不可能变成隐形人去杀人。"

第二天是十二月八日，上午天气很暖和，我开始怀疑我们能否过一个白色圣诞节。我把车停在拉尔夫·锡德里克家门前，按响了门铃。他的妻子琼走到门口，微笑着迎接我。她三十多岁，身材高挑，很有魅

---

① 英美制长度单位，1码约合0.91米。——编者注

力，棕色的鬈发中夹杂着几根灰白头发。

"霍桑医生！什么风把你吹来了？你今天是来送什么免费样品的吗？"

"恐怕不是，琼。我在帮你的邻居费尼索处理他断腿的保险索赔，我想拉尔夫可以告诉我一些关于拖拉机的信息。"

琼有点恼火。"那场事故不是拖拉机引起的！但凡有点理智的人都知道不能在那么陡峭的山坡上开拖拉机。那人是个疯子！"

"拉尔夫在吗？我看到他的车在车道上。"

拉尔夫·锡德里克端着一杯咖啡从厨房走了出来。他比妻子年纪大一些，身体粗壮，已经谢顶。在过去的十年里，他一直在经营锡德里克拖拉机销售公司，而且发展得相当不错，直到战争使新的农业设备几乎像新车一样难以获得。尽管如此，农业对战争还是必要的，只是他的生意规模受到了限制，因为他的主要供应商现在都在造坦克。"你找我，医生？"

"我只是想了解一下那辆拖拉机和费尼索的断腿是怎么回事。我给他接上腿了，但他语无伦次，说不清楚当时发生了什么，而且他似乎将这一切归咎于你卖给他的拖拉机。"

锡德里克靠在书架上，喝着咖啡。"无法想象米莉怎么能和这种人过下去。那家伙真是不可理喻。拖拉机不是新的，但那是我能搞到的最好的二手货了。我警告过他，应该在相对平坦的地上使用。但不到一周，他就把它开到山坡上犁地去了。他只是腿断了，真是个奇迹。"

琼插话进来，帮腔道："他告诉米莉，只要他能到这里，就会杀了拉尔夫。他说他可以隐身，难道这还不足以把他关进精神病院吗？"

"可是他什么都没做。"我指出，"不过，我已经让伦斯警长盯着这片地方了。"

"前面路上走来的是什么？"锡德里克瞥了一眼窗外，问道，"那是米莉抱着一个雪人吗？"

确实如此。米莉·费尼索抱着一个三英尺高的雪人向我们走来，雪人是用大团的棉球做成的，鼻子是用胡萝卜做的，眼睛是用煤块做的，嘴里叼着的烟斗是用玉米芯做的，头上还戴着一顶小礼帽。琼到门口迎接她。"米莉，你这是在做什么？"

"我做这个是为了向你们表示歉意。现在还没有下雪，但你们可以在院子里放一个棉球雪人，如果你们愿意，甚至可以把它放在客厅里。"

琼从米莉手里接过雪人，请她进屋。"米莉，这得花不少时间吧？"琼把它放在壁炉旁边的地板上。

"没什么。我喜欢摆弄这样的东西。这样我就不会去想……"她突然停了下来，脸上露出痛苦的表情。我们都看得出来这意味着什么。

我觉得该我问问题了，所以我问道："朱利叶斯今天怎么样？"

"还成，大部分时间都在睡觉。我觉得那些止痛药真的让他的大脑迟钝了，最近他非常不在状态。"

我点了点头。"他最好多睡觉，我得走了，你们继续聊。"

米莉的来访似乎让邻居之间的紧张气氛得以缓和。离开他们时我心情很好，感觉不管有没有牧羊人的戒指，米莉的丈夫都不会在半夜变成一个隐形杀人犯。

那天晚上，安娜贝尔和我去了我们最喜欢的麦克斯牛排餐厅吃饭，这样我们就可以把怀孕的喜讯告诉麦克斯了。我们是在那里办的婚宴，麦克斯·福蒂斯丘就像我们的家人一样。"绝对是个好消息！"他告诉我们，并为我们送上一瓶红酒，"这意味着这里又多了一位顾客。"

"得再过几年。"安娜贝尔笑着告诉他。

这时，伦斯警长走了进来，看起来很想快速找到我，坐到了我们桌旁。"薇拉和我都为这个孩子感到高兴。"他对安娜贝尔说，"我想我太老了，不能当他的教父了，但我们会像爱自己的孩子一样爱他。薇拉打算织几双软毛鞋。"

"非常感谢，警长。"

我们邀请警长共进晚餐，他同意喝一杯。安娜贝尔很小心，只是稍微喝了几口。我将米莉给锡德里克一家送去自制雪人礼物的事告诉了警长，他听起来好像一切都在可控范围内。"但我想我还是要设法在午夜时分赶到栗山路，以防万一。"

"那太好了。"安娜贝尔表示同意，"这样萨姆就可以在家睡大觉了。"她是笑着说的，但我知道她是认真的。每次天黑后我到处跑着破案，她就不开心。

平时我会尽量在十一点前上床睡觉，但那天晚上，我找借口坐在电话旁，很晚也没有睡，即使妻子在楼上喊我我也没动。"过几分钟我就上去。"我告诉她，因为我知道如果发生什么事，伦斯警长会用无线电向他的办公室报告。

当我正准备结束等待去睡觉时，电话铃响了，是伦斯的一个下属打来的。警长现在拉尔夫·锡德里克家，已经呼叫了支援，他希望我也去现场。我迅速向不高兴的妻子解释了情况，并在匆忙去开车时穿上了外套。午夜的街道空荡荡的，我只花十分钟就赶到了栗山路，在我的前面有三辆警车正闪着车灯往锡德里克家赶去。

伦斯警长在房子前面等我。即使在只有房子里透出的昏暗灯光下，我也能看出他此刻心情并不平静。"警长……"

"是费尼索干的。"他告诉我，"我一直监视着这条街。没见他穿街而过，但下一秒他就到了房子前面，用手杖砸碎了门上的玻璃，打开了门锁。他一进去，琼就哭叫着跑了出来。我的上帝，萨姆……"

我跟着警长走进房子，现场一片狼藉，就连棉球雪人也被踩踏、扯开，一盏灯被打碎了，书架上的书被拉了下来，衣服散落了一地。拉尔夫·锡德里克躺在厨房地板上，身下一摊血，头骨被费尼索的多瘤手杖砸碎了，而那手杖就横在他的身边。

"他还在这儿吗？"我问。

警长摇摇头。"我们把这里搜了个遍。我派了几个人监视费尼索的住处，但我们还没有进去。"

我能听到餐厅里传来的抽泣声。"那琼呢？"

"她的状况很糟，医生，也许你应该让她服点什么药。"

我走进隔壁房间，一位警察正设法劝慰她。"你有什么家人需要我们打电话通知吗？"他问道，但她只是摇了摇头。

"让我和她单独待几分钟。"我对那位警察说，然后在桌旁坐了下来，"给我讲讲，琼。这是怎么发生的？"

"他……他用手杖把门砸开了，然后就开始破坏，见什么就砸什么。"

"是朱利叶斯·费尼索？"

她点了点头。"他穿着一件连帽外套，但我认识他，因为他的腿上打了石膏，走路很僵硬。拉尔夫从厨房跑了出来，我叫他回去，但费尼索很快就用手杖打他了。我跑到门口开始尖叫。警长跑了过来，但为时已晚。拉尔夫死了。"

"费尼索呢？"

"他直接……离开了。"

我回头看向伦斯警长。"你看到了什么？"

"跟我刚才说的一样。突然间，他出现在房前的路上，朝门口走来。当他打碎玻璃时，我跳下车，朝房子跑过来。如果我的车停得再近一点，就有可能及时赶到，救下拉尔夫的命了。"

"我们最好去看看费尼索。"我不无忧虑地说道，"还有米莉。"

我想我们都有点害怕在费尼索家看到什么，但门铃响了几声后，米莉穿着睡袍和拖鞋出现了。"什么事？"她问，"发生了什么事？"

"朱利叶斯在家吗？"伦斯警长问道，并没有先回答她的问题。

"什么？我想他在睡觉。我又让他吃了一片止痛药。"

她领着我来到费尼索的房间，我注意到警长偷偷地把枪从枪套里拿了出来，贴在腿上，不让人看见。她打开丈夫房间的门，并打开灯。他躺在床上，打着石膏的腿搁在枕头上，立刻睁眼了。看到我时，他笑着说："我已经兑现我的承诺，我杀了拉尔夫·锡德里克。"

虽然看起来不可能发生，但有证据证明他的话不假。上次我来他家时，那根多瘤手杖靠在他的床边，现在到了拉尔夫·锡德里克的厨房里，成了血迹斑斑的凶器。床边的拖鞋底部沾有泥土，附近的地板上扔着一件连帽外套。

"让我摸一下你的脉搏。"我说着，抓住他的右手腕。脉搏跳得有点快，不过我无法将其归因于最近的任何身体活动，因为这也可能是看到我们半夜闯进卧室感到紧张造成的。

"你没有和他睡在一起？"警长问米莉。

"事故发生后就没有了。腿上打着石膏，他睡整张床会舒服一些。我一直睡在空着的那间房里。"她深吸了一口气，"告诉我，拉尔夫·锡德里克怎么了？"

"他已经死了，米莉。琼和我都看到一个像朱利叶斯的身影进入了他们的房子。"

我更感兴趣的是听听费尼索会说些什么。"告诉我们你是怎么做到的。"我催促道。

他像老虎一样狡黠地笑着，既有纯粹的邪恶，又掺杂着精神错乱。"米莉在她的房间里。接近午夜时，我拿着手杖下了床，穿上拖鞋和外套，然后让自己隐身。"

"给我们演示一下吧。"我建议道，昨天我也这样要求过他。

"不，不行！我不能滥用这种能力。"

"你是怎么杀死锡德里克的？"伦斯警长问。

"当我走到他家门口时，我又变得可见了。我想让他看到是谁在杀他。我打碎了玻璃，开门，然后挥舞手杖砸东西。琼在尖叫。我为她感到难过。然后锡德里克出现了，我用手杖打死了他。"

"你把它丢在那儿了。"我说，"不用它，你是怎么回来的？"

狡猾的微笑再次浮现。"我隐身的时候不需要手杖。我的身体没有重量，可以飘浮起来。"

"如果你承认杀了他，我就不得不逮捕你。"警长说。

"当然，不过，我预计你没法把一个隐形人关在监狱里很长时间。"

"我们会当心的。"我说。在他反应过来之前，我抓住了他的手腕，从他手指上摘下了那枚牧羊人的戒指。

"不要啊！"他尖叫着，但戒指已经被摘下了。

"现在你和我们其他人一样，只是普通人了。"我把戒指交给伦斯警长，"把这个东西找个安全的地方放好。"

费尼索在床上激烈地扭动。"米莉！"他喊道，"他们把戒指拿走了！"

她站在门口直摇头，几乎要哭了。"我们必须把他带走。"警长告诉她，"我很抱歉。"

警长叫了救护车和担架，当费尼索试图反抗时，我不得不给他注射镇静剂。毫无疑问，这个人患有精神疾病，但这不能解释在一个理性世界里，他是如何杀死拉尔夫·锡德里克的。

费尼索被送进了医院，在警察监视下接受治疗，大陪审团很快就以谋杀罪起诉了他。做证时，伦斯警长承认当时光线昏暗，他可能没有看到这个男人走进锡德里克家。"医生，我还能说什么呢？"他后来告诉我，"他们永远不会相信隐身人的存在。费尼索承认杀人，甚至还描述了他是如何杀的。除了隐身部分，其他都说得通。"

"除了隐身部分，难道你不明白吗？警长，这才是最重要的。"

"栗山路上没有路灯，也许费尼索走到有锡德里克家灯光的地方时我才看到他。"

我摇了摇头。"即使没有隐身术，我也对费尼索能一瘸一拐地拄着手杖走一百码左右表示怀疑。没有手杖，他肯定也回不到自己的床上。"

"还有别的可能性吗？"警长问道。

"锡德里克的妻子。"

"琼？不可能。我还没靠近她家的房子，她就尖叫着跑了出来。她没有做这事的时间。再说，如果她杀了自己的丈夫，朱利叶斯怎么会准确地知道所发生的事？"

"你说得没错。"我嘴上虽然承认，却并不完全认同。

此案的审理一拖再拖，直到过完圣诞节假期来到次年的一月。当时的战争新闻多是苏俄方面的进展，说是希特勒军团去年占领的大部分土地被夺了回去。我关心战争，更关心怀孕的安娜贝尔，因此我几乎没有时间再去想朱利叶斯·费尼索的事情。

米莉在一月中旬打来电话，我感到非常惊讶。"霍桑医生？我是米莉·费尼索。我已经请了希恩镇的律师为我丈夫辩护，他想和你谈谈，不知这周你哪天有空可以跟我们见一面？"

我瞥了一眼我的预约日程表。"明天下午我有空，两点左右，这个时间怎么样？"

"好啊，在你的诊所？"

"我等着你们。"

他们准时到达。为抵御寒风，米莉穿着毛皮外套，特伦斯·梅尔纳普穿着滑雪服和靴子。他跟我握手，并递上他的名片。"我们希恩镇的雪比你们这儿下得大。"他说道，解释了他为什么要穿大雪天才会穿的衣服。然后，他又说："很高兴见到你，霍桑医生。这些年来，我听说过很多关于你的事情。"

"我希望都是好话。"

"肯定的。"他打开公文包，"下周开庭预审。我们自然会以精神

172

错乱为由进行无罪辩护。"

"当然可以。"我瞥了米莉一眼。

"由于他从未接受过精神科医生的检查，我们希望你能就他的精神状况出庭做证，这应该能说服法官下令进行精神检查。"

"我可以就我知道的事情做证。告诉我，米莉，他现在的情况怎么样？"

"他很沮丧，一直跟我说想要回他的戒指。"

我摇了摇头。"那是不可能的，那是让他执迷不悟的玩意。"

"可它又有什么害处呢？"米莉问道，"你肯定不会相信隐身的事。"

"当然不信，但我想说的是，他现在还着着魔呢。把戒指给他，他就会以为自己又能隐身了，并在被带到法庭时设法逃跑。"

律师点头表示同意。"你说得有道理。"

下周一，我去了预审法庭做证，法官下令对被告进行精神检查。以费尼索当时的精神状况看，我甚至怀疑这个案子还能不能进入审判阶段。庭审结束后，我和伦斯警长在法院对面杂货店的柜台上一起吃午餐。

"安娜贝尔怎么样？"他问。

"很好，她下周要去找林肯·琼斯做定期检查。"

"七月很快就会到来。"

"但愿如此。"

"怎么啦，医生？"

我摇了摇头。"是费尼索的案子，没有什么让我满意的。"

"你什么意思？"

"既然费尼索不可能隐身，那就一定有其他的解释。你可能没看到他在黑暗中一瘸一拐走过街道，但他也没有可能靠自己回家。杀死拉尔夫·锡德里克的人一定是从房子的后门出去，摸黑穿过了田野。"

"但在供词中，费尼索详细描述了犯罪过程。如果不是他干的，他怎么能知道细节？"

"没错，警长。这事只有一种解释。是米莉穿着连帽外套穿过街道，杀了锡德里克，然后从后门逃走，再把她的所作所为一五一十地告诉了她丈夫。"

这个猜测有道理，但伦斯警长马上就否决了。"不可能，医生。首先，米莉比她丈夫矮了整整一个头。即使在昏暗的灯光下，我也不会把她误认为是他。几分钟内我就派了一个手下去监视费尼索的家，以防他回去。我的手下用聚光灯照着费尼索的家，但什么也没看到。"

我想了想，没有同意。"不可能是朱利叶斯，除非他真的能隐身。不可能是琼·锡德里克，因为她没有时间做这一切，她也不能告诉朱利叶斯她做了什么。不可能是米莉，因为她太矮了，而且会被人看到她回家。我们还有什么选择吗？"

警长耸了耸肩。"一个路过的流浪汉，想要进屋打劫？"

"别忘了凶器是朱利叶斯·费尼索的手杖，一天前我在他家还见过。"

"那就只能是费尼索了，医生。不管他如何做到，他都是有罪的。这有什么区别？不管怎么说，他都应该进精神病院，那里才是他该去的地方。"

我感觉身心交瘁。"自从来到诺斯蒙特，我还是头一回遇到理不出头绪的疑案。"

无论是在诊所，还是在家里和安娜贝尔待在一起，我都会琢磨这事，以致心烦意乱。"萨姆，你必须把它从你的脑海中抹去。"几天后她告诉我，"还是想想当爸爸的事吧。"

她显然是对的，但第二天早上我决定再去一次警长办公室。"怎么了，医生？"他模仿一个流行的电影卡通人物问道。

"拜托，警长。"

"开个小玩笑，我能为你做什么？"

"你还留着朱利叶斯·费尼索的戒指吗，就是让他隐身的那枚？"

"当然。如果案件进入审判阶段，地区检察官可能需要它，但目前它还在我的档案里。"

他拿出一个信封，把它放到桌子上，我仔细地研究起来。"它看起来不是特别古老或值钱。"

"是的。罗斯珠宝店有卖类似的戒指，每枚十九点九五美元。我查过了。"

"可有什么东西让他确信它就是柏拉图在《理想国》第二卷中描述的古各斯的牧羊人的戒指……"说到一半，我愣住了。

"怎么了，医生？"

"就是这么回事，警长！这就是答案！快走，我在路上再解释。"

我们坐上警长的车，他开车，我开始讲："像朱利叶斯·费尼索这样的人，一个精神有问题的农民，都不知道不能在陡峭的山坡上开拖拉机，又会从哪里看到柏拉图的《理想国》这样的书呢？当然不是在他家，他家的书架上摆的是植物和瓷器雕像，卧室里唯一的读物是西尔斯百货的商品目录。"

"你在说什么，医生？"

"那样的书在同一条路上的另一栋房子里，拉尔夫·锡德里克家。还记得谋杀发生时有些书是如何从书架上被拉下来的吗？"

我们拐上了栗山路。"我们现在要去那里吗？"

"不，我们先去费尼索家。"

这个选择很幸运。米莉和琼正在一起喝早咖啡。"出什么事了？"米莉在门口迎接我们，手里端着一杯咖啡问道。

"案件有了新的进展。"我说。

"跟我们一起喝一杯吧，我再去拿两个杯子。"

"出什么事了？"琼·锡德里克问，"坏消息？"

"某种程度上是。我想给你们讲个故事，与两个女人有关，她们是邻居，拼命想摆脱各自的丈夫。"

咖啡杯从米莉手中滑落。"哦，我的上帝！"

"什么也别说。"琼警告她。

"她没必要说。"我告诉她们，"我来说。朱利叶斯在拖拉机事故中摔断了腿，并威胁要杀死拉尔夫，因为他认为拉尔夫卖给他的是一辆有故障的拖拉机，你们可能就是在那时想到了这个主意。想必在某天早上喝咖啡时，你们确定一了百了的完美办法是朱利叶斯杀死拉尔夫后进精神病院。朱利叶斯的精神状况已经很糟糕，以至于你们认为他可能会被刺激去兑现他的威胁。一定是你，琼，你读过关于牧羊人的戒指和它的隐形能力的书。你甚至找到了一枚戒指，米莉则用它来说服朱利叶斯相信它的力量。"

"我怎么可能说服他呢？"米莉问。

"他当时正因腿伤服用止痛药，这些药让他昏昏沉沉的。再加上他已有精神问题，让他相信以某种方式转动戒指就能隐形并不难。杀人的时间定在那个午夜，只是当时间临近时，朱利叶斯意识到他只是精神上想杀人，身体已经丧失能力了。于是，你们就换成B计划。米莉让躺在床上的朱利叶斯服下超剂量的止痛药，麻痹他的大脑；此时，琼则替他做了要做的事，用手杖打死了她的丈夫。"

"等一下，医生。"警长打断了他的话，"你忘了拉尔夫是被费尼索的手杖杀死的。它是怎么到拉尔夫家去的？"

"我们亲眼看到了它被送到拉尔夫家，警长，在米莉做的棉球雪人里。它和手杖差不多高，手杖肯定是固定那些大棉球的支柱。这就是把雪人扯开以及造成其他破坏的原因。"

"你是说我看到进入那栋房子的是琼？"

"一定是的，警长。米莉太矮了，无法冒充她的丈夫，但琼比较高。她穿上和朱利叶斯一样的连帽外套，腿上裹上白纸，伪装打了石膏，拄着手杖一瘸一拐地走过街道。她从房子的后门出去，从远的一侧绕过房子，来到房前，这就是你似乎不知道从哪里冒出来一个人影的原因。"

然而，警长再次表示反对。"我想我们之前已经排除了这一点，医生。杀人，砸烂房子，然后几乎立刻出现在门口，她可没有足够的时间完成这些。"

"她早就杀了拉尔夫，警长。她把一切都先做好了。当她走到前门打碎玻璃时，他已经死在厨房的地板上了。她只需把外套和白纸扔进杂物堆里，再将拐杖扔在他的尸体旁边，然后尖叫着返回前门就行了。"

"这段时间米莉在干什么？"

"在朱利叶斯因为服药神志不清的情况下跟他谈话，准确地将'他做了什么'告诉他，如何隐身，如何走过街道，如何打破玻璃，如何用手杖杀死锡德里克。她甚至弄脏了他的拖鞋底，以强化故事的真实性。拉尔夫·锡德里克死了，朱利叶斯·费尼索承认杀了他。你亲眼见证了部分情节，警长。这些肯定是真的，只是当计划改变时，琼和米莉疏忽了朱利叶斯回家的方法。她们别无选择，只能编造一个能隐身的角色。"

她们因涉嫌谋杀而被收监，只过了一天，米莉的精神就垮了，如实招供，证实了我说的一切。过了一段时间，伦斯警长对我说："你知道吗，医生，说不定戒指真的能让他隐身。你考虑过吗？"

"我们生活在一个理性的世界，但有时，即使是我也必须考虑非理性的事情。还记得我在费尼索的右手腕上摸过他的脉吗？我趁机转动戒指，把宝石转到他的手心一侧，可他并没有因此隐身。"

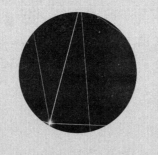

10 自杀别墅

　　转眼到了一九七六年，那天阳光明媚，庆祝萨姆·霍桑医生八十大寿的派对计划正在有条不紊地进行。他抱怨说人们都是瞎忙活，宁愿安静地度过这一天，但这是不可能的。这次的访客他很熟悉，一见面他就喜悦不已。"你给老朋友讲故事，却从不给我讲，现在该轮到我了。你答应过我在你八十大寿的时候给我讲一个的，就讲它吧，我想知道一九四四年夏天发生的那件事。"

　　他笑着说："讲故事的时候，我通常要喝点酒。来杯雪利酒怎么样？"

　　"如果你不介意的话，我更喜欢苏格兰威士忌。苏格兰威士忌兑水就好。"

　　那是一个令人兴奋的夏天。盟军于六月六日猛攻法国海滩，在对内陆实施空降突袭后，拂晓时分登陆诺曼底。尽管伤亡惨重，但登陆成功，第二批部队迅速跟进。而远在后方的诺斯蒙特，我等待着第一个孩子的出生，事情相对平静。安娜贝尔的预产期是七月底，她已经决定如果是个男孩就叫小萨姆。我对这个想法不是很满意，如何起名有待讨论。

　　六月底，安娜贝尔怀孕已有八个月，她把方舟的日常工作交给了助手，但坚持随时准备处理棘手的兽医问题。切斯特湖畔离我们镇几英里，她提议我们去那里租一栋小别墅待产，度过最后一个月。我欣然同意。那里很平静，不过我要出几次诊，我的护士阿普丽尔知道如何在紧急情况下联系我。

切斯特湖以本地早期一位地主的名字命名，宽约一英里，长约五英里，湖面平静。一九二九年，我在那里度过了一个夏天，破解了一起几个人从一艘船屋失踪的谜案。也正是在那里，三十三岁的我第一次坠入爱河。她的名字叫米兰达·格雷，我常常忍不住想知道她后来怎么样了。

刚卸完住一个月所需的东西，安娜贝尔就开始拿米兰达的事开我的玩笑。"可惜我们没能租到米兰达和她叔叔、婶婶住的那栋别墅。我敢说那会勾起你美好的回忆。"

听她这样说，我只能叹息。"早知道就不告诉你米兰达·格雷的事了。那段关系只维持了几个月。"

切斯特湖畔所有的单层小别墅都差不多，一走进我们租的那栋，时间就仿佛回到了一九二九年。客厅占了整栋房子的前半部分，里面有一个小壁炉；左后方是一间单人卧室；厨房和浴室位于右后方，有一扇后门通向砾石铺的车道。如果两人以上要在此过夜，就必须有人睡在客厅的折叠沙发床上。对我们来说，这地方再好不过了，因为可以避免不速之客的打扰。

"我想这就像是第二次度蜜月。"安顿下来后，安娜贝尔说，"或者说，要不是这个大肚子，它就真的是。"她深情地拍了拍自己的肚子，抬头望着客厅的天花板。"我想知道那个钩子是干什么用的。"

"可能是挂悬垂植物用的，我不相信它是什么能激发情趣的东西。"

"伦斯警长说去年夏天这里发生过几起盗窃案。如果抓住小偷，我们可以绑住他的手腕把他吊在上面。"

"这些天你应该只想些美好的事情。"我建议。

"遵命，医生。"

"而且警长也告诉过我们，这个季节别墅主人给所有的别墅门换了新锁。"

就在这时，我们听到有人敲纱门，我走过去开门。一个和我年龄相仿的男人微笑着站在那里，穿着泳裤和汗衫。"霍桑医生，你可能不记得我了。"

"嗯，我……"

"拉斯宾，杰瑞·拉斯宾。几年前，我是清教徒纪念医院的理事之一。"

"当然记得！"我告诉他。我确实想起他是谁了，那时是战前，他开了一家很赚钱的房地产公司。

"我没穿西装，可能乍一看认不出来了。我就住隔壁。"

"请进。"我邀请道，试图为我的迟疑不决表达歉意。

他跟我进到屋里，安娜贝尔急忙用长袍裹住隆起的肚子。"霍桑太太，希望没打扰到你。"他说，"整个七月我会和你们做邻居，我和妻子住隔壁的房子。"

"太好了。"安娜贝尔说。

"我们可能不会待满一个月。"我解释道，"我妻子几周后就要生第一个孩子了。"

"好啊，恭喜你！这真是个好消息。"他自如地在我们的沙发上坐了下来。

"你每年夏天都来这里的别墅住吗？"安娜贝尔问。

杰瑞·拉斯宾点点头。"我妻子喜欢这里，而且现在实行汽油配给制，也没有其他地方可去。我真希望战争快点结束，我那辆旧车撑不了多久了。"

"好消息不断。"我告诉他，"盟军正在各条战线上取得进展。"

拉斯宾点点头。"我们的儿子刚被征召入伍，我希望在他完成基础训练时战争结束。"

安娜贝尔向侧面的窗外瞥了一眼。"你们的小别墅看起来跟我们的很像。"

"湖这边的别墅都差不多。不过,你们这栋与众不同,常来这里的人叫它'自杀别墅'。"

"天哪,为什么?"

"过去两年的夏天,这里都发生了自杀事件。一九四二年是一位老人,去年是一位年轻女人,她的丈夫在所罗门群岛被日本人杀害了。真是太惨了!"

"我记得这两个人。"我说,"但我不知道他们住同一间别墅。"

"我相信你们会打破这个魔咒的。"他笑着说,试图让气氛轻松下来。

安娜贝尔嗯了一声。"拉斯宾先生,虽然发生过两次,但很难说这是魔咒,我认为是巧合。"

我想这个时候他肯定意识到他的来访不合时宜。"我该回去了,我们以后再聊。"

我送他到门口,然后回到安娜贝尔身边。

"我们能忍受他在隔壁住一个月吗?"她问。

"我记得他妻子人很好。我在医院的一次活动中见过她一面,当时他还是理事。"

"这些有关自杀的说法……"

"本月这里不会有人自杀,我向你保证。"

七月四日晚上,切斯特湖附近的房客纷纷沿湖岸燃放铁路照明弹,以纪念国庆日。几栋别墅甚至还放起了烟花和鞭炮,但这些东西在我们这个地区很难买到。第二天是周三,天很快就亮了,阳光明媚。早饭前,已经有小孩在水中嬉戏了。安娜贝尔在门廊上温柔地看着他们。"几年后,其中可能就有一个是我们的萨姆。我们还会再来这里。"

那天早上稍晚一些，她甚至自己去蹚水，我紧张地跟在她身后以防她摔倒。

我们的厨房里有一部电话，每天早上我都会打到诊所向阿普丽尔了解情况。那是一个平静的七月，在她不得不报告的病例中，最严重的是沃克家的一个男孩被黄蜂蜇了。他是那种总是惹麻烦的孩子，记得去年夏天，他从父母的别墅里失踪，害人担心他是淹死在了切斯特湖里。等人们在湖上拖网打捞了一天后，却发现他躲在厨房水槽后面的一个狭小空间里。

接下来的周一，我开车带安娜贝尔去看产科医生，也就是我们的老朋友林肯·琼斯，他说一切都很顺利。"最多还要两周。"他预测道。

回到别墅后，我们又认识了另一位邻居。斯普林太太身材娇小，年近五十岁，曾在波士顿当过护士。她的别墅跟我们的中间隔着一家，但跟杰瑞·拉斯宾夫妇的别墅方向相反。"我跟黑斯廷斯法官挨着住。"在湖边散步聊天时，她停下来告诉我们，"你认识那个法官，对吗？"

我确实认识黑斯廷斯，他在镇上很受欢迎，但没有意识到他的别墅就在我们隔壁。自从我们来到这里，就没听到他的任何动静。斯普林太太继续散步，我则对安娜贝尔说："如果法官真的就在隔壁，我应该去拜访他，跟他打个招呼。我去那边走走。"起初，我以为我的敲门声不会得到回应，但在又敲了一次后，我听到窗帘后面有动静，黑斯廷斯法官亲自开了门，他和坐在法官席上时一样高大威猛。"啊，萨姆·霍桑！你怎么会来这里？"

"安娜贝尔和我从本月一号起就住在隔壁的别墅里，我刚才才知道你也在这里。我没看到周围有人，就以为没有人住。"

他似乎在犹豫是否要请我进去，最后他折中了一下，示意我坐到门廊的椅子上。"莫德身体不太舒服。"他解释道，"所以你才没有看到我们出去。"

门廊上有两把阿迪朗达克椅子，我选了其中一把坐了下来。"我希望她没什么大碍，如果需要医生，我就在隔壁。"

"不，不用了。"他手一挥，否定了这种可能性，"并不严重。这是你们第一次在这里过夏天吗？"

"我们结婚后第一次。我几年前来过这里，但由于我要给病人看病，直到现在我才有时间真正来度假。安娜贝尔这个月就要生我们的第一个孩子，我想尽可能多陪陪她。"

"没有什么能比得上第一个孩子的出生，萨姆。我还记得罗里出生时的情景，一转眼，现在已经快三十年了。"

"他现在怎么样了？"

"空军中尉，我们为他感到骄傲。"

"你们理应感到骄傲，他正在帮我们打赢这场战争。"

门意外地开了，莫德·黑斯廷斯走了出来，坐在我们旁边。她比法官小十岁，但那时她似乎很显老。她没有化妆，比我上次见她时又胖了。我怀疑她的问题更多的是情感上的，而不是身体上的。"你好，医生。"她有些拘谨地对我说，也许她以为她丈夫是因为我的职业喊我过来的。

"莫德，你最近怎么样？"

"好些了，至少我又站起来了。"

黑斯廷斯法官似乎和我一样对她的意外出现感到很惊讶。"你不是应该休息吗，亲爱的？"

"我已经休息够了，可以撑过整个夏天了。我想看看外面发生了什么事。"

"没什么要紧的事，萨姆和他妻子住在隔壁的别墅。"

她瞥了一眼我们的别墅。"自杀别墅。"

"我们租的时候不知道。"我告诉她。

黑斯廷斯法官清了清嗓子。"去年夏天我们就在这儿，那个年轻女人吃了过量的安眠药。她丈夫被杀后，她活不下去了。"

"第一个人是怎么死的？"我问道，"那个老头。"

"开枪自杀。事情发生后，这地方就变得一团糟。房主不得不雇人清洗血迹，重新粉刷客厅。"

"没人对他们中任何一个的死产生怀疑吗？"我问，因为这是我经常问的问题。

"两次都有人叫来了伦斯警长，但别墅的门都锁着，而且从里面闩上了。"

"窗户呢？"

"也一样，萨姆。别担心，如果有什么可疑之处，你早就听说了。"

大约在那时，我看到了一个熟悉的身影正沿着布满岩石的湖岸线散步。那是杰瑞·拉斯宾，我上周重新认识的新朋友，我猜跟他在一起的女人是他的妻子。看到我们在门廊上，他改变路线走了过来。他向我点了点头，然后对法官的妻子说："很高兴看到你又能走动了，莫德。感觉好点了吗？"

"好多了，谢谢。"

"这样的天气任何人都会感觉好一点。"他转向我，"霍桑医生，这是我妻子苏珊。"

我微笑着握了握她的手。"我想我们在几年前医院的一次活动上见过面。"她人高马大，跟她丈夫的块头差不多，我想他们很适合在当地的社交场合出双入对。安娜贝尔和我很少这样做。

我们这里的邮差是卡利·福布斯，小伙子个子不高，此时出现在隔壁斯普林太太租的别墅门前。这一带乡村别墅的信件通常都放在路边的一排信箱里，因此，我猜他一定有什么特快专递的物品要交付给她。看到他敲门没有回应，我说："我最好去看看卡利想干什么。"

我走近时，他转过身来。"我有一份给斯普林太太的特快专递。你知道她是否在附近吗？"

"早些时候我还跟她说过话，卡利。她可能刚开车进城。你可以把东西先交给我吗？"

"不行，她必须亲自签收。谢谢你，霍桑医生。我下次再来吧。"

"我昨天见过她。"当我回到门廊时，苏珊·拉斯宾主动说，"但没有和她说话。她开车要去什么地方。我觉得她像是遇到什么麻烦了。"

我们又聊了一会儿天气和切斯特湖的美景，然后拉斯宾和他的妻子继续散步，我也回家了。不管莫德·黑斯廷斯的病因是什么，她现在似乎已经康复了。

第二天是周二，罗斯福总统宣布他将为第四个任期参加竞选，这引得那些认为总统应该有任期限制的人抱怨连连。然而，全国上下大部分人都支持他，几乎没有人认为纽约州州长杜威能够击败他。

安娜贝尔的助手早些时候打来电话，说遇到了紧急情况，一个上了年纪的寡妇养了十几只猫，但这些猫普遍营养不良。"我得去帮她一两个小时。"安娜贝尔抓起我们那辆旧别克车的钥匙对我说，"我会尽快回来的。"

"最好早些回来！我可不想让我的儿子在方舟出生。"

下午早些时候，斯普林太太出现在我们的别墅门口，想知道是否有人在家。"我在家！"我喊道，走过去迎接她，"我妻子得去一趟方舟。"

"邮差找过我吗？"她问。

"卡利·福布斯？昨天有东西要你亲自签收，他说会再过来。"

"想必那时我在杂货店，错过了他的送件。"

"也许今天他会再来一次，不过我还没见到他。"我请她进屋，给她倒了杯茶，她欣然接受。

"你真好。"当我用热水冲泡茶包时，她对我说，"请叫我格蕾丝。我觉得自己像个喝下午茶的老太太。因为我是个寡妇，大家都同情我。"

"你丈夫是在战争中牺牲的吗？"

"没那么壮烈。他在狱中死于癌症。他酒后驾车，撞死了一个十几岁的女孩。"

"对此我很遗憾。"

"别担心，我不会像去年那个寡妇那样自杀的。"

"我希望不会。"

"这茶的味道真不错。"

我笑着说："我应该请你喝啤酒的，但我不确定我们有没有。"

我告诉她昨天我拜访了黑斯廷斯法官。"显然他的妻子曾经病过，但现在好多了，她还走到门廊上与我聊了一会儿。"

"没有莫德想不到的事。她跟你我一样没什么病，只是想借此引起丈夫的怜惜。"她犹豫了一下，接着说："有一天晚上，我发现她透过我别墅的窗户往里偷窥。"

"她为什么要这么做？"

格蕾丝·斯普林叹了口气。"也许她以为我在勾引法官。"

"哦。"

"我没有，我绝对不会做那样的事。"

"我相信你。"

就在这时，厨房里的电话响了，我去接。安娜贝尔在电话里说她要在方舟再待一个小时。"你没事吧？"我问。

"很好，我一小时后回来。"

"好吧，也许我们可以出去吃晚饭。"

我们又聊了几分钟，我听到格蕾丝·斯普林喊道："我现在得走了，谢谢你的茶！"我还没来得及说再见，纱门就被打开，随即又关上了。

五点刚过，安娜贝尔回来了，我看得出来她有点累。"你是不是只想休息？"我问。

"没有，我很饿，我只是没有力气做晚饭了。"

"这个容易解决。我们开车去麦克斯牛排餐厅，反正我们已经好几周没见麦克斯了。"

"我觉得不错。他那里总是有我能吃的东西。给他打电话吧，确保他为我们留出座位。"

夜渐渐凉了，我决定穿上外套。安娜贝尔换衣服时，我想起了伦斯警长关于入室盗窃的警告，便锁上了前门，插上门闩，并确保关上了所有的窗户。

当我们从后门出去时，她发现了我放在水槽里的茶杯和茶托。"这是什么？你在偷着喝茶？"

我咯咯地笑了。"忘了告诉你，格蕾丝·斯普林来过，我请她喝了一会儿茶。她的日子过得并不轻松。"离开时，我锁上了后门。在开车去镇上的途中，我给她讲了格蕾丝来访的经过。

"我明白了，你现在都对她直呼其名了。"

"是啊，格蕾丝·斯普林是我的秘密情人。"

"那可说不准，度夏的别墅里什么事都会发生。"

"我们这里确实发生过自杀之类的不寻常的事。"

我开车拐进麦克斯牛排餐厅的停车场。跟往常一样，麦克斯很高兴地欢迎了我们，并要为我们送上一瓶他常喝的酒。安娜贝尔表示不喝，我也只是喝了一杯。这顿晚餐吃得很愉快，考虑到安娜贝尔的情况，我们比平时走得早。开车经过我们的家时，我停下车，取出那些没有转寄到湖边别墅的邮件。回到切斯特湖时，天刚刚黑下来。我把车停在别墅后面，然后扶安娜贝尔下车，拿出门钥匙插进锁里，钥匙转动了，但门没有打开。

"这是怎么回事？"我问，"里面的门闩一定是插上了。"

"这怎么可能，除非里面有人？"

我们绕到前门，结果也是如此。"我自己插上的门闩。"我说，"只有后门没有插门闩。我们离开时，别墅里没有人。"

别墅里没开灯，黑漆漆的，我们什么也看不见。我回到车上，拿出杂物箱里的手电筒，透过厨房门上的玻璃照了照。我没看出有什么异常，便绕到客厅的一扇窗户前。安娜贝尔想跟着我，但我把她送回车里锁上了车门。遇到这种情况我很不高兴，总有一种不祥的预感。

借着手电筒的光，我往客厅里看了一会儿，然后关掉手电筒，快步走到隔壁杰瑞·拉斯宾的别墅，因为他屋里有盏灯还亮着。"我可以用一下你的电话吗？"苏珊走到门口时，我问她，"紧急情况。"

"当然，"她说，一脸困惑。

"什么事？"杰瑞问，但我没有回答。

我把警长的电话号码告诉了接线员，等到他接电话时，我语速很快地说道："我在我们的别墅。你最好马上过来，门是锁着的，但我透过窗户看到格蕾丝·斯普林的尸体挂在了天花板的钩子上。"

苏珊·拉斯宾在我身后尖叫起来。

没过十五分钟，伦斯警长带着两名手下赶到。"怎么回事，医生？"他面无表情地问道。

"我已经检查了前后门和所有窗户。它们都从里面锁上了。我让你来是为了破门而入。我从她脖子的角度看出她已经死了。"

"这别墅里又有人自杀了？"

"这正是我们要考虑的问题。可她是怎么进去的？"

警长打碎了厨房门上的玻璃，拉开门闩，这样我就可以用钥匙把门打开了。安娜贝尔已经下车，站在我身边，但我没让她进屋。一进去，我就打开了灯，确认斯普林太太已经死亡。"大概一个多小时以前死的吧。"我猜测道。我告诉警长我们是什么时候去吃晚饭以及什么时候返回的，然后又告诉他那天下午这位死去的女士来过这里。她的茶杯还放在水槽里。

"这里没有人。"一位警员报告说，他完成了别墅的检查，他甚至检查了厨房水槽后面的狭小空间，还把我放在那里的一个小折叠梯子拿了出来。

伦斯警长看了看现场，检查了离她悬空的脚下约三英寸的那条脚凳。"在割断绳子放下她之前，我们给她拍几张照片。如果没有弄得太模糊的话，门把手和门闩上的指纹也要提取一下。"随后他转向我，问道："你怎么看，医生？"

"凶手让她看起来像自杀，这种杀人企图伪装得很拙劣。绳子是我放在厨房里的。她太矮了，不可能站到凳子上把绞索套在自己的脖子上。此外，今天下午她还向我保证，她不会像去年那个寡妇那样在这栋别墅里自杀。"

"可是门窗都是锁着的，她是怎么进来的？如果是谋杀，杀她的凶手又是怎么出去的呢？"

"我想地下室里没有隧道。"我回答。

"见鬼，医生，这些别墅连地下室都没有！"

我们仔细检查了这些锁。它们是最新型的耶鲁弹簧锁，一个锁一把钥匙，伦斯警长很有把握地说别人的钥匙打不开我的门。同样，我们也仔细检查了所有窗户，也没有发现裂缝或出了故障的锁。我把注意力短暂地转向壁炉，但烟道勉强够一只松鼠钻进去。我知道存在一些方法，比如从房间外面用线或钓鱼线拉动门闩，将门闩死，但门和墙壁无缝嵌合，根本行不通。我甚至考虑过一种极小的可能性，即悬挂的尸体本身可被用来拉动一根绳子，从而将门闩插上，但没有证据表明存在这种绳子，那些门闩也不容易拉动。

"我被难住了。"我承认道。

"别逗我了，医生。"警长责备我道，"你可解决过很多比这还棘手的案子。"

"也许到了白天会看得更清楚些。"

我看着他们放下格蕾丝·斯普林的尸体，运走，以便尸检。在此期间，安娜贝尔躲到了拉斯宾夫妇的别墅，直到警长和他的手下离开，我才打电话到隔壁让她回来。"今晚在这儿过夜行不行？"我问，"还是你想回家？"

　　"就在这儿吧，没事的。"

　　"我打电话告诉警长发现格蕾丝的尸体时，苏珊尖叫了，她似乎很难接受这个消息。"

　　安娜贝尔点点头。"她仍然惊魂未定，显然她和格蕾丝·斯普林关系很好。她说有人一直在给格蕾丝寄恐吓信，像是要勒索她。"

　　"那就有意思了。"我思考了一下格蕾丝提供的这个信息，"但正如推理作家雷蒙德·钱德勒①说的那样：勒索者不会开枪杀人。毁掉收入来源，他们将一无所获。"

　　"像斯普林太太这样的女人做了什么事让她成了被勒索的对象呢？"

　　"我想任何事情都有可能。她告诉我她丈夫在一次酒驾事故后死在了监狱里。"

　　我又检查了一遍所有门窗，确保它们在我们上床睡觉前全都锁好了。但我难以入睡，一直在想我身边的安娜贝尔，只有一周左右的时间她就要分娩了，自杀别墅也许不再适合我们住下去了。

　　第二天不到八点我就起床了，在别墅里转了一圈，然后穿过厨房去上厕所。过了一会儿，安娜贝尔也起床了。在我准备早餐时，她说："也许我们应该回家里睡。尽管你没有让我看到她，但我满脑子都是那个挂在那儿的女人。我想这里真的是一栋自杀别墅。"

　　"那不是自杀，是有人杀了她。"

　　"即使门窗都锁着？"

————————
① 美国著名推理作家，其正式发表的第一篇小说即是《勒索者不开枪》。——译者注

"我不知道她是用什么方式进来的，但如果她能进来，凶手就能出去。"

伦斯警长九点多过来了，看上去好像大半夜没睡。"我们拿到了一份初步尸检报告。医生还在研究，但她喉咙上有手指印。在被吊起来之前，她已经被人勒死了。"

"真可怕！"安娜贝尔说，声音中带着怜悯的颤抖，"但为什么要选这栋别墅呢？就因为它被称为自杀别墅？"

"显然是这样。"我告诉警长，"隔壁别墅的苏珊·拉斯宾认为格蕾丝被勒索了。"

"她的丈夫几年前因酒驾而获刑，但有些人认为他是替她顶罪的，后来他死在了监狱里。"

"她昨天来的时候提到了她丈夫，显然她告诉了苏珊·拉斯宾她受到威胁的事。"

"我把卷宗调出来，研究一下。你们还要待在这儿吗，医生？"

"暂时是。"

接着，他离开了我们，黑斯廷斯法官从他住的别墅走了过来。"他带来了什么新消息吗，萨姆？"

"不多。在凶手吊起她来之前，她已经被勒死了，她肯定不是自杀。"

我们坐在门廊上讨论了一会儿，安娜贝尔留在屋里。"如果有杀手在附近游荡，我们谁都不安全。"他告诉我。

"你知道为什么会有人要勒索格蕾丝·斯普林吗？也许与她丈夫的事故有关？"

他想了想，摩挲着瘦削的下巴。"我开庭听证过那个案子。有人怀疑是她在开车，但他把责任承担了下来，我们不得不接受他的认罪。一个女孩被撞死了，我不得不让他坐牢。后来，我们发现他知道自己将死于癌症，也许这就是他愿意顶罪的原因。"

一个邮差拎着一个皮袋走了过来。"你们的邮件是要直接送到别墅吗？"他问我们。

　　法官摇了摇头。"这条路对面有一排信箱。你一定是第一次走这条路。卡利·福布斯呢？"

　　"他今天早上打电话请了病假。既然我都来这儿了，不妨就把邮件交给你们吧。"

　　黑斯廷斯法官接过几份邮件，安娜贝尔和我只收到了一份，是我让林肯·琼斯寄给我们的就诊账单。"我最好回去看看莫德。"法官说，"她今天心情很糟糕。"

　　"有什么我能帮忙的吗？"

　　"不，没有。只是……"

　　"生活出状况了？"

　　"是的，有些像莫德这样的女性活得真的很痛苦。"

　　"现在有种新药，可能会有帮助。让她跟我诊所的阿普丽尔约个时间，我很乐意在她需要的任何时候过来给她检查。"

　　"谢谢你，萨姆。"

　　他走后，我回到屋里。电话铃响时，安娜贝尔正躺在一张休闲椅上休息。电话线扭得厉害，我花了点时间才将它理顺。电话那头是伦斯警长。"医生，我这里没有多少格蕾丝·斯普林的资料。我试图寻找那次事故中丧生的女孩的父母，但他们住在芝加哥，事故发生时，他们是来探望妻弟的。"

　　我几乎没听他说的是什么，只是愣愣地盯着电话线，努力回忆我和安娜贝尔上次用电话是什么时候。我想起我昨晚向麦克斯牛排餐厅订桌时打过电话。"警长，"我平静地说，"我想你最好来一趟。"

　　"谁啊？"安娜贝尔想知道我想干吗，当我走到门廊时，她跟着我到了外面。

　　"伦斯警长。他有一些那个死去女人的新信息。我建议他开车过来。"

"这案子你有头绪了吗？"她问。

"也许有了。"

我把话题转移到天气上，对万里无云的蓝天和舒适的温度评论了一番。她马上就要分娩了，我不想因任何事情让她感到不安或害怕。在我看到警长的车停在别墅后面时，我建议她去看看苏珊·拉斯宾，此时苏珊已经走到了她家的门廊上。

"怎么了，萨姆？"我妻子问，"你为什么不想我留在这儿？"

"我只是觉得你待在那儿会更舒服。"

"我要留下来。"安娜贝尔坚定地说。她有时很固执。

伦斯警长从厨房的门进来，脸上带着期待的神情。"你已经想明白了，是不是，医生？"

"我想是的。"

"哦，告诉我们怎么回事！"我妻子要求道，"你这么紧张干什么。"

"好吧。"我说，"我想我们已经证明格蕾丝·斯普林不可能是自杀，也证明了凶手在杀了她之后无法离开这栋别墅。我想起福尔摩斯曾经说过，将不可能的事情全都排除之后，剩下的事情，无论多么不可能，都一定是真相。"

"你在说什么，医生？"

"凶手就在这里，不可能从锁着的门窗离开。因此，凶手还在这栋别墅里。"

警长的手本能地垂到了枪套里左轮手枪的枪托上。"这不可能。"

"是吗？我的第一个问题是格蕾丝·斯普林最初是怎么进来的，以及她为什么要来这栋别墅。昨天下午我跟安娜贝尔通电话时，我以为我听到她离开了。她一直在喝茶，但她突然大声说她要走，我也听到纱门开了又关。今天早上我注意到我们的电话线扭得厉害，说明在我们离开后，除了安娜贝尔和我之外，还有人用过电话。那时我开始怀疑格蕾丝根本就没离开过。她藏在这里，趁我们出去吃晚餐时给凶手打了电话。她听到我告诉安娜贝尔我们可能会出去吃晚饭，然后意识到自杀别墅就是她想要的完美场所。"

"那是要干什么？"

"她要杀了勒索她的人，并且让它看上去像是又一起自杀事件。"

"但是她能藏在哪里呢？"我妻子问，"这地方又不是很大，就连水槽后面的狭小空间都被那架梯子塞满了。"

"她个子不高。我打电话时，她只用一会儿工夫就把客厅里的折叠床半打开，悄悄藏了进去。"他们的目光投向了沙发，我继续讲："我们一走，她就出来打电话给勒索她的人，安排他在这里见面，找的借口可能是答应给他钱。在等待期间，她可能从后门溜了出去，到她的别墅去拿武器。当他到达时，她已经准备好了，可能还有枪，这是最方便伪造自杀的武器。"

"你是说勒索者杀了她？"伦斯警长问，"但如果她有枪，她为什么不朝他开枪呢？"

"他们肯定为枪扭打过，他把她掐死了。走到这一步，他只能把她吊到天花板的钩子上，寄希望于我们不会发现她喉咙上的手指印。如此一来，自杀别墅又多了一个死亡案例。"

"你是说凶手躲进了她藏身的折叠床，他还在那儿吗？"

"这正是我要告诉你们的。他认为我们在发现尸体后不会再在这里过夜，一旦我们确定格蕾丝是自杀，他就会从后门溜走。只不过我们留了下来，他被困在了这里。"

就在这时，伦斯警长走过来，掀开沙发坐垫，试图检查里面的情况。也许他觉得我的想法太疯狂，不可能是真的。也许他没有想到，如果我是对的，凶手可能正在里面拿着格蕾丝的枪。折叠床打开，他出现在我们的视野中，用枪指着我，安娜贝尔做了她做过的最疯狂的事。她猛地扑向他，带着肚子里的孩子……

老萨姆医生讲完了他的故事，也喝完了他的酒。他看着听者的眼睛说："萨曼莎，你就是在那晚出生的，提前了一周。"

"凶手是……"

"当然是我们那儿的邮递员卡利·福布斯。他像格蕾丝·斯普林那样身材矮小，很容易藏到折叠床里。那天早上，他甚至早早爬出来，用我们的电话请了病假。但他不能就那么一走了之，因为我们会发现他离开的那扇门没有上锁，知道他一直在屋里藏着。他是在事故中丧生的女孩的舅舅，他确信当时开车的是格蕾丝。也许是出于内疚，开始时她给了他钱，但最后还是决定要杀了他。她趁我们吃饭的空当把他引到别墅里，拿枪等着他。邮递员大多手臂强壮有力，他从她手中夺过了枪，并在这个过程中掐死了她。然后他找到绳子，套到她的喉咙上，以掩盖淤伤，然后用梯子把她挂到钩子上。他收起梯子，最后一刻才想到她需要一个站在上面的东西，于是他把凳子放到那里，在黑暗的环境中没有意识到凳子太低了。"

萨曼莎惊奇地摇了摇头。"妈妈那样扑向他，岂不是可能会害死自己，也可能会害死我？"

"我想这就是直到现在我们才告诉你这件事的原因。你要再来一杯威士忌吗？"

她拨开眼前长长的黑发，露出一双漂亮的眼睛，笑了。"不了，我们去找妈妈和你们的外孙子吧。"

11

夏天的雪人

"当时，我们的女儿萨曼莎刚出生不久，才七周大，"萨姆·霍桑医生告诉他的访客，"诺斯蒙特发生了一起谋杀案，在需要我帮忙破解的罪案中，它是最令人费解的之一。在某种程度上，它就一直没有定案。如果你愿意和我喝一小杯，我会很乐意把这个故事讲给你听。"

那是一九四四年八月下旬，盟军在各条战线上进展顺利。盟军已经进入巴黎郊区，预计几天之内就会攻陷巴黎。我们当地一些服役的小伙子甚至休假回家了，我在镇上还看到过他们。安娜贝尔重新开始方舟的工作，她把女儿放在柳条篮子里，每天带在身边。女儿现在可以在兽医诊所度过童年，我还不能想象她以后会如何长大成人，不过有安娜贝尔这样的妈妈陪在身边，她肯定是不会有危险的。到她开始蹒跚学步时，我们就需要找人照顾她了。一天吃晚饭时，安娜贝尔跟我提到了斯科特·格罗斯曼。由于大多数年轻人都去参军了，他是本镇为数不多的标准单身汉。

"我们应该为他找个漂亮姑娘。"安娜贝尔在格罗斯曼某天晚上带着自己得了小病的猫去方舟看病后决定道。

"他有什么问题吗？怎么可以不服兵役？"

"我想可能是查体没过关吧。你可是医生，不要问这样的问题，萨姆。从耳膜穿孔到同性恋，都可能是他无法参军的原因。"

"如果是后者，他就不需要一个漂亮姑娘。"我指出。

"萨姆！"

格罗斯曼年近四十岁，有一个哥哥和一个姐姐，他们都已结婚成家，他则形单影只，跟自己养的猫一起住。他不是我的病人，但在诺斯蒙特这样的小镇上，我们都很了解对方。"你怎么会突然对他这么感兴趣？"我问她。

"我不知道，他看起来像个好人。他告诉我周六他要为八岁的侄子办一场生日派对，而且他还有一个侄子从海军部队回来休假了。"

"他还得回去，"我预言道，"仗还没打完呢。"

"他们说一旦攻下巴黎，德国军队就会土崩瓦解。"

"我对此表示怀疑，他们会不惜一切代价守住自己的国家的。"

此后，我没再想过格罗斯曼的事，直到周六，那天的新闻报道说巴黎已被攻占，美国军队正沿着香榭丽舍大街行进。真是个大喜之日，让我们这里温暖的夏末变得更加宜人。安娜贝尔给女儿喂奶时，我在门廊上休息，没承想伦斯警长开着他的巡逻车停在了房前。

"天气很舒服吧？"我对他喊道。

"半小时前还挺好。斯科特·格罗斯曼家出事了，如果你有空的话，我需要你去帮一下忙。"

"怎么了，有人病了？"

"不知道。他的几个家人来参加生日派对，发现房门锁着，透过厨房窗帘，他们看到地板上躺着个人。"

我告诉安娜贝尔我要跟警长去一趟，她立马回应说："拜托，千万不要再有奇怪的密室了！"

大约十分钟后，我们来到格罗斯曼在达科塔街的小房子，发现门前站着一群人，他们都是来参加生日派对的。八岁的托德是这里的明星，焦躁地等待着派对的开始。他的哥哥米奇在休假，穿着便装，没穿海军制服，正试图安抚这位小寿星。小托德的父母休·格罗斯曼和薇姬·格罗斯曼看起来越来越担心。格罗斯曼的妹妹埃塞尔则显然已经沉不住气了，看到我从警长的车里出来，她拉着一个金色鬈发的小女孩向我跑来，小女孩的年龄可能不到五岁。

"萨姆医生，这是艾米·费瑟斯，住在那栋和这里隔着一栋房子的绿色房子里。告诉医生你看到了什么，艾米。"

小女孩抬起头，一双蓝眼睛睁得大大的，看着我。"我看到了一个雪人，"她说，"一眨眼的工夫，它就进了格罗斯曼先生的家。"

打碎厨房门上的玻璃后，米奇·格罗斯曼伸手进去拉开了门闩。我们进去时，发现斯科特的尸体躺在厨房的地板上，靠近通往客厅的门口。"看样子是心脏受伤了。"我说，"如果是子弹，那伤口就太大了，所以可能是一把刀。"

在伦斯警长和我进行检查时，孩子们被拦在外面，由薇姬·格罗斯曼照看。"前门和后门都是锁着的，而且还从里面插上了门闩，"警长告诉我，"一扇侧窗开着，以便新鲜空气流入，但纱窗从里面关得很死。没人能从那里出去。"

"住在附近的小女孩说她看到一个雪人进来了。"

"是啊，可现在是八月！"

"你可能觉得不靠谱，但她是我唯一的证人。"

"她还不如说是圣诞老人杀了他。他有没有可能当时没死，在袭击者离开后把门闩上了？"

我摇了摇头。"他应该是当场就死了，尸检结果会显示伤口直达心脏。有没有发现可疑的凶器？"

伦斯警长摇了摇头。"想必凶手带走了。"

我在小客厅里转了一圈，注意到茶几上有几本平装西部小说和一副廉价的国际象棋，还摆着一个直径十二英寸的地球仪和一盏仿制古董水晶灯。我试着想象房子里缺少了什么，然后想到了猫。"猫在哪儿？"我问。

"什么？"

"斯科特的猫，安娜贝尔为它治疗过感染之类的小毛病。"

我们四处寻找，但没有找到，最后我上到楼顶，只见椽子下面有一间小卧室。"它在这儿！"我边喊边开门，猫跑出来迎接我。"想不到他在这里养着它。"我弯腰抚摸了它一下，然后关上门，不能让它去到尸体旁边。在楼上时，我检查了一个储物区，但它的空间不大，连一个小个子都藏不下。没有地下室，房子里也没有凶手用来藏身的沙发或折叠床。

伦斯警长发现客厅的地毯上有什么东西，我下楼时，他正跪在地上。"听着，医生。这一大块地毯都湿透了。你看看是怎么回事？"

"那是雪人融化的地方，警长。如果是冰棱的话，那很可能就是凶器。"我不想这么说，但似乎也别无选择。

一家人都走了，去了托德家为他庆祝生日。"我们不能让他叔叔的死毁了他的生日。"薇姬·格罗斯曼说，她似乎对小叔子被杀无动于衷。我答应稍后过去，哪怕只是为了让他们在这不幸的日子里高兴一下，但首先我想和小艾米·费瑟斯的父母谈谈。她的母亲珍妮特在家，立刻把我请了进去，很想知道和自己家就隔着一栋房子的地方发生了什么事。

"恐怕你的邻居被人杀了。"我告诉她。

她身材高大，有超重的趋势，我希望她的女儿长大后不会像她一样。"格罗斯曼先生吗？艾米是这么说的，但我不相信。"

我看向正在客厅的另一边玩玩偶的女孩。"她经常编故事吗，费瑟斯太太？"

"艾米吗？不会。玩娃娃时她会编个小故事，这个年龄的女孩大都这样，但她从不对我撒谎。"

"她说她看到一个雪人进了格罗斯曼家。"

"我知道，我尝试跟她讲道理，告诉她夏天不可能有雪人，但她坚持说她看到的就是雪人。"

"我们能不能把她带到院子里一下，让她告诉我她当时站在哪里？"

"当然可以。"她喊了女儿一声。女孩跑了过来，准备开始新的冒险。来到外面，她越过隔壁的院子指向斯科特·格罗斯曼的房子。"我看到雪人的时候就在这儿。"

"中间有一道树篱。"我说，"你可能看不到它的脚。"

"没看到，但我看到了它的其余部分，尤其是它的头。"

"你能把看到的东西给我们画下来吗？"

"可以。"她同意了，急切地想帮上忙。我们回到屋里，她很快就画出了一个白色的人影，从树篱后面经过，头又大又圆，只可能是雪人。

"它有眼睛和鼻子吗？"我问。

她想了想。"我没有看到。"

"谢谢你，艾米。你帮了我大忙。还有你，费瑟斯太太。"我们走到艾米听不见的地方时，费瑟斯悄悄地问道："是入室抢劫吗？"

"眼下我们无从判断，你有没有碰巧看到有人离开他的房子？"

"没有，我没往那边看。在房子后面，我看到一个身穿短裤和汗衫的高中男孩在跑步，还有一个女人在街边遛她的小猎犬。当地的清洁工周六照常来收垃圾。当艾米独自在院子里时，我几乎一直看着她。"

"所以你没有碰巧看到雪人。"

她笑了。"我想只有五岁的孩子才会在大热天里看到它。"

我离开她们，开车去休·格罗斯曼家。他正在打电话，给亲戚朋友报丧，告诉他们斯科特的死讯。在客厅里，他的妻子薇姬正尽最大努力营造气氛，确保小托德的生日派对不被完全毁掉。休·格罗斯曼的妹妹埃塞尔和她的丈夫皮特·诺里斯在一起，他是卡车司机，此次来他把车停在了房子前面。

"伦斯警长来过吗？"我问薇姬。

"还没有。他说他们检查完犯罪现场就过来。"埃塞尔终于感受到斯科特的去世意味着什么，几乎就要哭出来了。

注意到休挂了电话，我过去找他谈话。"你知道是谁杀了你弟弟吗？"

"完全不知道，镇上大多数人都喜欢斯科特。"

"他总是把房子像那样锁得严严实实吗？"

"这么热的天气肯定不会，杀他的人 定是怕被人打扰。"

"每个人都有对自己怀有敌意的人，休，你弟弟想必也不例外。"

"有的话，也不是外人。"

我顿时一激灵。"你这样说是什么意思？"

还没等他回答，伦斯警长就带着一个手下过来了。薇姬赶紧上前拦住他，以免他破坏庆生的气氛。托德正忙着和他哥哥玩新游戏，似乎没有注意到警长的到来。

"我能赶上吃生日蛋糕吗？"警长问道。休·格罗斯曼笑了。"我们肯定会为你留一块的。有什么消息吗？"

"没有。门把手和其他可能留下指纹的地方都被擦干净了。"

埃塞尔·诺里斯也过来了。她很苗条，看起来有点像她的兄弟们。"我不知道你听说了什么，警长，但我想让你知道，斯科特被杀的时候，我丈夫根本不在镇上。他半小时前刚开卡车过来。"

我想起休刚才说过的话。"他们之间有什么矛盾吗？"

她头一甩，似乎不想理会我的问题，但又决定回答这个问题。"皮特是个卡车司机，一条腿瘸了，没法服役。斯科特总拿这事取笑他，他都忘了自己也没参过军。本来这是小事一桩，但不知怎么，闹大了。"

"肯定没大到杀人的程度。"

"当然没有！我只是想让警长知道有这回事而已。"

她走开了，薇姬·格罗斯曼立刻走了过来。"今天是我儿子的八岁生日，警长，大家心情都不好。你们就不能留到明天再问吗？"

"好吧。"警长答应道。

我跟着他走到外面，在他的车里坐了一会儿，我们讨论起这个案子。"你怎么想？"我问。

"什么想法都没有。一个雪人，或者假扮成雪人的人，进入斯科特·格罗斯曼的房子，刺死了他，然后融化了，两扇门都从里面闩上了，窗纱也从里面关着。"

"也许雪人没有杀他，"我说，"也许雪人就是格罗斯曼本人。"

"自杀？"

"嗯……那我们就得解释为什么凶器不见了。还有雪人服装呢？为什么除了那个小女孩没有人注意到雪人呢？"

"每次你都想得非常复杂，医生。"

我笑了笑。"我想我该回家看看萨曼莎怎么样了。"

"真是个好名字，每次提到她我都会露出笑容。"

"我也是。"

早上，安娜贝尔坚持要我们去教堂。我不是那种常在周日去教堂做礼拜的人，但自从我们结婚后，我就越来越多地陪安娜贝尔一起去。"我们得考虑洗礼，"她说，"以及教父、教母的事了。"

"我想让阿普丽尔当教母，"我决定道，"我是她儿子的教父，她还以我的名字给他取名。"

"好啊，那让麦克斯当教父怎么样？"麦克斯·福蒂斯丘是我们最喜欢的麦克斯牛排餐厅的老板，我们的婚宴就是在那里举行的。

我笑了笑。"这不很快就解决了嘛，如果有牧师在，或许我们可以定下日期。"

"斯科特·格罗斯曼的谋杀案怎么样了？有线索吗？"

"当然，那天本来要举办他侄子托德的八岁生日派对，一个邻居女孩认为她看到一个雪人进了房子。她看到的当然不是雪人，但她看到的是什么呢？一个其他人没有注意到的穿着雪人服装的人？凶手是怎么离开房子的？"我快速讲了一遍我们所知不多的一些细节。

"那里就没有其他人吗？"

"除了楼上卧室里的猫，没有其他生物，我不知道斯科特为什么会把它放在那里。"

"这个我可以回答，"安娜贝尔说，"斯科特要为小托德搞派对庆生，而他曾说过托德对猫过敏。这是他那个家族分支遗传下来的毛病。"

"你了解埃塞尔的丈夫，就是那个卡车司机吗？"

"皮特·诺里斯？我从没真正与他见过面，但在附近看到过他。他说话有时会大喊大叫。我听说他和斯科特在上个月的家庭野餐中起了争执。"

"还有谁可能有理由杀死斯科特？"

"没啦，据我所知，他没有女朋友，也就没人感到嫉妒或被抛弃。如果他有，那他肯定是不想公开。"

礼拜结束后，我们和查特斯牧师谈了洗礼的事，并安排了日期。我们正要离开时，他问我："你在帮伦斯警长调查格罗斯曼一案？"

"我们谈过这件事。"我承认道，"你认识斯科特？"

"我认识他们全家。周三的葬礼祝祷仪式由我主持。休和薇姬是我的教区居民，虽然我不经常见到他们。"

回到家后，我给警长打去电话，得知尸检已经完成，斯科特的尸体被送去了殡仪馆。"那是一把宽刃刀，"他告诉我，"很可能是某种厨房用刀，但我们还没有找到它。它直接刺入了斯科特的心脏。我们发现他时，他已经死了大约两个小时了。"

"我最好去看看他的家人。"我决定道。

那天晚上，休和薇姬家气氛凝重，一家人都在等待警察来访。米奇不断地讲太平洋战争的故事，竭力让谈话继续下去。小托德聚精会神地听着，问他见过的海战是什么样子的。米奇是个英俊的小伙子，看起来他应该去上学，而不是在地球的另一边打仗。"六月，我在塞班岛附近的一艘护航航母上，"他告诉我们，"假期结束后，我必须回到圣迭戈执行新任务。"

由于超龄，我不能接受征召，从未服过兵役，所以很难想象他讲的是什么样的情景。作战的压力持续增加，敌人的战机在周围盘旋，潜艇在游弋，就算是在一艘船员不与敌人正面交锋的船上，想必也会令人紧张不安。

"我希望等我长到能打仗的时候，战争还在继续。"听完哥哥的冒险经历后，托德对他们说。

我祈祷他永远不要看到战争的真实面目。

当晚，安娜贝尔和我去了殡仪馆。在那个年代，死者通常要停灵两三天，供人吊唁，然后下葬。我们往外走时，薇姬与我妻子说起了死者的猫。"它的名字就叫米奥，"她说，"你知道什么人家可能会喜欢它吗？我们愿意带它走，但由于孩子们过敏……"

安娜贝尔瞥了我一眼。"在听说有人想要一只猫之前，我们可以养它一段时间。它长得很好看。"

我担心这可能是一段永久关系的开始，尤其是当萨曼莎长大一点的时候，但我还是欣然同意了。

"我们很乐意收留它，它现在在哪儿？"

薇姬朝她的小姑子喊道："埃塞尔，米奥在你那儿，对吧？"

埃塞尔·诺里斯走到我们这边。"是啊，你给它找到家了？"

"萨姆医生和安娜贝尔会暂时照看它。"

"那太好了，它在我们家。我们九点离开这里，如果你们愿意，到时可以去接它。"

还有二十五分钟，我们决定等一会儿。查特斯牧师主持了几次祝祷，就在九点之前，珍妮特·费瑟斯悄悄走了过来。"艾米和她父亲在家，"她告诉我们，"我想我应该来吊唁。斯科特是个好邻居。"

"他曾经请艾米去过他家里？"

"哦，不，我不允许她到邻居家去，除非我跟着。不过，如果看到她在院子里玩耍，他总是很高兴。"

考虑到殡仪馆气氛悲伤，托德没来，但他的哥哥米奇来了，穿着蓝色制服，帮着接待送葬者。"你什么时候回部队？"我问他。

"葬礼之后。我被分配前往的那艘护航航母下周将从圣迭戈启航。"他咧嘴一笑，"但我或许不应该告诉你这个。军事秘密。"

"我的口风很紧，放心好了。"我向他保证。

他的父亲休走了过来。"他穿制服是不是很帅？他妈妈和我都为他感到骄傲。这场可怕的悲剧破坏了他的休假，真是太糟糕了。"

"你知道你弟弟可能出了什么事吗？"我问休。

"我想应该是抢劫，他在这世上没有仇人。"

"门都是从里面闩上的，窗纱也是从里面关上的。他可能让凶手进到了屋里，但凶手没有办法离开。"我觉得这时候最好还是别提雪人的事了。

"尽管我不愿意这样认为，但我还是想说，他会不会是自杀？"

"他曾经暗示过要自杀吗？"

"没有，但有时他很沮丧。"

"你妹妹怎么想？"

他哼了一声。"埃塞尔只是急于告诉大家，事发时皮特不在镇上。"

"我们现在要去他们家接斯科特的猫。安娜贝尔和我会照顾它，直到我们为它找到一个合适的家。"

"你心肠真好，米奥是斯科特唯一的伙伴。"

我们跟着埃塞尔和皮特从殡仪馆出发，来到他们在镇北边的简陋住宅。"家里的其他人也要过来待一会儿。"她告诉我们，"薇姬还得去邻居家接托德。"当这一家人聚齐，安娜贝尔开始重新与米奥认识时，我走过去跟小托德聊了聊。"你的生日派对怎么样？"我随意问道。

"我觉得不错，但我为斯科特叔叔感到难过。"

"你经常见到他吗？"

"是啊，有时爸爸妈妈外出他就会照顾我。"

"你喜欢他吗？"

他点了点头。"我们会一起玩游戏。"

"你的生日收到了很多好礼物吗？"

"妈妈和爸爸送了我一辆自行车，埃塞尔姑姑和皮特姑夫送了我一套建筑拼装玩具。"

"你喜欢在冬天堆雪人吗？"

他咧嘴一笑。"喜欢，雪下得够大就行。"

"你在夏天见过雪人吗？"我问。

"当然没有！它们会化的！"

"你认识艾米吗？住在你斯科特叔叔家附近的那个小女孩。"

"我不大跟女孩子玩。"他告诉我，"我去那边时，有时会看到她在院子里玩。"

安娜贝尔和我不久就带着米奥离开了。"它真是个可爱的小家伙。"我妻子说着，把猫举起来仔细看了看，"不过，我们也许该给它起个更好听的名字。"

周一，天气由晴转阴，大概率要下雨。早上醒来时，我对雪人谋杀案有了新的想法，就连吃早饭时也在不停地思考。接着，我打电话到诊所，告诉阿普丽尔我可能会晚一点到。

安娜贝尔和小萨曼莎出发去方舟了，我再次开车来到达科塔街。不过这次来，我感兴趣的不是斯科特·格罗斯曼的房子，而是他邻居后院垃圾桶里的东西。当珍妮特·费瑟斯出现在我身边时，我已经检查了六个附近的垃圾桶。

"哦，是你啊，霍桑医生。我看到有人在翻垃圾，想知道发生了什么事。"

"对不起，珍妮特。我应该先和你打声招呼的，但垃圾桶似乎都是空的。"

"是的，他们周六下午来把垃圾收走了。"

"哦，我应该记得的。"

"想进来喝杯咖啡吗？"

"恐怕不行，我今天太忙了，但还是谢谢你的邀请。"

我掉头前往镇上的垃圾场，对于能否找到我想找的东西并不抱希望。我的别克车噼啪作响，这是快不行了的预兆啊，我只希望它能再撑一年。作为一名医生，有新车可买时，我有优先购买权，但我讨厌跟更需要新车的人争抢。到垃圾场后，我问工人在哪里可以找到周六拉来的垃圾。"你丢了什么东西吗？"其中一人问道，"在这种乱糟糟的地方很难找的。"

"应该是一个扁平的包裹，不太大，用白纸包着。"

"它是从镇子的哪个地方来的？"

"达科塔街附近。"

"你是说周六？"

"没错。"

他带我去了垃圾场的右侧。"它可能在这一片的某个地方。昨天没收垃圾，应该还在顶部附近。"

我在那堆乱七八糟的东西中间翻找了大约十五分钟，差不多就在确定我要一无所获时，我发现了一张白纸，就像屠夫用来包肉的那种一样。我屏住呼吸，使劲往外拽它。

"找到你要找的东西了吗？"当我小心翼翼地打开那张纸时，那位工人问道。

"是的。"我几乎都说不出话来了，"就是它。谢谢你的帮助。"

那天下午晚些时候，伦斯警长和我又去了殡仪馆。楼下有间吸烟室，供家人和朋友避开楼上的喧闹来喘口气。就在这里，我们看到了穿着海军制服的米奇·格罗斯曼，他正把脸埋在双手中。见此情景，我立刻知道这个令人费解的谜案将要破解。

"你想跟我们说些什么吗，米奇？"我在他身边坐下，轻声问道。

"什么意思，医生？"

我打开我的医药包，拿出用白纸包着的包裹。"我们找到了这个。"我说，"你愿意告诉我们发生了什么事吗？"

他看到后大吃一惊，双手上扬，仿佛要抵御某种不可言喻的恐吓。"你怎么会有这个？怎么会？"

"我在镇上的垃圾场翻了个遍才找到它。"我打开白纸，给他看他周六穿的白色夏季制服。胸前有明显的血迹，只不过已经干了，但足以说明问题。"你为什么杀你叔叔，米奇？"

"上帝救救我，我别无选择。"

"告诉我们吧。"伦斯警长催促道。

"从我十一二岁开始，他就一直……我不懂……他老是用手在我身上摸来摸去……他想让我做那种事。"

"你有没有告诉你的父母？"警长问。

"我怎么说？他是我父亲的兄弟。他们会说那都是我的胡思乱想。"

"周六那天发生了什么事？"

"他正在忙活托德的生日派对，他建议我早点过去，这样我们就可以聊聊天。我应该知道他想干什么，但我一直在外地，以为他已经放下了。我带着给托德的生日礼物去了，但他又开始了，好像我从没离开过一样。我叫他住手。我们站在厨房门口，他说起托德，说再过几年托德就长大了。我……我简直要疯了，抓起一把厨房的尖刀，刺进了他的胸膛。"

事情就是这样。他开始抽泣，我知道剩下的故事该我讲了。"告诉我们你是怎么发现这一切的，医生。"警长说。

"涉及两件事，杀人者的进入及离开。很显然，五岁的艾米·费瑟斯在街边看到了'进入'。她只是看了一眼，所以认为看到了一个雪人，甚至还给我们画出了圆圆的大脑袋。八月天当然不会有雪人，我就一直问自己那会是什么。会不会是哪个参加生日派对的客人带着礼物早到了呢？斯科特的房子里没有明显的白色球体，但奇怪的是，茶几上放着一个直径十二英寸的地球仪，旁边还放着一盏仿制古董灯。这似乎是在远方的海军服役的哥哥送给一个八岁男孩的完美礼物。"

"你是说米奇来的时候头上顶着地球仪？"

"实际上是在他肩上。对吧，米奇？从侧面看，它大到可以挡住你的头，再加上它用白纸包裹着。小艾米快速看了一眼，看到的就是一个有着大圆头的白衣人。对她这种生活经验有限的人来说，那当然是一个雪人。"

"但他为什么要拆开生日礼物呢？"伦斯警长不理解，"他根本不需要那个地球仪。"

"他不需要地球仪，但需要那张纸。"我指了指我面前的包裹，"斯科特的血溅到了他的白色制服上，他不能穿着它出门。在杀人后的那段时间，他希望能掩盖罪行，隐藏尸体。"

"一大片地毯湿了是怎么回事？"

我微微一笑。"你以为雪人在那里融化了？那是他清洗地毯上的血迹造成的。也许他还有什么疯狂的想法，比如在被发现之前把尸体弄出去。当然，这不可能。他只能把尸体拖进厨房，清洗刀，清洗地毯上的血迹，然后脱下制服。"

"什么？你的意思是他是光着身子离开的？"

"当然不是。他用白纸包起那件溅上血的制服，跑出后门，将它扔进一个等待清空的垃圾桶里。然后，他穿着短裤和汗衫跑回家。由于长着一张娃娃脸，有一个邻居误以为他是高中生，在为参加田径队而练习跑步。"

"后门是从里面闩上的。"伦斯警长提醒我。

"他走的时候不是。别忘了是米奇伸手穿过门上的碎玻璃，假装拉开门闩的。如此一来，他就掩盖了门一直没闩的事实，让我们感觉这是一起看似不可能发生的谋杀案。他是唯一能想到这样作假的人，我想通这一点后，其余的便全都讲得通了。另一个因素是猫。为什么斯科特要在小托德来之前把它关起来两个多小时？因为托德的哥哥米奇也是过敏体质，而且他会到得更早。"

伦斯警长深吸了一口气。"很抱歉，米奇，但我必须逮捕你。"

米奇的表情极度痛苦，警长和我都感受到了。"难道不可能是自杀吗，警长？"我问，"如果大家都知道他为什么杀人，他的家人会更不好受吧？"

"那凶器呢？"

"我们在炉子下面找到了。"

"但我搜了……"然后他停了下来，注视着这个稚气未脱的年轻人，"你说你何时归队？"

"我应该在周三葬礼结束后马上离开。"

伦斯警长朝我这边瞥了一眼。"你有了新的机会，孩子。"他告诉米奇·格罗斯曼，"好好利用它吧。"

诺斯蒙特人得知的是斯科特·格罗斯曼死于自杀。然而，有时上天做事的方式很奇怪。两个月后的十月二十六日，米奇·格罗斯曼所服役的护航航母在菲律宾附近的海域投入战斗，第一批神风特攻队的自杀式飞机撞了上去，米奇阵亡。

12

神秘的
病人

  "从战争伊始,远在诺斯蒙特的我们就感受到了它的残酷,因为本镇有六位勇敢的小伙子在战斗中牺牲。"萨姆·霍桑医生一边讲,一边为他和访客各倒了一杯小酒,"但直到一九四四年十月,战争才真正影响到我们的小镇,不过方式很奇怪,而且多年来一直不为人知。"

  事情始于十月的一个周一,那天天色阴沉,一位年轻人拜访我的诊所。他衣着讲究,五官轮廓分明,三十多岁,说自己叫罗伯特·巴诺维奇。我很奇怪他为什么没服兵役。"你哪里不舒服?"我问。

  从长相到穿着,他都不像本地人,我首先想到的是他可能是在旅途中生病了。

  "没什么毛病,霍桑医生。"他打开一个证件夹,朝我亮出徽章和带照片的身份证。"联邦调查局探员巴诺维奇。"

  "噢!"这是我唯一想要说的话。

  他笑了笑。"别担心,你不会被捕。我被派来讨论两天后这里将要发生的一件重要的事情。你知道这是最高机密。当然,院方也知道,我告诉你是因为你的诊所设在清教徒纪念医院,而且很可能你会被邀请参与此事,提供咨询意见。另外,你也通过了背景调查。我们要从国外带来一位神秘病人。他受了某种伤,但没有生命危险。这人来时头和脸会缠满绷带,部分原因是他的伤势所需,但更多是为了对他的身份

213

保密。"

"是希特勒？"我微笑着问。

联邦调查局探员的脸色十分严肃。"不是希特勒，我只能说这么多。在这里住院期间，他会受到严密保护，但这件事一个字你也不能泄露出去。明白吗？"

"我明白。可是，你们到底为什么要把他送来清教徒纪念医院，而不是政府的某家大型医院？"

"这个决定是经过仔细研究后做出的。政府想找一家便于从欧洲过来的东海岸医院，而且他们想找的是一家一流的小镇医院，如此，神秘病人就不太可能引起媒体的注意。我告诉医疗总监，在评估了十家东海岸小医院的医疗水平之后，我选择了清教徒纪念医院。"

"我想我们应该为此感到荣幸。请告诉我，这位病人能说和听懂英语吗？"

"在某种程度上能，我只能说这么多了。"

"他是在十八号周三到达吗？"

"对。"

"你会在这儿吗？"

他略微点了点头。"只要他还活着，我和我的人就会在这里。"

那天晚上吃饭时，我把这事告诉了安娜贝尔。萨曼莎现在已经三个月大了，安娜贝尔每天带她去方舟上几个小时的班。她希望尽快恢复全职工作，因此我们需要找人照顾萨曼莎，但现在还没找到合适的。

"这是什么意思，萨姆？他们会用飞机带过来一个纳粹俘虏？"

"我不知道。反正是个重要人物，联邦调查局的人亲自看守。"

"我很高兴知道你通过了背景调查，他们可能不知道你什么都跟妻子说。"

"你需要知道。"我解释道，"我可能要在某些晚上加班。"

那个周末的战争新闻报道了德国陆军元帅埃尔温·隆美尔的死讯，

说是死于三个月前的车祸伤势。但我们早就知道，他头部的伤实际上是由盟军战机在七月扫射他的参谋车时造成的。隆美尔与密谋刺杀希特勒但未遂的将军们交好，有传言甚至说如果刺杀成功，他将掌控德国。但现在，随着他的去世，德国只能为他安排国葬了。

"如果希特勒被杀了，会有什么不同吗？"消息在七月传出后，安娜贝尔就在想这个问题。

"德国可能会投降，而不是像现在这样拼死抵抗。"随着密谋刺杀者死亡，处于半疯癫状态的希特勒仍在掌权，盟军的胜利不可避免地要往后推迟了。

周二上午，医院里很安静，但在我的诊所里，我能感觉到医院正在为即将来的人做准备。帮我们接生的黑人医生林肯·琼斯顺道过来询问萨曼莎的情况。在我告诉他一切都好，萨曼莎甚至每天陪我妻子工作几个小时后，他问道："医院里出什么事了？他们已经封了南侧走廊尽头的几个房间，正在搬进一些设备。"

"这些都是秘密进行的。"我肯定地说，"明天有个神秘的病人要来。联邦调查局的人在负责此事。"

"为什么选这里？"

"他们想在东海岸找一家不错的小医院，我想我们应该把它看成一种赞美。"

"你参与了吗，萨姆？"

"我被告知他们可能会找我咨询。"

"你认为来的人会是谁？"

"我有预感，可能是某个高级别的纳粹囚犯，但联邦调查局的人向我保证不是希特勒。"

林肯·琼斯熟悉地哼了一声。"那你的任务是什么？是治好他还是杀了他？"

周三上午，院务主任德怀特·普赖尔医生来到我的诊所。他脸庞瘦削，穿着讲究，戴着眼镜，留着小胡子，很少穿其他医生穿的白大褂制服。刚接任主任时，他拜访过大楼里所有办公室的医生，而就是在那时他来过我的诊所一趟，自那以后我们就没再见过面，因此我几乎不认识他。

　　"普赖尔医生，"我说着，起身与他握手，"你可是我办公室的稀客。"

　　他不请自坐。"你和琼斯医生有自己的诊所，你也不是医院的职员，鉴于目前的情况，我认为我应该和你谈谈。我知道巴诺维奇探员已经把基本情况告诉你了。"

　　"说了点，我知道我们今天要接待一个神秘的病人。"

　　"没错，我知道的也就这么多。他在此治疗期间会受到严密监视，而且看样子应该会持续几天。如果他的健康状况没有恶化，他就会被转移到别处去。"

　　"有什么是我可以帮上忙的？"

　　"弗朗西斯医生会给他做检查，如果需要，他会来找你的。在清教徒纪念医院期间，我们要称这个病人富克斯（Fuchs）先生。"

　　"一个德国名字。"

　　"是的，但没什么特殊含义。"

　　他走后，我把护士阿普丽尔叫进办公室，把我所知不多的一点情况告诉了她。由于丈夫还在外地服役，只要有事，她都会尽其所能地帮忙。"我只希望安德烈能一切安好地回家。"她告诉我，"你觉得这人会不会是某个重要的纳粹分子，他能透露什么战场消息吗？"

　　"我不知道。"我诚实地回答，"当他在这里的时候，我希望你能随时联系到我。要是我不在诊所，你可以拨打那个能联系到我的电话号码。"

　　她透过窗户向外瞥了一眼。"看来那个神秘的病人现在到了。"

216

果然，一辆救护车停在了医院急诊室的入口，几个人正忙着把躺在担架上的一个病人抬走。我能看到那个病人的头缠着绷带，几个穿西装的人陪在旁边，其中一人是巴诺维奇探员。"我最好出去迎接他们。"我说。

　　普赖尔医生也在场，还有病人的主治医生贾德·弗朗西斯。我认识他，他治疗过我的几个头部受伤的病人，这是他的专长。"你好，贾德。"我问他，"你的神秘病人来了吗？"

　　"你好，萨姆。是的，他已经到了。我可能会叫你去检查他的生命体征。我要检查他头部的伤势，看看伤口的愈合情况。"

　　"如果要开始检查的话，我现在就有时间。"

　　他点了点头。"那开始吧。我们越快给他开身体健康证明，他就能越早离开这里，还有看守他的这些人。"他朝联邦调查局的探员点了点头。

　　"知道他是谁吗？"

　　他摇了摇头。"他只是个病人。我不想多问。跟我进去，我们先拆掉绷带，然后你就跟我知道的一样多了。"巴诺维奇探员和他的团队仔细搜查了每个进入病房的人，还检查了所有的食物、水和药物。他们似乎很怕有人谋害这个病人。

　　通过检查后，我站到了病床边，弗朗西斯医生小心翼翼地为病人解开头部的绷带。一个联邦调查局的探员站在门口，背对着我们。解开绷带后，我们看到的是一张粗犷英俊的男人的脸。这人有五十多岁，为便于治疗，被剃了光头。他睁开眼睛，贾德·弗朗西斯问道："你懂英语吗？"

　　"一点。"这人回答，在床上动了动，"我在哪儿？"

　　"你现在在美国，一个叫诺斯蒙特的地方。他们带你来这里进行医疗检查，然后再带你去别的地方。"

　　"我明白了。"他咕哝着闭上了眼睛。我怀疑他被注射了麻醉药。

"我是弗朗西斯医生，这位是霍桑医生。接下来的几天我们会给你做检查。我的护士玛西娅·奥图尔也会照顾你的。富克斯先生，关于头部的伤，你能告诉我些什么？"这是弗朗西斯第一次叫出病人的假名。

"富克斯？"那人重复道，轻声笑了笑，又忍住了，"这是他们给我起的名字吗？"

"是的。"

"我想，叫什么都无所谓。头部的伤大概三个月了，当时我的车被敌机扫射了。"

"明白了，似乎恢复得很好。"

"但我还是经常头疼。"

"有多频繁？"

"一周几次。"

"这可能是正常的，但我们会给你拍X光片。我是这里的头儿。"这是弗朗西斯常常挂在嘴边的一句话，"你身体的其他部位由霍桑医生负责。"

富克斯听不太懂这样的玩笑话，只能默不作声。这是我暂时得到解脱的好时机。"我随后再来看你。"我向病人保证。

出去时，我看了看玛西娅·奥图尔，她是被分配来的护士，二十五六岁，年轻迷人，她的哥哥牺牲于北非战场。我们聊过几次，但我跟她不熟。"我听说你是过来护理新病人的。"我说。

"嗯，我收到了这样的指令，联邦调查局的探员巴诺维奇正盯着我不放呢。"

"别理他，他只是在做本职工作。"

她笑了。"他做的已经超出工作范围了，他要跟我约会。"

那天晚上回到家，安娜贝尔向我打听富克斯的情况。"他是谁？"她想知道，"一个德国俘虏？"

"也许吧。他能说几句英语，但带有德国口音。联邦调查局如此小心地保护他，一定是认为他掌握了重要信息。"

"你说贾德·弗朗西斯是主治医生？"

我点了点头。"因为他有头部伤势，现在已经恢复得差不多了。贾德对他的头和颈彻查了一遍。我本来只用在他们需要我时随叫随到，但不知怎么，为他做全面体检成了我的工作。"

我妻子笑了。"联邦调查局调查过你，认为你值得信赖。"

"这或许就是答案。明天上午我要为他做检查，也许能有所了解。"

第二天早上，我先去了诊所，告诉阿普丽尔接下来的几个小时我要在医院给富克斯先生做检查。我走进他的病房时，玛西娅·奥图尔正在为他洗脸和刷牙。"他还很虚弱，但正在好转。是吗，富克斯先生？"

"啊……是的。"他在刷牙的间隙勉强说了一句，因为服药的缘故，他仍然有些昏头昏脑。

"今天出太阳了，也许过会儿我该把你推到外面转转。"奥图尔护士一边说，一边拨弄她的棕色头发，就像在跟他调情一样，但我知道她对医生和其他病人也这样。

她清洁完后，我接手测量他的脉搏、体温和血压，询问有关他健康的所有常规问题。他告诉我他五十二岁，下个月就五十三岁了。我们聊了一会儿，虽然他承认自己是德国人，却绝口不提他为什么会在联邦调查局探员的看守下被带到这里。有一次他问我："今天是什么日子？"

"周四，十月十九日。"我回答。

"真的吗？似乎晚很多了啊！"他说得越多，我就越容易听出他的口音。

"你看起来状态不错，我想我们很快就可以送你离开这里了。"

"去哪里？"

"这不是我说了算的事。"

第二天，当我们单独在一起的时候，他又和我聊了起来。"我还要在这里待多久？"在我测完他的体温和其他平常要关注的生命体征后，他问道。

"可能也就一天吧，院务主任普赖尔医生急于让一切恢复正常。"

"我打扰了你们的日常工作？"

"你没有，但联邦调查局肯定打扰了。"

"对此我很抱歉。"

"你是个重要人物，他们必须好好保护你。"

"我不重要，"他平静地说，"我已经死了。"

我还没来得及问他是什么意思，巴诺维奇就打断了我们的对话。"医生，你那边完事了吗？我要和富克斯先生谈谈。"

"刚好结束。"我说，然后离开了房间。

午饭后，普赖尔医生来到我的诊所了解进展。"萨姆，你检查完了吗？"

"除了验血，其他的都做了，明天早上我就能拿到那些检验结果。"

"好！贾德·弗朗西斯已经治好了那人的头部伤。"

"他接下来要去哪里？"

"传言说他将被带到香格里拉与总统会面。"普赖尔压低了声音说道。

"在哪里？"

"马里兰州山区的某个秘密营地，富兰克林·罗斯福想远离华盛顿时就会去那里。"

"他是这么重要的一个人？"

"显然是的。"

"明天早上我就会拿到血检结果。"我向他保证。周六上午是我最后一次与这个病人谈话的机会，我没有错过。巴诺维奇在门口守着，但他似乎对与奥图尔护士调情更感兴趣，而不是关注我们在谈论什么。

"告诉我你发生了什么事。"我催促我的病人，"今天晚上你可能就被转移了，我们再也见不到彼此了，传言说你要去见我们的总统。"

富克斯悲伤地凝视着我。"你是个好医生。你待我很好。今天周几？周六？我告诉你发生了什么事。一周前的今天，他们到了我家，我还以为是我的朋友来了。七月密谋刺杀元首失败后，我们中有很多人受到了怀疑。因为我的伤势，他们有一段时间没有打扰我，但上周他们又来了。我从未参与密谋，但确实事先是知情的。这足以证明我有罪。他们让我选择，一粒氰化物胶囊，三秒钟要我的命；或者以叛国罪接受审判，我的家庭被摧毁。氰化物是我唯一正确的选择。我和他们一起坐车去了我要吞下胶囊的地方。所有人都离开了我，只留下一个曾经是我朋友的人。我手里抓着那粒小胶囊……"

"你是怎么……"

"逃脱的？这就是你想问的话。那人仍然是我的朋友，他开车带我离开，走上一条土路，来到一块空地，一架没有标志的小飞机正等在那里。他这样做可能让他丧命，但我永远感激他。政府当然不会对外宣布我已叛逃，而是说我因车祸受伤而最终不治，并计划为我举行国葬。"他苦笑道，"一个没有尸体的葬礼。"

"告诉我你是谁。"

他摇了摇头。"叫我富克斯，我的真名不重要。"

我伸出手和他握手。"祝你好运，不管他们带你去哪里。"

"我会记住你的好意，霍桑医生。我们都生活在这个地球上，只是政治有时让我们成了敌人。"

这是神秘病人对我说的最后一句话。到了夜里，我被喊醒，得知他死了。

我赶到医院时天还没亮，但伦斯警长已经在现场了。还没有人告诉我神秘病人的死因，但警长的出现让我感觉到了问题的严重性。"你来是因为富克斯死了的事吧？"我问。

"我想是的，医生，医院的头儿普赖尔医生报告说可能是因为中毒。"

"真是想不到，他可是被几个联邦调查局探员看守着。"

"我们会搞明白的。"

我们在医院里遇到的第一个人是巴诺维奇探员，他看起来十分慌张和害怕。"这是不可能发生的。"他告诉我们，"没有人能毒死他。进入那个房间的食物和饮料我们都一点一点地检查过。"

"我们想先和普赖尔医生谈谈。"伦斯警长告诉他。在富克斯住的病房外的走廊上，我们遇到了气喘吁吁的院务主任。"发生什么事了？"我问。

"我们不知道。三点刚过，弗朗西斯医生在急诊室抢救一个事故受害者。他决定顺便去看看富克斯睡得好不好。巴诺维奇当时守在门外，他们一起检查，发现富克斯死了，现场有一股苦杏仁的味道……"

"氰化物？"

"我们立即安排了解剖，现在正在进行。这正是我们怀疑的对象。"伦斯警长转向我，"你怎么看，医生？"

我转向巴诺维奇探员。"你整晚都守在这里吗？"

"是的。"

"你有没有对进入病房的人做记录？"

"当然了。"

"我们最好看看记录。"

普赖尔医生打断了我们。"我想先让大家知道，清教徒纪念医院没有保存任何形式的氰化物。我们这里不需要它用于治疗，如果有人杀了富克斯，那这种毒药就是凶手带进来的。"

"我们去你的办公室好好谈谈吧。"我建议道。巴诺维奇、警长和我跟在普赖尔后面去了他的办公室。

没过几分钟，贾德·弗朗西斯赶到。"简直不敢相信会发生这种事。"他在主任办公室的一把椅子上坐下时说道，"都有谁知道他在这儿？"

"我们正在查。"伦斯警长告诉他，"首先，我最好知道这个神秘病人的身份。"

"我们不知道，"普赖尔坚持说，"这个问题你最好问联邦调查局的人。"

警长转向巴诺维奇探员，后者摊开双手。"我只知道他是一个重要的德国人，上周六晚上乘机离开那里。也许他是个叛逃者，跟鲁道夫·赫斯一样。"

"但是没有名字？"

"没有名字，只知道叫富克斯先生。"

"你通知华盛顿方面他的死讯了？"

"当然，他们正在等待进一步的消息。"

"什么消息？"我问。

"我还没有告诉他们他可能被下毒了。我想先确定了再说。"

巴诺维奇把联邦调查局的值班日志递给我，我用手指指着，顺着名单把我离开后看过该病人的人名过了一遍。普赖尔医生在六点前几分钟看过他。"我想让他尽快离开这里。"院务主任告诉我们，"他的出现扰乱了医院的日常工作，而且由于整件事要保证最高级别的机密，我们甚至无法通过宣传此事而获益。"

"你去看他时被搜过身吗？"我想起探员对我的粗略检查，便问道。

"搜过。"普赖尔承认。

"我也是，"贾德·弗朗西斯告诉我们，"我八点左右来的，我们的病人似乎正在舒适地休息。他的喉咙发干，我让奥图尔护士给他送去了些冰水。"

伦斯警长扬了扬眉毛,但巴诺维奇很快说道:"我尝了一下,就像我们尝他要吃的每一份食物和饮料一样。我尝过之后,他喝了几口。除了水,没有别的。"

"没有其他人看过他吗?"

"午夜前后,护士回来测过他的血压,但我跟她在一起。他当时半睡半醒,只想知道他何时能离开这里。我告诉他就快了。"

"是你杀了他?"伦斯警长质问这个联邦调查局探员。

"我?当然不是!我有什么动机呢?"

"他是敌人,一个德国人。"

"但他现在在这里,已经离开德国了。"

"也许这就是他被杀的原因。"普赖尔医生推测,"防止他泄露纳粹的秘密给我们。"

听到这个说法,我笑了。"你认为清教徒纪念医院里有纳粹特工吗?"

"嗯,有人杀了他。"

我转向巴诺维奇。"让我们一步一步地梳理一遍,假设富克斯到达这里时被仔细搜过身了。"

"他是被扒光了搜的身。"联邦调查局的人说,"来到这里,医院给他穿上了病号服。他随身没带任何个人的东西。在被空运来此之前,为避免留下与他的身份有关的痕迹,他的衣服之类的东西早在英国时就被拿走了。"

"本医院没人能接触到氰化物?"

"没有。"普赖尔坚持说,"当然,氰化物是一种气体。固态的氰化物通常是氰化钾。如果空腹吞咽,几乎可以立即致死,胃酸会迅速将其转化为气体。"

"三秒钟。"我喃喃地说,想起了富克斯告诉我的话,"他死的时候房间里没有人吗？”

巴诺维奇摇了摇头。“我就坐在他门外的椅子上。半夜时，我进去查过房，打那以后，就没人进去过。我回到外面，让其房间的门半掩着。”

“当然，没有其他可以出去的门，浴室里也没有人。”贾德·弗朗西斯说，“在我意识到他已经死了之前，我拿他的水杯到水槽那里接过水。浴室是空的。”

“我们需要确定他死亡的准确时间，”我说，“那可能会有帮助。”

普赖尔点点头。“明早我们就能拿到初步的尸检报告。”

我回到家时，安娜贝尔和萨曼莎已经起床，我给她讲了发生的事情。“你认为他是谁，萨姆？某个重要到不得不杀的人？”

“我今天上午必须看到尸检报告，而且还要和更多的工作人员谈话。”

“怎么会有人进去给他下毒，这么做的目的是什么？”

“这正是我要查明的。”

“为什么是你，萨姆？不是联邦调查局在调查此案吗？”

“联邦调查局探员是嫌疑人之一。”

我设法睡了几个小时，但不到八点我就起床了，返回清教徒纪念医院。贾德·弗朗西斯在我的诊所等着我，带来了尸检结果。“这些只是初步的，萨姆，但正如我们怀疑的那样，是氰化物。验尸官在五点左右检查尸体时，他已经死了三到四个小时，这意味着他的死亡时间介于一点到两点之间，跟我们判断的很接近。”

“谢谢，贾德。”我浏览了一下报告，然后把它递了回去，“最后进入他房间的人是巴诺维奇探员和奥图尔护士，那发生在午夜前后。我得和他们谈谈。”

"玛西娅要到中午才会回来上班，由于富克斯死了，联邦调查局也在召回他们的探员。"

"那我最好设法拦住巴诺维奇。"

"我确实正准备离开，没有理由再待下去了。"巴诺维奇告诉我。

"查明这起谋杀案，这个理由还不够吗？"

他叹了口气。"听着，霍桑医生，看守这个人是联邦调查局探员的任务。而侦破谋杀案是当地警方的事，除非你能证明出了违反联邦法律的事情。"

这倒把我难住了。"那给我讲讲你半夜去病人床边的情况。"

"奥图尔护士想在下班前测一下他的血压和脉搏。我想这是这儿的标准程序。我和她一起进去，站在床边。她问他是否需要些什么。他说不需要。"

"他没有要求吃安眠药或类似的药物吧？"

"没有，她什么也没给他。我们只在房间里待了两分钟，什么也没留下。我向她道了晚安，然后坐回了我的椅子上。"

"你何时换班？"

"早上六点，我值夜班。"

"你今天就走吗？"

他点了点头。"我的人大都已经离开了。在开车去波士顿之前，我想先睡一会儿。"

"在你走之前，我会再找你的。"我告诉他。

那天是周日，我没有病人要诊治。中午时，我特意来到玛西娅·奥图尔值班所在的楼层。"我刚听说了富克斯先生的遭遇。"她看到我时说。

"那个联邦调查局探员，巴诺维奇，说你们两个在午夜前后进过病房，那时富克斯还活着。"

她点了点头，棕色头发随之飘扬起来。"我检查了他的体征，问他是否需要更多的水，但他说他感觉很好。我预计他今天就会离开，但不是像这样。"

"巴诺维奇有没有以任何方式触碰或移动过他？"

"我在那里的时候没有。为什么一个联邦调查局探员会想杀了他？"

"可能不是探员，"我同意，"但富克斯为什么会被毒死，我需要找出原因。"

我去医院的医学图书馆仔细研究了一下氰化物，并在那里花了一下午的时间阅读相关资料，最后我知道我必须做些什么了。我给普赖尔医生和伦斯警长打电话，让他们召集其他人去普赖尔的办公室，时间定在五点。

我到的时候，贾德·弗朗西斯和护士奥图尔也在，伦斯警长和巴诺维奇探员很快也走了进来。"我得回波士顿了。"巴诺维奇探员告诉我们，但我让他安静下来。

"这事只需几分钟，我想你会想用它完成你的报告。"

"请继续讲。"普赖尔医生告诉我。

"好的，对我来说，这是一个特别令人困惑的密室疑案，因为房间根本没被锁。医院病房的门一直没上锁，经常开着。唯一的可疑之处是这位神秘病人是如何服下置他于死地的毒药的。医院里没有氰化物或氰化物化合物，所有饮食在进入病房前都有人尝过，而且根据巴诺维奇探员的证词，他在病人中毒前一两个小时独自守在那里。当然，我最初的怀疑是他可能撒了谎。但是，尽管奥图尔小姐已经下班，那层楼还有其他护士。如果他在午夜后离开椅子，进入房间，就有可能被人发现，这样的话等尸体暴露后就会有人报告。"

"谢谢你相信我。"巴诺维奇说道，语气中带有一丝的讽刺。

"普赖尔医生和贾德·弗朗西斯都去看过病人，奥图尔护士也去了。他们会不会在检查时给富克斯下毒，比如把前端带毒的体温计插进他的嘴里测量体温？不，大家都知道，氰化物会立即置人于死地。而且在午夜之后，没人去看他，巴诺维奇和奥图尔都说病人那时还活着，还能说话。我们该怎么办？在一点到两点之间，富克斯因氰化物中毒当场死亡时，有人在那个房间里吗？此外，那里有能接触到毒药的人吗？我这样问过自己，并且找到了唯一可能的答案。受害者本人！"

"他没有氰化物。"巴诺维奇说。

"但他一度有，我昨天跟他谈过他是如何来到这里的。他不愿透露自己的名字，但他告诉我他已经不受希特勒待见。希特勒给了他两个选择：以叛国罪受审，或吞下氰化物胶囊，然后得到一个英雄般的葬礼。他选择了氰化物，当他的朋友把他带到一架在空地等候的飞机上时，他手里一直抓着那个胶囊。他手里抓着那个小小的胶囊！"

"他到这里时身上可没有了。"巴诺维奇坚持道，"他肯定没有吞，否则他早就死了。"

"我整个下午都待在图书馆，阅读有关氰化物中毒的书籍。有报道称，间谍和高级军官宁愿自杀，也不愿被抓和忍受酷刑逼供。其中一种方法是在空心假牙内放一个氰化物小胶囊，这样的话即使手脚被束缚住，也可以用舌头把胶囊弄出来，然后咬开或吞下。"

巴诺维奇张大了嘴巴。"你认为是这么回事？"

"没有别的解释。那个叫富克斯的人带着氰化物，他是自杀的。"

"我觉得医生的说法很靠谱。"伦斯警长决定道，"在我看来，案子结了。"

普赖尔医生点点头。"我同意。"

回到诊所，我给在家的阿普丽尔打电话，告诉她事情已经了结。"那就好。"她说，"天气这么潮湿，肯定有不少流感病人要开始上门了。"

"我明天上午来诊所，待上一整天。"

然而，有件事我必须先做。我返回医院，去找玛西娅·奥图尔，没费多少工夫就找到了她，她正在照顾一位老年病人。她看到我后笑了。

　　"看到你把那事搞定了，我很高兴。自从他来了以后，这个地方就不一样了。"

　　"我们能找个地方谈谈吗，玛西娅？"

　　"为什么……我想我们可以占用护士休息室几分钟。什么事？"

　　我没有先回答，等到只剩下我们时，我看着她的眼睛问："你为什么要毒死富克斯？"

　　她一时没有开口，也许她在权衡自己该如何选择。然后，她轻声说："因为我哥哥在北非被杀了。"她眼含泪水，"你是怎么知道的？"

　　"医院里没有氰化物。它肯定来自外部，我对假牙的解释似乎可能性最大。富克斯不知道在这里迎接他的是什么，他留下了氰化物胶囊，并把它藏在他的一颗空心假牙里。如果我们指控他是战犯，他就有办法自我了断了。"

　　"但是我们没指控他任何罪名啊！传言说他还会去见总统，作为某种英雄被看待。"

　　"不会！我敢肯定他会被当作战俘关押起来。"

　　"然后，战争一结束就把他释放！我希望有人为我哥哥付出代价。我想让他偿命。我杀的那个人是德国陆军元帅埃尔温·隆美尔，非洲军团的指挥官。"

　　"我知道，我想医院里的其他人也知道了。他们给他起的代号是'富克斯'，在德语中是'狐狸'的意思。隆美尔在北非被称为'沙漠之狐'。"回想起我和他的谈话，我补充道："我想他在这个代号中发现了一点幽默感。"

　　"你怎么知道是我？"她又问。

　　"前几天我去看他，你正在给他洗脸刷牙。那时你发现了隐藏的胶囊。你肯定猜到那是什么东西了，就留了起来。他当时还昏昏欲睡，根本没意识到你已经把胶囊拿走了。一旦我怀疑你有氰化物，我就只需确定你用氰化物杀死他的方法就行了。后来，我想到了，贾德·弗朗西斯昨天晚上要你给他送一杯冰水。"

"巴诺维奇探员一如既往地尝了尝，接着富克斯喝了几口。"

"他们尝了水，但没有尝冰。你把那个小胶囊冻在了一块冰里。冰在夜间融化，胶囊漂在水中。富克斯在晚上喝了剩下的水，黑暗中的他可能没有注意到胶囊。而当他意识到这一点时，他离死亡就只有几秒钟了。"

"你现在要干什么？"她问道，呼吸急促起来。

"我不知道。"我承认，"如果是隆美尔，从某种意义上说，他是非洲战场的牺牲品，就好比是你哥哥开枪杀死了他一样。战争中的死亡不算谋杀，尽管有时我认为它们应该被视为谋杀。"

不到一个月，玛西娅·奥图尔就离开了医院，搬离了诺斯蒙特。我再也没见过她。富克斯先生在清教徒纪念医院的死亡根本没有引起人们的注意。战后，媒体发表了隆美尔死亡的报道，都说他和朋友在车里吞下了氰化物胶囊。即使有人说他带着那个胶囊千里迢迢来到了诺斯蒙特，也没人相信。

（全系列·终）

后记

萨姆·霍桑医生的故事，到这里就正式完结了。

尽管还有许多的不舍，但与萨姆医生以及诺斯蒙特各位朋友说再见的时刻终于到了。

从一九七四年首次发表，到二〇〇八年刊载完毕，霍克用三十余年的时间书写了萨姆·霍桑在诺斯蒙特小镇的精彩人生。

从一九二二年萨姆出场，美国尚处于禁酒令时期，到最后一个故事结束时，第二次世界大战即将结束。许多敏锐的读者会发现，萨姆的故事之中，除了那些精彩绝伦的神秘案件之外，还牵涉了二十世纪上半叶美国社会的诸多重要事件，这也令萨姆·霍桑处理的每起不可能罪案都带有鲜明的时代色彩。此外，通过对诸如吉卜赛人、巡回特技飞行演员、黑人医生等人物，以及廊桥、谷仓、投票亭、湖边别墅等场景的描写，霍克也为我们勾勒出了那一时期美国乡村生活的独特面貌。

二〇〇八年一月十七日，爱德华·霍克于家中病逝，享年七十八岁。根据《埃勒里·奎因推理》杂志的统计，霍克是全世界短篇推理小说作家中创作量最大的一位，他的逝世也意味着古典本格推理黄金时代的落幕。

此次我们重新翻译出版的这套"不可能犯罪诊断书"，作为爱德华·霍克的代表作，收录了全部以萨姆·霍桑医生为主角的故事，并根据作者生前的意愿由其家人做了详细的整理与修订，以期让中国读者再度领略这位蒙尘已久的名侦探的迷人魅力。

編者

特别鸣谢

在本套书出版的艰辛过程中，我们有幸获得了以下诸位老师的帮助，在此对他们的付出表达感谢。

感谢版权经纪人杰弗里·马克斯的支持与协助；

感谢吴非先生为本套书撰写的优秀导读与提供的热心帮助；

感谢已故的知名作家景翔先生；

感谢为本套书重新翻译，注入灵魂的翻译家黄延峰先生；

感谢从故纸堆中挖掘并重新促进本套书出版的布狄先生；

感谢王媛媛女士为本人与出版方之间做出的持续而高效的沟通；

感谢设计师姜利锐女士、潘雪琴女士为霍克书迷带来的全球最为独特的美丽装帧；

感谢为本套书绘制了精美封面插图的岳栋宇先生；

感谢为这套书顺利出版付出努力的编辑罗钦先生、王成成女士、张妍文女士、张文龄女士、赵静女士。

感谢每一位热爱推理，喜欢霍克作品的中国读者朋友。

感谢！

帕特丽夏·M.霍克

Patricia M. Hoch

234

萨姆·霍桑
不可能罪案

DR. SAM HAWTHORNE:
A CHRONOLOGY OF HIS CASES

萨姆·霍桑医生破解的不可能罪案集中刊载于《埃勒里·奎因推理》（英文简称"EQMM"）上，详细清单如下：

"The Problem of the Covered Bridge" [March 1922]. EQMM, December 1974.

"The Problem of the Old Gristmill" [July 1923]. EQMM, March 1975.

"The Problem of the Lobster Shack" [June 1924]. EQMM, September 1975.

"The Problem of the Haunted Bandstand" [July 1924]. EQMM, January 1976.

"The Problem of the Locked Caboose" [Spring 1925]. EQMM, May 1976.

"The Problem of the Little Red Schoolhouse" [Fall 1925]. EQMM, September 1976.

"The Problem of the Christmas Steeple" [December 25, 1925]. EQMM, January 1977.

"The Problem of Cell 16" [Spring 1926]. EQMM, March 1977.

"The Problem of the Country Inn" [Summer 1926]. EQMM, September 1977.

"The Problem of the Voting Booth" [November 1926]. EQMM, December 1977.

"The Problem of the County Fair" [Summer 1927]. EQMM, February 1978.

"The Problem of the Old Oak Tree" [September 1927]. EQMM, July 1978.

"The Problem of the Revival Tent" [Fall 1927]. EQMM, November 1978.

"The Problem of the Whispering House" [February 1928]. EQMM, April 1979.

"The Problem of the Boston Common" [Spring 1928]. EQMM, August 1979.

"The Problem of the General Store" [Summer 1928]. EQMM, November 1979.

"The Problem of the Courthouse Gargoyle" [September 1928]. EQMM, June 30,1980.

"The Problem of the Pilgrims Windmill" [March 1929]. EQMM, September 10, 1980.

"The Problem of the Gingerbread Houseboat" [Summer 1929]. EQMM, January 28,

    1981.

"The Problem of the Pink Post Office" [October 1929]. EQMM, June 17, 1981.

"The Problem of the Octagon Room" [December 1929]. EQMM, October 7, 1981.

"The Problem of the Gypsy Camp" [January 1930]. EQMM, January 1, 1982.

"The Problem of the Bootleggers Car" [May 1930]. EQMM, July 1982.

"The Problem of the Tin Goose" [July 1930]. EQMM, December 1982.

"The Problem of the Hunting Lodge" [Fall 1930]. EQMM, May 1983.

"The Problem of the Body in the Haystack" [July 1931]. EQMM, August 1983.

"The Problem of Santa's Lighthouse" [December 1931]. EQMM, December 1983.

"The Problem of the Graveyard Picnic" [Spring 1932]. EQMM, June 1984.

"The Problem of the Crying Room" [June 1932]. EQMM, November 1984.

"The Problem of the Fatal Fireworks" [July 4, 1932]. EQMM, May 1985.

"The Problem of the Unfinished Painting" [Fall 1932]. EQMM, February 1986.

"The Problem of the Sealed Bottle" [December 5, 1933]. EQMM, September 1986.

"The Problem of the Invisible Acrobat" [July 1933]. EQMM, Mid–December 1986.

"The Problem of the Curing Barn" [September 1934]. EQMM, August 1987.

"The Problem of the Snowbound Cabin" [January 1935]. EQMM, December 1987.

"The Problem of the Thunder Room" [March 1935]. EQMM, April 1988.

"The Problem of the Black Roadster" [April 1935]. EQMM, November 1988.

"The Problem of the Two Birthmarks" [May 1935]. EQMM, May 1989.

"The Problem of the Dying Patient" [June 1935]. EQMM, December 1989.

"The Problem of the Protected Farmhouse" [August or September 1935]. EQMM, May 1990.

"The Problem of the Haunted Tepee" [September 1935]. EQMM, December 1990.

"The Problem of the Blue Bicycle" [September 1936]. EQMM, April 1991.

"The Problem of the Country Church" [November 1936]. EQMM, August 1991.

"The Problem of the Grange Hall" [March 1937]. EQMM, Mid–December 1991.

"The Problem of the Vanishing Salesman" [May 1937]. EQMM, August 1992.

"The Problem of the Leather Man" [August 1937]. EQMM, December 1992.

"The Problem of the Phantom Parlor" [August 1937]. EQMM, June 1993.

"The Problem of the Poisoned Pool" [September 1937]. EQMM, December 1993.

"The Problem of the Missing Roadhouse" [August 1938]. EQMM, June 1994.

"The Problem of the Country Mailbox" [Fall 1938]. EQMM, Mid–December 1994.

"The Problem of the Crowded Cemetery" [Spring 1939]. EQMM, May 1995.

"The Problem of the Enormous Owl" [August–September 1939]. EQMM, January

1996.

"The Problem of the Miraculous Jar" [November 1939]. EQMM, August 1996.

"The Problem of the Enchanted Terrace" [October 1939]. EQMM, April 1997.

"The Problem of the Unfound Door" [Midsummer 1940]. EQMM, June 1998.

"The Second Problem of the Covered Bridge" [January 1940]. EQMM, December

1998.

"The Problem of the Scarecrow Congress" [late July 1940]. EQMM, June 1999.

"The Problem of Annabel's Ark" [September 1940]. EQMM, March 2000.

"The Problem of the Potting Shed" [October 1940]. EQMM, July 2000.

"The Problem of the Yellow Wallpaper" [November 1940]. EQMM, March 2001.

"The Problem of the Haunted Hospital" [March 1941]. EQMM, August 2001.

"The Problem of the Traveler's Tale" [August 1941]. EQMM, June 2002.

"The Problem of Bailey's Buzzard" [December 1941]. EQMM, December 2002.

"The Problem of the Interrupted Séance" [June 1942]. EQMM, September/ October

2003.

"The Problem of the Candidate's Cabin" [October–November 1942]. EQMM, July

2004.

"The Problem of the Black Cloister" [April 1943]. EQMM, December 2004.

"The Problem of the Secret Passage" [May 1943]. EQMM, July 2005.

"The Problem of the Devil's Orchard" [September 1943]. EQMM, January 2006.

"The Problem of the Shepherd's Ring" [December 1943].EQMM, September/October

2006.

"The Problem of the Suicide Cottage." [July 1944].EQMM, July 2007.

"The Problem of the Summer Snowman." [August 1944].EQMM, November 2007.

"The Problem of the Secret Patient." [October 1944]. EQMM, May 2008.